U0454685

归去来辞

吴亚丁◎著

深圳出版社

图书在版编目（CIP）数据
归去来辞 / 吴亚丁著. -- 深圳 : 深圳出版社，2025. 7. -- ISBN 978-7-5507-4287-1
Ⅰ. I247.5
中国国家版本馆CIP数据核字第2025SV8991号

归去来辞
GUIQU LAICI

责任编辑　曾韬荔
责任技编　梁立新
责任校对　万妮霞
封面设计　陈　祯

出版发行　深圳出版社
地　　址　深圳市彩田南路海天综合大厦（518033）
网　　址　www.htph.com.cn
订购电话　0755-83460239（邮购、团购）
设计制作　深圳市斯迈德设计企划有限公司（0755-83144278）
印　　刷　深圳市华信图文印务有限公司
开　　本　787mm×1092mm　1/32
印　　张　11
字　　数　280千
版　　次　2025年7月第1版
印　　次　2025年7月第1次
定　　价　48.00元

悟已往之不谏，知来者之可追。实迷途其未远，觉今是而昨非。

——《陶渊明·归去来兮辞》

目录 CONTENTS

第一章　序曲（幽梦般的女友）

芦一叶做了一个怪梦。

来到深圳好些年了，她从来都没有做过如此莫名其妙的梦。她梦见同事刘莉抱了一堆私人物品前来告别。她仍然记得，在办公室——彼时公司刚刚破产——正是树倒猢狲散的时候。她看见刘莉摘下口罩，怒容满面。一家公司顷刻之间荡然无存，连渣都不剩了。刘莉一直在生气、申诉。

在黑暗中……突然刘莉扑跌在地。然后抬头仰望着自己。

噢？这是刘莉吗？——她怎么了？

场景正如默片时代的影像，人影幢幢，且没有画外音。她去拉刘莉起来，又替刘莉倒了杯水。

喝茶不？她无声地说。

刘莉神情恍惚，并没有搭理。

突然之间，她看见刘莉在对着杯子吹气……老天！那不是一杯冷开水吗？她惊讶极了。

更奇妙的还在后面，刘莉手中的杯子，忽然间热气腾腾……

啊！冷开水秒变热茶？她讶异得合不拢嘴。

这时，刘莉却悄然隐入黑暗……

她想去拉刘莉。她不想让刘莉走。

这个念头一闪而过。可是，她的身体却像被施了魔法，手脚完全没法动弹。她眼睁睁地看着刘莉消失了，消失在一片黑暗中。

冥冥之中，她隐隐约约地听见刘莉的细微声音：一叶，一叶……我要回家了……

要回家？

啊，这还是那个倔强的刘莉在说话吗？

…………

正在迷乱之际，她醒了过来。

很长时间，她都在怔怔发呆。四周黢黑且安静，窗外霓虹闪烁。这算是真事呢，还是单纯的一个梦？此刻，她能够听见自己的心跳……对呀！此刻的她，是清醒的吧？她拧了一下左臂，呃！有点疼痛……这也是一个佐证：她是醒着的。

接着，她想起来了。在现实世界里，她确有一个同事名叫刘莉。而梦中所发生的事，也跟现实中曾经发生过的事是一致的。没错呢！前不久，她们一同供职的那家民企真的倒闭了。

散伙时，刘莉的确也曾前来找她道别。

一种不安的预感，突然隐隐升腾起来。

哎呀？这几天，刘莉没出什么事吧？那个女人最近有点神道道的。一个女人，如果情绪不稳，反复无常，出了点事情就想立即逃回老家……那是不是预示着出了什么事呢？

算起来，刘莉可以说是她在公司交往较多的一位同事。同时，勉强也算得上是密友——稍微显得有点过从甚密的女友。因为如果说是闺蜜，那还是够不上的——她们之间，既没有成长经历的交集，也没有生活中相互帮助的加持，只有短短不到一年的上班相处。

换句话说，她们只是才一年的同事而已。

而更明显的原因在于，她对刘莉了解不多。归拢来说，她仅知道对方一些简单的情况。譬如，她知道刘莉是东北辽宁人。可是，东北有多大？辽宁又有多大？她无从想象。其次刘莉性格有点大大咧咧，这一点倒是像东北人。第三，刘莉长得漂亮。不过，最近好像有点趋胖的征兆。第四，她与刘莉年纪相仿。不过，刘莉总是托大，让她喊姐姐。虽然不太乐意，但是也就认了。

她和刘莉之间，总有一些可以说“不过”的时候，这让她隐隐感到有些不爽。

当然，有一件事，证明刘莉做姐姐还是蛮有说服力的。就是刘莉在来深圳之前，有一个经历曾经在朋友圈引起很大反响。刘莉在武汉读大学就拍拖了，两个人爱得死去活来。大学毕业后都不回老家了，勇闯深圳。当年被视为为了爱情不顾一切的典范。

当然，也许是因为拍拖了，于男女之事有几分体验，刘莉显出别样的成熟，也在情理中。刘莉的男友赵林，她也见过，据说是武汉人，长得眉清目秀，聪明机灵。赵林目前在南山科技园开了一家小公司，自任老总。由于这个原因，刘莉一直跟着他住在南山。

一切都是好好的呀！

可是，这个梦似乎想要证明，情况并非那么好。因为，她竟然想回家了。

当然，梦毕竟不能当真。而且刘莉的梦中所为，更不可当真。想想看，刘莉是怎样强势的女人？

不过，因为做了一个这样的梦，她变得有些心理负担了。都说梦是现实的投射。所以，她隐隐约约有些动摇，又觉得不能不信。由此，她的生活也开始受到一些影响。那些天，她一直在想，是不是应该去找刘莉问问情况？毕竟朋友一场。或许这个东北女子，果真发生了什么不如意的事呢？

虽然一直惦记着，可是，事情一忙，就把刘莉给忘了。两个月后的一个周末，她忽然接到一个电话，是刘莉打来的，说要来罗湖。

那天刘莉像是感冒了，声音沙哑，语调阴沉。

刘莉说，一叶，能过来见个面吗？

她惊奇地问，啊？是刘莉……姐？！你在哪里？

刘莉倦慵地说，我快到弘法寺了。

弘法寺？她当然知道。她住在罗湖区的黄贝岭，而弘法寺就在莲塘。莲塘离她住的黄贝岭才数公里远，算是咫尺之遥，出门乘几站地铁就到了。

刘莉去拜佛？可见她真的出事了。一种不祥之感在心头闪过。她在电话里匆匆答应了刘莉，简单地收拾了一下自己，然后赶往弘法寺。

弘法寺坐落在梧桐山下的仙湖植物园里。建寺年代并不久远，甚至比深圳经济特区成立的时间还短一点。不过，几十年的时光流逝，弘法寺早已脱颖而出，一跃成为岭南名寺。她去过弘法寺多次。那座寺院，周围绿植遍野，郁郁葱葱。每天前往游玩和拜佛的人很多，香火很旺。

一切都已安排妥当。出门。去地铁站。进植物园。弘法寺掩映在绿树丛中，隐约在望。一切都很顺利。刚进大殿，她就遇见了刘莉。其时，刘莉刚拜完释迦牟尼佛祖出来。一个人，低着头，脸色无比沮丧。

她正想喊叫出来，却看见刘莉那种颓废的样子，跟两个月前相比，不可同日而语。她不禁吃惊起来。是啊，她从未见过刘莉这样。既忧心忡忡，又魂不守舍。

她小心地喊住了刘莉。

刘莉姐……

刘莉回过头来。

她装作开心的样子，热情地问道，哎，刘莉姐！你今天怎么有空来罗湖了？

刘莉一愣，声音沙哑地说，啊，一叶？你这么快——就来了？

她笑着说，接到你的电话，怎能不快？恨不得长着飞毛腿呢。

刘莉嘴边堆起了笑容，拉着她的手，朝四周看了看，咳嗽了一下，轻声说，一叶……我们往这边走吧。

这不是刘莉平时的风格呀！若在过去，刘莉说话的声音怎么也得高八度啊。她暗暗称奇，又不无纳闷儿。好吧，既已如此，她只好跟着刘莉出了寺院。

她们走了一段路，来到一方湖水跟前，刘莉才停了下来。湖水清澈，碧波荡漾。水面上，漂荡着几片枯树叶。

刘莉说，最近，她刚跟男朋友分手了。

她吃惊不已，问道，为什么呢？

刘莉神态疲倦，并不是太想说话。当然，也不可能不说话。于是，看了她一眼，又说，我也不清楚啊。或许跟失业有关？他嫌弃我……

她不能相信这种事情的发生。就说，不可能吧？

刘莉颓丧地说，不管怎样，现在的我们……终于没有一点关系了。

她看刘莉说得很决绝。可是，不管怎样决绝，她还是无法猜到到底发生了什么。当然，她也无法理解为什么会这样。因此，她情不自禁地问道，这怎么可能呢？你们啊……你们俩……怎么会这样？你们不是一向都相处得很好吗？

要知道，刘莉的爱情，一直都受众人羡慕，被认为是这个时代的爱情童话。可是，今天，连这样的爱情偶像也崩塌了？她怎么能够相信呢？

刘莉牵着她的手，找到一块干净的草地坐下来，面对着湖水。然后才一五一十告诉她，到底发生了什么事。原来，最近刘莉怀孕了（怪不得她突然显胖），她将此事告诉赵林，本以为赵林会高兴，而她也可以趁此机会跟男友一起商量结婚的事宜。可是，结果大出所料，赵林听了眼里显出不耐烦的冷漠和烦躁，并没有高兴，而是想了片刻，就让刘莉去打掉胎儿。这样，就激怒了刘莉。到后来，事情就进一步演化到了不可收拾的地步，一切都朝着最坏的方向发展。

刘莉想尽量保持轻声细语。

可是这种故事，在她听来，却是惊骇有加。她冲动起来，生气地说，他为什么不肯结婚？他为什么不肯要这个孩子？

我哪里知道？

刘莉姐！你真就这样跟他分手了？为什么呀？

刘莉低着头，沮丧得快探到草地了。

她喃喃自语般说，为什么会变成这样子啊？看着刘莉失神的脸庞，她忽然想到了自己曾经做过的那个梦。那个没头没脑的梦，如今有了结局。

这是不是有点太诡异了？

难道刘莉真要回老家去？

当然，这种玄妙的事情，一时半会儿也无法解释清楚。她的当务之急，自然是要劝慰刘莉。

真是人有旦夕祸福。刘莉一向都好好的，可谁能料到，竟会发生这种事情？

她问，还有没有挽回的可能性？

刘莉摇头说，怎么挽回？不，我们吵了很多架了，恶语相向……相互之间，伤害太深了。

自从认识刘莉，她就听过刘莉的故事。那是多么动人的爱情啊！根本不能想象，这种爱情会发生在深圳。当然，后来在深圳的时间久了，才知道，其实像刘莉这样的故事层出不穷。深圳成为特区后，几十年来，无数深陷爱情之苦的男女，纷纷携手投奔而来。因为这里，是中国大地上最自由、最宽容的一座城市。人们选择来到一个新的地方，重新开始自己的生活。

或许是因为这种无邪的爱情存在，她更爱这座活色生香的城市。

很长时间，她都用一种艳羡的目光打量刘莉。只是，从来没有想过，事情竟会朝着相反的方向发展……

她轻轻问，这么说，你……还是去打胎了？

刘莉的眼睛怔怔地看着前面。湖水的远方，是一片碧绿的山恋。她看见刘莉茫然地点了点头。

她不禁有些沮丧。

平时的刘莉，经常笑语声声，今日却判若两人，沉闷而古怪。她现在明白了，一个男人对于女人能够造成多大的打击。看着刘莉的身材，心直口快的她差点儿就说出口了：刘莉，你好像胖了？

那个瞬间，她悚然一惊，刚张开嘴便僵住了……话到唇边，终于强行咽了回去。

这种冒失的话，怎么能够随口说出来？

现在，她明白了，刘莉的身材是因为怀孕才变得臃肿、丰满的。

冬天的风，有些寒冷。她搂了搂刘莉。天色已晚，恰好也到吃饭的时间了。她便邀请刘莉去吃饭。莲塘附近有家北方菜馆。她知道刘莉贪恋家乡的饺子。两个女人起身，按着大众点评上面的地图指引找到那家餐馆。

餐馆看上去还算干净清爽。她们坐下来，相顾无语，默默地吃了一顿还算地道的北方饺子。

那天回家，她很是难过。她有些后悔自己当时没有跟刘莉多聊聊天儿，宽解一下刘莉姐。当然，或许是因为年轻，她有很多话，不知道怎样说才合适。她想劝刘莉，人生在世，重在经历。生命就是一次经历而已，而“长见识”就是最好的经历。我们来深圳，不就是为了寻得一种生命升华的历练吗？她还想说，跟男人谈情说爱，其实也是一种“长见识”吧？我们既然出来了，既然告别家人和家乡，来到深圳，就要接受生活的洗礼和磨砺。在深圳活着不易，跟男人相处不易。要想好好生活下去，就需要更多的勇气和坚韧精神。当然，我们也渴望好运。可是，不要忘记，我们来到深圳这座城市，是为了追求财富改变人生。最重要的，是为了追求幸福。不要轻易被一个男人打败。

况且，这世上男人那么多，爱情肯定不会只有一次。要我说，既然爱情不在了，就让他去吧。丢失男人并不可怕，丢失爱情也不可怕。只要我们心中有爱，就不怕遇不到爱情。我们可以去寻找新的爱情。

她想告诉刘莉，她喜欢这座城市。不！可以说，她热爱这座城市！因为这里，拥有全世界最多的年轻人呢，单是这一条，就让人无限欣慰和自在。这里，有人世间最好的人群生态……

在有如此多年轻人的城市里，还担心没有爱情？

她的想法自然是简单的。可是她，却仍然想鼓励刘莉。想当年，刘莉姐你是多么勇敢啊！你一直是我的仰慕对象，你是我的榜样……现在，你要保持这种勇气才是最好的。一个女人既然来到这里，就不要害怕被生活伤害，也不要害怕被男人伤害。

她这么想着，脸就红了。不错，她还年轻呢。于她而言，阅历还相当简单。而且，她的生活也过于朴素和平凡。可以说，她是一个无知的女生。她也知道有一句话叫作“无知者无畏”。可是，她愿意自己做那个无畏的女人。

她已经准备好了。

她相信，对一个年轻人而言，勇敢胜过一切。

第二章　困　境

可惜，这许多的话，那天都没有来得及跟刘莉慢慢诉说。那天在莲塘地铁站与刘莉道别后——现在看来，在某种意义上，至少从形式上来说，她与自己过去的生活好像告一段落了。

那个曾经的女友刘莉，不知不觉像流星一样消失了。起码，是暂时失却了联系。

现在的她，过上了一段过去从未有过的、无人打扰的清净生活。

待在家里，无所事事。这样的生活，也可以说，是随心所欲的生活。当然，她也知道自己所谓的“家”，只不过是临时寻来的一处住所而已。在如今，在这个陌生之城，她像所有的漂泊者那样：租着别人的房子，靠自己的付出，在努力认真地工作和生活着。

这些年来，生活像是一直在变化着，又像是从未有过什么变化。不过，在本城的外来打工者中间，似乎正开始流行一种新的合租方式。原因当然是简单的：因为打工者的收入有限。为了节省开支，很多收入不高的人，哪怕是陌生一族，亦只得选择与别人搭伴合租，以减轻租金的压力。或许只有这样，才能在这座别人的城市里，获得短暂的安身之所，生存下来。

因为这个缘故，她结识了一个名字叫作丁香的女人。

丁香是她的房东，所以最初，她是作为丁香的租客而存在的。在时间的流逝中，这样的两个人之间，便产生了一种联系的纽带。每个月的某个日子，她都要向丁香缴纳一定数额的租金。

每月如此。仔细计算一下，其实也不少了。

这是失业后，她与外部世界所产生的较少几种关系之一。再后来，某个偶然的时刻，她获悉自己所租的住房，原来并不属于丁香。换言之，她租的房子，产权并不归属于丁香。而这意味着，这房子，丁香也是从别人那里租来，再转手倒租给她的。因此，这其中的逻辑就变成了，丁香成了她的二房东。获悉这件事情背后的真相，她无端愤怒起来。她气急败坏、咬牙切齿了一番。从那一天开始，她突然觉得，每天早晚匆匆与之打招呼的那个丁香，是那么可恶。是啊，她开始憎恨起丁香来。没错！她从未想过，身边的女人丁香，每天就这么兵不血刃、云淡风轻地剥夺了她辛辛苦苦上班赚来的那点儿可怜的薪金。要知道，每个月的房租，对她而言，都是一笔可观的血汗钱。她心疼自己的血汗钱被巧取豪夺。

一种疯狂的思维方式在心头膨胀。有那么一阵子，她固执地认为，是她供养了丁香！这奇怪而充满憎恶意味的念头，在很长一段时间里反复控制着她，折磨着她，侵蚀着她。

好在，时间改变了一切。时间不愧为伟大的训导师。因为日复一日的时间，她才慢慢变得心平气和起来。一个人，在这个社会待久了，看到的事情多了，才能明白，丁香这种赚钱能力，其实是活在这个商业社会的一种自然生长的生存能力。至此，她才恍然大悟。她觉得自己懵懵懂懂，开始读懂了社会这本书。于是，她开始宽宥丁香。不需要任何的教诲，她仿佛一夜之间就长大了。到这时她意识到，反倒是自己有些莫名其妙、无理取闹。是呀，凭什么生人家丁香的气？丁香来深圳早，头脑灵活，很早就懂得从不同渠道赚钱的窍门。这是人家的本事。

一座新的城市，总是会教给人一些新的生存法则。

从那以后，她摆正了姿态，调整了观念，对丁香的态度就好多了。两人的关系日趋缓和。丁香年龄比她大，社会的历练更多，亦深谙退一步海阔天空的道理，平时常常主动照顾她。和气生财嘛。这是丁香经常挂在嘴边的话。骤然而至的温煦感觉，令她愕然之外开始关注对方。没错！在过去，她与丁香——两个人都是各忙各的，神龙见首不见尾。虽然同住在一套二居室里，但是偶尔才得以见面。

无须解释，公司破产后她失业在家的时间就多了起来。两个女人，与对方相遇的时间自然也多了起来。匆匆的问候，客套的一笑，周末偶尔的邀约，平时似有若无的闲聊……这些都在不经意地撮合和推动着双方走近。得益于此，丁香那飘忽不定的女人形象，在她的脑子里，开始日益清晰起来。后来她曾认真端详丁香的模样，发现这个每天匆匆进出，偶尔也给她带回一点美食的女人，其实面容姣好，且性格爽利，偶现大方，自有独特魅力。她为自己一直以来对丁香的忽视而暗暗自责。为了回报丁香的好意和温情，她也报之以亲切与微笑。一来二去，她与丁香的关系，便慢慢从简单冷淡、公事公办的租赁关系，婉转地处成了温暖以待的比邻关系。

礼貌与温馨的氛围，渐渐成为她与丁香之间的主旋律。

两个女人不算一台戏，却也颇为生动有趣。不同的性格和处事态度，让她与丁香的日常生活出现了许多小冲突和小欢喜。到了更加熟悉的时候，每逢在一起时，她们总是不忘斗嘴皮子，不忘挑逗对方一番……两个人抛却了小心翼翼，变得单纯快乐。每天朝夕相处，喝茶吃饭，说话斗嘴，倒也自成一幕幕生动活泼的生活小场景、人生小闹剧。

从刘莉的谢幕，到丁香的出现——哈，用“出现”这样的词怪有意思的。丁香不是本来就“存在”吗？凭什么说人家才“出现”呢？可是，事实上，应该这么说，平时视而不见的芸芸众生之一的丁香，借此反转从而上升成为活泼可爱的丁香——这意味着，丁香终于真正走进了她的生活，并成为她生活中一道不容忽视的风景线。哈，或许可以这么说，在不经意之间，她的生活里出现了一种颇为微妙的转换：有的人退隐了，有的人出现了。

各自登台。

这才是朴素真实的原生态的生活。

而这样的生活，自有其绵延不断的内在逻辑。

话说丁香，作为同伴和朋友，为人着实不错。丁香是四川人，三十多岁，毕业于四川大学。最近一段时间，不，好像要比芦一叶更早些，便失业在家了。据说，导致她不好找工作的原因，除了年龄偏大慢慢失去优势，还有她所学的专业稍显冷门。在大学，丁香念的是化学系。虽说人们的日常生活离不开化学产品，可是在平时，还真不容易察觉什么工作跟化学这个专业有关系。尤其是在城市的写字楼里，化学专业想找到合适的工作似乎更为困难。而与此不同的是，来深圳的人，其实学什么专业的都有。还有不少的人，甚至没学过什么专业呢。而那些人，后来不是都找到了相应的工作吗？

所以，她一直是有些怀疑的。她怀疑丁香之所以没有找到工作，或许是缘于清高或挑剔的秉性。

当然，丁香年纪比她大，她也不敢直接质疑丁香。

她与丁香住在罗湖。不，应该说，是住在罗湖的一个城中村。罗湖在深圳算是老城区了，地理位置毗邻香港。改革开放初期，那些最辉煌的历程中，有许多重大的民间事件就发生在这里。她们住的那个城中村，有个颇具岭南特色的名字，叫黄贝岭村。

事实上，深圳这地方，与中国许多城市不同，这个近几十年才发展起来的大城市，城区内部，各种住宅区或居民聚居区，有不少起名叫“村”的。可以说，各种各样的“村庄”，构成了这座城市蓬勃生长日益壮大的生态。所以，如果说深圳是由各种各样的“村”组成的，也不为过。

黄贝岭村依山而建，紧邻深南东路。村里的老建筑，大多是村民的自建房。最近几年，由于房地产开发商的介入，又新建了不少鳞次栉比的高层建筑，让这片地区气派了不少。与黄贝岭村的南面遥遥相对的，便是香港的北部山区。

最近，丁香有些异常。在过去，芦一叶比较少看到丁香有惊慌失措的时候。可最近这些天来，她经常看见丁香陷入某种烦躁不安的情绪中。有一回，她看见丁香不知从哪里搜罗来一张菩萨像，独自一人，默默贴在客厅的墙上。而且神情黯然地，扭头对她认真说，一叶，我请了这尊大慈大悲、救苦救难的观世音菩萨来……你是否也过来拜一拜？

当时她听了，有些惊讶，心里更是一片茫然。喔，拜菩萨？这不应该是在寺庙里做的事吗？在过去，她也曾去过附近的庙宇。譬如，仙湖植物园内的弘法寺，南山后海始建于明朝的天后庙。还有盐田的东部华侨城那边，深圳海拔最高的寺庙大华兴寺。她也曾看到过一些礼佛的场面。在那些寺庙里，她甚至还读到过庙宇之上的一些文字，譬如度一切苦厄。真是直击心灵。那时她就意识到了，菩萨的气场真大。怪不得人们都念叨着说，南无阿弥陀佛，大慈大悲的地藏王菩萨或观世音菩萨……

可是现在，丁香的行为举止，却似乎有些超出了常理。她觉得，按常理人们请的不都是一尊一尊的佛像吗（她的意思是立体的）？而丁香，怎么买的却是一张薄薄的画纸呢？她突然想到，丁香这是采用目前流行的二次元方式吗？当然，她暗自思忖着，也可能是因为丁香的手头有些拮据了，所以才买了价钱更为便宜的平面的纸画的菩萨？

不过，她还不敢这么直截了当地去问丁香。她不想冒犯丁香，更不愿让丁香难堪。

自那以后，她就经常看到丁香在那里低头跪拜。在菩萨像前，丁香双手合十，嘴里念叨着。菩萨像的下面，后来又放了一只镀铜的小香炉。看起来，这是在慢慢升级呢，正在升级成为三次元的世界……立体的香炉上面插着细香，香烟袅袅，婀娜飘荡，自成一个游移自在的空虚世界，倒也令人遐想不已。

平心而论，平时的丁香够勤快的。每天早上出门夹着简历到处奔走，满头大汗跑去笋岗的人才市场，或者去福田的人才市场……

当然，也会直接上门去各种公司应聘。不过结果并不是很理想，铩羽而归的时候居多。

当然，丁香是个倔强的女人，这也是她与丁香接触更多后的感触。她发现，这个丁香呀，即使屡屡碰壁，甚至受了窝囊气，也仍然能够做到毫不气馁。她有时候很钦佩丁香，觉得丁香真是一个能干且善于隐忍的女人。有那么一段时间，她甚至觉得隐忍都快要像是丁香的一个标签了。那会儿，她很担心丁香。她能够感受到丁香所承受的生活压力。那些日子，她担心丁香受不了生活的重压，担心她会情绪失控……或许就是在那个时候，她开始同情起丁香来。

那时她曾经设身处地替丁香想过，唉，这个丁香呀，整天求神拜佛的……真的有用吗？

当然，她比丁香年轻，彼此有年代差，这就导致了她不太能够了解丁香内心的想法。

有一天，丁香回来说她跟旧日的同事去了梅林的天主教堂。好新鲜的事呢。她叹息着，说她离唱诗班那么近，听那些人在用心地唱着歌。教堂里清亮的歌声令她神情恍惚。那天她说得有些兴奋起来。然后说，自己带回了一本褐色封面的《圣经》。当然，还有一尊小型的铁质耶稣像。

那天晚饭后，丁香把那尊耶稣像放在了与菩萨像并排的位置。

她吃惊地看着丁香，很想问：哎，丁香姐……您这是在干什么呢？您把他们放在一起……这是想让他们享受同等的待遇吗？

啥，待遇？

这样的用词，是不是有些孟浪了？当然，这种冒失，她没敢表露出来。

后来的一件事，改变了这个局面。有一天，她和朋友去逛深圳古玩城。古玩城在城东。古玩城内，偌大的场地，有很多人在摆地摊。她与伙伴们穿行在那些规整的地摊之间，好奇地浏览着各种古旧的物件。那天，她竟然淘到了一尊太上老君的瓷像。说真的，要不是摆地摊的摊主告诉她这是太上老君的像，她可很难判断这到底是谁的塑像。估计那位长相有点猥琐的摊主很长时间没有开张了，见这个女孩站在跟前好奇地瞄着那尊瓷像，便竭力撺掇她买下来。哈，太上老君？她听过这个名字！嘿嘿，中国道教的祖师爷嘛。她端详着瓷像，虽然看上去有些陈旧，却色彩鲜艳，而造型简直可以说是生动精美。她拿在手里瞅了好半天，心中甚是欢喜。后来她就将这尊瓷像“请”回了家。摊主郑重其事地说，小姑娘！你不能说“买”，要说“请”。她睁大双眼，想说什么最终却只回答了两个字：好吧。她利索地将这尊太上老君像“请”回了家。起初，她不知道应该放在哪里才好。突然灵机一动，不如就放在小餐桌上好了。这样，她用餐或休息时，皆可以看着这尊可爱的太上老君像，让自己心情开朗愉悦。

她喜欢太上老君温馨的模样。喜欢这个神仙带给她赏心悦目的感受。尤其是太上老君唇红齿白，充满智慧与乐观的笑靥，总是莫名地打动着她。或许因为心情合拍与交融，导致她的脸上也时常浮现出情不自禁的笑容。

那天丁香回来，也留意到了这尊像，亦颇为喜爱。问她从哪里得来的，她告诉了丁香。丁香取笑说，那为什么放在饭桌上呢？你有没有想过？这位太上老君，可是天下道士的祖师爷，既是道士，那应该是吃素的吧？可你，却让他老人家整天面对你碗里的大肉和鸡腿，看着你饕餮大吃、大快朵颐……嘿嘿！你怎么敢这样挑逗和放肆呢？你不怕惹他老人家生气吗？

啊？她怎么没有想到这种问题呢？她感到事情的严重性。对呀！万一太上老君生气了，那咋办？

丁香想了想，就说，不如把太上老君也放到菩萨像和耶稣像旁边？三位神仙大佬，各居一方。这些人可都极有权势、法力无边。倘若我们每天虔诚礼拜，或许有一天会发生意想不到的奇迹？那我们可就有福了。

哈，这丁香，脑子还算灵光嘛。先不管太多，丁香也许是对的？单说这几位大人物，的确是这世界至高无上的三大统领。他们合在一起，岂不就成了所向披靡的无敌之神呀！

这么想着，她就扑哧笑了起来。不过，她发现若按中国人的习惯，儒释道有三家呢。现在是不是还少了一个重要角色？譬如，菩萨是“释”，太上老君是“道”，是不是还缺了一个“儒”？

别的不说，“儒”可是一个重要的角色！因为若细究起来，“儒”才算是真正掌握了考试的关键，尤其是掌握了监考的特权。而她们，现在不是都在忙着找工作吗？如果想找好工作，就得准备应聘——应聘是什么？应聘就是参加考试啊。

想到这里，她心急地说，丁香姐，看咱们最近都忙昏了头！怎么单单就缺了一尊天纵之圣、天之木铎、至圣先师、万世师表的孔夫子塑像？

丁香疑惑地问，缺了万世师表的……孔夫子？什么意思？

她煞有介事地说，我们怎么能少了孔老师嘛！丁香姐，你想想看，如果惹得孔老师不高兴，我们以后参加应聘考试怎么可能过关呢？你可知道，孔夫子——他可是专门负责学生考试的总监考师啊。

丁香这才如梦初醒，笑着点头称是。

丁香果然是一个聪明人，她在一本书上找到了一张孔子像，然后小心地撕下来，和众位大佬贴在了一起。现在，她们终于拥有了三位本国的至尊上仙，再加一个外国天父。这实力真是杠杠的，足以睥睨天下。

现在，她和丁香终于真正开心起来。哈哈，这才是真正的大场面！

趁着一切顺利，她也结束了自己原定的假期。当然，她原本并没有什么假期。所谓的假期都是自己臆想出来的，美其名曰而定制为假期。只不过是由于失业，在一种沮丧的情绪控制下，她才狠下心来，给自己放了个长假。过去上班的时候，她很少享受过所谓的假期。因为过去的每一天，都被贪婪的老板填得满满的，而她则需要为五斗米折腰。后来失业了，她才拥有了这种一不做二不休的机会，让自己放纵了一把。在这样不管不顾、放飞自我的念头支配下，她着实疯狂地玩耍了两三个月的时间。

而最近这些天的变化，尤其是几位至尊上仙的翩然登场，唤起了她心底柔软的崭新希望。因此，她毅然决然地决定提前结束自己漫长的休息。趁着新生活曙光初现，人生崭新的一页正在等待着她纤细的手指去翻动呢。故而，她需要对自己提出一些最新要求。她要收拢乱了的心，调整好情绪，整装出发，重新开始找工作。

当然，她知道事情不会是一帆风顺的。不过，她做梦也没有想到，刚出山就遭遇到一件恶心透顶的事，结果又被生活的一个浪头打翻在地。

那天，她很生气，闷闷不乐，又灰头土脸地回到了家里。

事情的起因其实很简单。她拒绝了一份派发小广告的临时活计。本来让她派发小广告也不丢人，让她受到侮辱的，是那人竟然要她去派发色情小广告。小卡片上那些搔首弄姿、半裸的妖冶女子，看得她脸热心跳。什么意思嘛！这样做，岂不是让她去干皮条客的勾当？她很生气，跟派任务的广西小老板吵了一架。那是个瘦猴般的猥琐男人。或许见识过深圳女生的厉害，愕然之下并不与她争论，只讪然丢下一句话，说你不干拉倒，就逃之夭夭。

她心灰意冷地回到家里。这真是乘兴而去，败兴而归。当日她忘了吃早餐，却受了一肚子气。回到家里便觉饿了。打开冰箱一看，家里也没有吃的东西了。心中一横，就想不如出门去买点东西吃。

前段时间，她想培养优雅的生活方式。事实上，作为一个心思活络的年轻女生，她萌生过无数念头和想法，她也构思过无数种改变自己人生的方案。其中之一即是成为一位优雅的女人。这也是她一直以来的梦想。那么，做一个优雅的女人，需要从哪儿开始呢？当然是从学习品尝茗茶、西点开始。生活能够改变一切。她相信唯有追求优雅，才能成为优雅的人。不错，她想以此方式，作为提升自己个人修养和生活品质的一种尝试。而作为女生，她一直认为，吃东西能排遣恶劣的心绪。因此，享受美食既是一种人生追求，也是一种提升自我生活品质的渠道。况且，对所有丑陋恶劣的粗糙生活，她都必须质疑并警惕，必须坚定地拒之门外。最近，她恰好在读一本英国文学名著，书名是《呼啸山庄》。就在昨天，她甚至还读到了一篇关于小说译者杨苡的文章。据说这本小说拥有的如此美妙的书名，是这位女翻译家首先翻译出来的。一语出而天下惊。这个精彩的翻译书名，后来获得广泛的赞誉。她还听说，杨苡降生于世代簪缨书香之家，有人甚至认为她是中国最后一位女贵族。杨苡长寿，去世时已逾百岁。真的！能活到如此高寿，不能不让人充满敬佩之情。当然，她还注意到一个细节。她注意到杨苡有一种生活习惯，就是这位前辈一直到老，都保持一种优雅的待客之道：一定请吃下午茶。她很高兴自己竟然能够留意并且记住了杨苡生活中的这个亮点。

美中不足的是，她所居住的城中村并没有院子。当然，她也租不起带院子的房子。而且，她也没有客人。不过，正像海港中停泊的航船，一切都有待扬帆起航的那一天到来。所以，在这样的情势下，她暂时还只能私下偷偷地幻想片刻。当然，她的想象虽然随意却很绚烂，具有潜移默化的自我激励功能。是啊，如果把自己当成自己的贵客呢？嘿嘿，这不就成了自己款待自己吗？不管怎样，从另一个层面来说，这也算是肥水不流外人田嘛。一个人，必须爱自己。而且，她深信一个道理，那就是好习惯是可以培养出来的。这么想着，她就高兴起来，兴奋起来。说实话，她从内心期待自己，能够像杨苡先生那样，成为活在这个粗鄙世上的一位既精致又有品位的女人。

在尚未失业之前，她就曾一直幻想着怎样培养自己周末吃下午茶的习惯。现在，恰好有了这样的契机。仿佛在冥冥之中只须等待一个号令。等待黑暗夜空中一枚耀眼而明亮的信号弹。去年刘莉送了一盒阿萨姆红茶给她。刘莉的男友——现在该说是前男友了——赵先生去了一趟印度，回来后刘莉送了这盒茶叶给她。还曾经笑嘻嘻地问她，能不能喝出点喜马拉雅山麓的味道。她才知道，这盒她还不舍得喝的茶叶，原来辗转来自神秘的世界屋脊喜马拉雅山麓。

她兴冲冲上街去买了司康饼和泡芙，又买了两块澳门蛋挞，一盒红得可爱的小番茄。

泡好印度红茶，正好丁香回来了。丁香一头扎进了房间。少顿，居然换了件枣红色的风衣出来，扭着腰走了几个猫步，然后做出各种亮相动作。丁香的嘴里一边喊着天气真冷，另一边呢，却瞥见了桌上的美食和热茶，于是高兴地问，怎么有了这么多好吃的东西呀？

她笑着，并不言语，起身替丁香倒了杯香茗。丁香不肯坐，双手抱着茶杯走来走去。她脑中突然闪过她曾经做过的那个梦……啊！在那个梦里，刘莉不也正是这样抱着茶杯吗？

世界真怪异。

她看见丁香身上的新风衣了。那件合身的风衣，把丁香那曼妙的身材，衬托得令人销魂。瞧那胸脯，多丰满！还有臀部，多肥硕……

她好奇地问丁香，你为什么这么高兴？

丁香骄傲地抱着双臂，撇了撇嘴，然后说，我能有什么好事？哼，今天遇到了个渣男。

渣男？

她更好奇了。莫非你，谈恋爱失败了？

谈个鸟啊。现在的男人那么小气，有什么好谈？

丁香又说，遇到一个自称是诗人的渣男。那人说自己名叫曹林——要请她吃饭。跟他去了，却带她去吃路边摊，撸串、喝国产啤酒。吃什么饭？吃他个仙人板板……丁香嘴里骂骂咧咧的，气愤起来。说自己一个粉嘟嘟的天府之国女子，专宠美食，怎么能成天吃那些垃圾食品？

哈，原来是这样啊。她莞尔一笑。又问道，原来，那人姓曹？

丁香说，怎么了，你认识？

她笑吟吟地说，我怎会认识？我只是在想，他怎么能跟曹操一个姓。

丁香高兴了，赞赏说，是啊，糟蹋了一个好姓。

她也觉得有趣，笑着说，丁香姐，你怎么如此挑剔呀？平时我们不也经常去撸串吗？

丁香噘嘴说，能一样吗？他想泡妞，靠几根竹签，就想搞定老娘？

哈，这个丁香，今天太好玩了。

最近很少见丁香如此温婉多话了。她怔怔地想着，听见丁香故作淡然地说，亲爱的！告诉你一件事：我今天找到工作了。

她听了一愣。原来预先做了这么多准备，这么多前戏，全是为了后面这句话啊。丁香如此有耐心，莫非是为了心中的这个大秘密吗？这姐姐，葫芦里卖的什么药？

不过，她也故意忍住没问。在深圳，找到一份普通的工作，算不上什么大事。除非丁香找到了一份非常好的工作，才值得如此隆重对待。

果然，丁香开心地说，她找到了一份好工作。

啊，真是好工作呢。她不由得有点心动。这丁香！她很少看见丁香这般认真。丁香说，一叶，你知道吗？所谓的好工作，就一定要具备三个特征：第一，形象要好；第二，实力要强；第三，属于朝阳行业。

而她要去的公司，正是这样一家公司。

她有些吃惊。自己的猜测果然应验了？

丁香眉毛一挑，说，芦一叶啊，我看你不信的样子。我告诉你吧，这当然是真的。你知道吗？拥有一份好工作，犹如乘船。要想在大海里远航，你总不会去坐一只小舢板吧？那样，一个浪头就打翻了。我们必须选择稳当，并且安全的大船，才能经得起风浪。

她听了，咧嘴一笑，说，哈，莫非你想去做船员了？

丁香说，做什么船员呀？我这只是一个比喻。

她连忙恭维说，那真是恭喜啦，恭喜丁香姐。

丁香又告诉她，说下周可以去报到，很快就可以正式上班了。

啊，已经进展到这个程度了？难怪这家伙这么开心。这年头，能找到一份好工作，着实不易。怪不得她今天进进出出，特意去穿了件漂亮的风衣来惹人关注呢。隆重亮相的背后，是因为满满的开心啊。

当然，表面上丁香仍保持着低调，保持着某种轻描淡写。

丁香慢条斯理地说，你看看，我为什么说大公司好？大公司好就好在，它薪水高、待遇好。这家公司，还给我们提供廉租宿舍呢。

啊？还有住房可住？

想到这一点，她开始有点紧张了。

她问丁香，这么说来，你要搬家了？你要离开这里了？

丁香不解地说，啊？为什么？我为什么要搬家？

她自然不知道丁香的真实想法。她也不知道丁香到底会不会搬家。不过，直觉告诉她，丁香应该不会浪费这么好的福利吧？有廉价的宿舍可住，她为什么要“赖”在这里？

如果是这样，那很快就要变成，自己要单独支付这里的房租了。这才是让她头疼的事。

丁香说，你知道的，我一向讨厌一群人挤在集体宿舍里。我才不要那样的生活。

这样的话，她并没有听丁香说过。不过，既然丁香认为自己属于这种人，那么，她至少可以暂时相信一下。

不过，她倒是想起来，平时闲聊的时候，丁香说过：自由是深圳女人的标配。丁香还说，深圳之所以能吸引全国各地的人来到这里，就是因为这座城市的空气让人无比顺畅。

拥有自由，才能顺畅。对吗？

当时，她只是在想，自由当然是个好词。人人都喜欢自由啊。可是，真正能够拥有所谓的自由，那还需要金钱的强力支撑才行。否则，说什么都是空谈。

她也热爱自由。可是她更加缺钱。她囊中羞涩。以目前的财务状况看，她还难以奢望拥有丁香所说的自由。

丁香突然笑着问道，你想跟我一起去住集体宿舍吗？你想去，我倒是可以带你去。

她脸红了。这是一个伪邀请。丁香才不可能带她去住集体宿舍呢。丁香本来就不喜欢和大家住在一起，又怎么会带她走？不过，丁香人好，经常也不按常理出牌，很难说她绝对不会这么做。

她只好咕哝着说，哦，那、那怎么好意思？

丁香大笑起来，说，哈哈，真可以去，我也不会去啊。不如我去申请一个床位，让你过去住？

她暗自想，果然如此刻薄啊，这更是瞎扯呢。不过与此同时，她嘴里却只是淡淡地说，那怎么可能？

丁香说，就是嘛，不可能的。不过，一叶啊，要我说心里话，我们都不走，都仍旧住在这里——你觉得怎样？我们一起，就先在这里住下去。好不好？

保持原状？这倒是不错的选择。

她高兴地说，真的？

丁香说，当然呀。

后来丁香又邀她下周陪同一起去报到。丁香说报到很快就会结束。那样的话，她们就可以有时间结伴逛街了。丁香贪婪地说，想想看，我们作为女人有多久没有逛过街了？我们这些人真是的，活得越来越不像女人了。

这倒是事实。在这座城市，很多时候男人不像男人，女人也不像女人。而丁香最近一段时间，活得的确是灰头土脸的。

丁香继续畅想着说，听说南山那边，新开了很多大型购物中心，真让人向往啊。

她的内心亦为之雀跃，头脑一热就答应下来了。

第三章　过　关

次日早上醒来，她才意识到自己昨天的答允有违心愿。唉，本该婉拒丁香的，她却做了相反的抉择。其实，道理是简单的：丁香找到工作跟她有什么关系呢？跟丁香一起又有什么意思？坦率地说，丁香找到工作，只能让她平添焦虑。

当然，到了现在她也没有合适的理由回绝丁香。睡了一晚，就改变主意了？总不能说，不行啊，丁香姐，今天我也得去找工作。

她叹了口气，说服自己权当出门玩一趟。失业后，时间愈多，浪费得愈多，她才开始明白时间的珍贵。因为，失业后，她才更加真切地感知到了自己身上的压力和负担。

丁香将要履职的新公司在福田区。乘地铁前往，是最佳选择。

从地铁走到地面，她们来到一座高耸入云的高楼的底层。她朝周围看了看，大厦挺拔、新潮、美观。

美观？

她解释说，美观就是漂亮。这幢大楼好漂亮啊。

丁香笑了，却说，房子漂亮不重要。待遇好不好，才重要。

丁香告诉她，以前翻阅过一本书，书里说实惠丰厚的收入和待遇永远比漂亮的办公室重要。

她突然钦佩起丁香来。丁香虽然大大咧咧，却具有一眼看清问题实质的本领。

大厦的大堂内，豪华电梯在两侧一字排开。电梯空间大，速度快，转瞬间便将她们送到了 25 楼。

她瞅见了显示板上那个数字“25”时，心中突然一跳。她想起自己今年正好 25 岁了。这是何等奇妙的相逢啊。在这里，在这间电梯里，她遇见了自己的年龄？这奇妙的想法笼罩了她。她继而又想到，自己目前虽然已经 25 岁，却一事无成。哦，25 岁！在本该奋发进取的年纪，她在干什么呢？她正走在陪同别人去入职报到的路上……哎呀，时间都去哪儿了？

她不禁微微一笑。她的时间，最近都浪费在无聊的事情上了……想到这里，她有些难过。她自己的工作呢？她今天的事业呢？还有所谓的生活和爱情。爱情就别提了。想到刘莉的惨败，她有些黯然神伤。那其他的事情呢？总之，迄今为止，她没有一件重要的事情有了着落。

她的心情黯淡下来。

默然而行。眼前这高端大气上档次的办公场所，还是打动了她。她羡慕丁香，这次找到的工作真不错。这才叫水往低处流，人往高处走啊。她突然羞愧起来。今后，她也应该沉下心来，好好思考自己的未来。要向丁香学习。为了这一天，丁香付出了很多。她期待自己，也能够时来运转。

25楼的大堂，宛如一个平台。公司的门面，一派富丽堂皇的景象。豪华的前台，接待小姐竟有两位，站在柜台内侧，衣香鬓影，仙姿飘飘。这才是高端的公司形象嘛。

丁香出示了公司的通知书，被允许进去，她却意外被拒。眼见丁香一直在与那两位小姐交涉，求情。而那两位女同胞呢？虽语气轻柔委婉，可拒绝的态度却丝毫不肯让步。

电梯里走出一位风度翩翩的男人。前台小姐立即放下工作笑脸相迎，并向那男人微微鞠躬。那男人环视一圈，微微颔首。然后似在小声与她们商议着什么。她看到那男人，间中或也转过脸来不经意地扫视她们。噢？一种莫名的异样感觉升起来……

接下来发生的事令人称奇。她莫名其妙地被允许进去。前台小姐邀请……啊！一个人由委婉被拒，到温柔被接纳——这变化来得太突然。在那个瞬间，她脑子里闪过许多念头……不，到底发生了什么呢？

她扭头想去看他，却又不敢。路过他的身旁，她直视前方，一股淡雅的香水味道飘荡而来……

一路上，她们路过许多办公室，有的开着门，有的关着门。一间大会议室，侧面贴了张白纸，上面写着：招聘处，原来这里正在招聘。会议室里人影幢幢……前台小姐走到一间写着“人力资源部”的门前，才侧身礼让，优雅地做了一个邀请的姿势。

这是开放式办公场所。里面有许多正在办公的男女。所有人都在埋头工作。路的尽头是另一间办公室：人力资源部总经理室。

门开着，里面传出说话的声音。

她还没适应过来。刚才，那种被人拒于千里之外的态度，仍有残余的影响。后来，被人热情相邀又令她产生一种身不由己的感觉……

丁香正在与人谈话。那人年约半百，长着满脸的络腮胡子，看上去也颇像领导。

她找了个地方坐下来。

这么胡思乱想着，她又看见一个人，一个熟悉的影子。不，她怎么会有熟悉的人呢？少顷，她突然意识到，那熟悉的身影正是刚才在电梯口遇到的那个男人。

男子年纪不大但老成，一见难忘。现在，她终于看清了他的容貌。哦，一个男人怎么可以像他那样呢？气度不凡，又很有气场。

偌大的办公场所，不少人停下手里的工作。络腮胡子领导，也匆匆中断与丁香的交谈，朝他走去。

一切看似平常却又不平常。正当她胡乱猜测到底发生了什么时，络腮胡子领导已来到她面前，丁香也跟了过来。

络腮胡子领导问，女士，怎么称呼您？

一时间，她有些懵了，她以为他在跟自己身后的人说话呢。

这时，丁香说话了。汪总，这是我的朋友芦一叶。

汪总？

汪总说，抱歉。一叶女士，您是否有意参加本公司的面试呢？

她有些慌乱，赶紧澄清说，当然不，我不是来面试的。

做老总的，都有一意孤行的毛病。未容细想，汪总笑道，一叶女士，我们一起来做一道简单的测试题吧。勇敢点！

她就这么被卷进旋涡了。

她心里懊恼。想告诉汪总，她真的不是来面试的。

汪总对丁香说，你这朋友有点紧张。要不你陪她一起，也参与一下这个简单的游戏吧？

丁香自然不敢不予配合，只好答应。

汪总说，游戏简单，一道选择题而已。两位听好：如果你能拥有一种超能力，你是选择隐身，还是选择会飞？

到了这个地步，她不想参加也不行呀！当她听清楚题目后，愣住了。她想，当然选会飞。年轻人嘛，性子急，会飞多好（虽然是假想的）。会飞，就可以想去哪儿就去哪儿，想飞到哪儿就飞到哪儿。金庸的武侠小说里有个任我行，打遍江湖无敌手。如果会飞，真是太爽了……

丁香在装模作样地思考着。那是做给汪总看的。

丁香没敢浪费时间，很快就给出了答案。她的回答是会飞。

这才对！会飞多好。

汪总扭头朝附近的那个男人望了望。那男人，竟然还在这里？

现在轮到她了。虽然知道答案，可是她仍然紧张。

当然，她所喜欢的答案，跟丁香是一样的。可是，现在怎么办？如果和丁香一样，太没创意了。

这样想，她只有选隐身了。其实，选隐身也不赖。想想看，倘若童年玩捉迷藏时，一个小姑娘能有本事把自己藏起来：站在你面前，你也看不见她！——嘿嘿，那该多么拉风啊。

突然，她瞥见男人走过来。他藏在逆光里，犹如梦幻般。

一股热浪冲上头。她想，一定要有创意！于是就说，我选隐身。

可是，这算有创意吗？

那男人飘然而至。她闻到他身上的香水味道了。

其实，她现在已经想好了。她答隐身的时候，意犹未尽，还有话说。所以，很快就补充说：因为我已经会飞了——所以，我才选隐身。

大家面面相觑。可以这么选吗？

她本来有点胆怯的。可是不知怎的，她突然变得勇敢起来。她红着脸说，我想做个懂隐身又会飞的女人。

好突兀！

这样的回答，不是太贪心了吗？

话说回来，一个人拥有如此强悍的能力，也许只有在梦中才能存在。

可是现在，难道不正是一个人勇敢说出自己美梦的大好时机吗？

有人质疑：不是只能有一个答案吗？

有人欣然同意：这不也算是只有一个答案吗？人是活的，思想也是活的。

有人忍不住赞道：真聪明！

又有人啧啧称奇，说：真敢想呀！

…………

几乎所有的人都盯着那男人，看他如何表态。她已经隐约感觉到他的重要性了。

男人兀自笑着，慢慢举手鼓掌。

随之而来的，是一阵潮水般的掌声。与此同时，她有一种头晕目眩的感觉。她觉得，自己被一种意乱情迷的东西淹没了。

她害羞起来。是呀，她从未遇到过如此震撼人心的场面。

她是怎么离开的？她与丁香又是怎么走出这座大厦的？她都不记得了。还有，他（那个男人）又是什么时候离开的？她也没有留意。总之，她甚至记得，最后她婉拒了汪总的加盟邀约。她既紧张，又害怕，担心自己的搅局，会影响到丁香的聘用。为了丁香，她必须表明态度。她甚至莫名其妙地夸赞了汪总一句，说贵公司选择丁香姐才是最正确的方式。

这反客为主式的肯定，让汪总笑了。

汪总夸她讲义气、有格局、人品好。

她似乎还记得，她看到一位白发中年女士来找汪总。她目不转睛地盯着那个女士。虽则年长，可真是高雅、迷人。

女士走后，汪总过来，递给她一件东西。直觉告诉她，这件东西应该是那位女士转呈的。汪总是二传手。离开公司时，她意识到自己手里捏着一张名帖。

她从未看过如此漂亮的名帖。打开看，里面无它，是一张绿色的名片。

汪总力邀她加入他们公司，而她一再婉谢。在她看来，那既是对丁香负责，也是对自己价值标准的坚守。后来汪总只好说，好吧。他说我们尊重你的想法。日后如果还想加入，就看看你手里的这张绿色通道卡吧。

绿色通道卡？汪总真会开玩笑。

当时，她并没听懂汪总的话。她的脑子被一种执念霸占：一个人无功不能受禄，这是做人起码的原则。而她恪守这样的信念。

她将名片放进了手袋。

走出大厦时，丁香亲切地拥着她，在她的耳畔开心地说了很多话。她也说，今天太开心了。她们笑着，说着，直到室外明媚的阳光笼罩了她。

经此一役，她与丁香的关系愈加亲密。这些年她一人漂在深圳，丁香成了她的室友。而如今，又晋级成了她的密友。作为女性，在这陌生的城市生活下去需要祈求好运。况且，眼下，能找到一份工作着实不易，想找到一份好工作就更加不易。现在，丁香可以放心了。

丁香的工作尘埃落定，高兴是理所当然的。而她谢绝了公司的好意，断了一条出路。

当时的她很豪气，到后来却渐渐有些失落了。她暗暗叹息，偶尔间还不无后悔之意。有时候，她会想，自己那样做，是不是犯了一次错误？她觉得自己真是太年轻了，完全没有心机，却又不肯有负于人。因此，错过一些东西也是必然的。

她突然觉得，为了自己的一份坚守，她让自己无路可走。

丁香如期上班。而她，开始变得郁闷了。她开始有意避开丁香。每天，她故意很晚回家，或者早回早上床。她想的是，尽量与丁香错开相遇的时间，避免说话。她想逃避这种由于错失良机而饱含自责的黯淡心情。

某一个周末。那天下午，她睡到很晚才起来。而且，是因为丁香敲门才起来的。丁香在门外喊她一起下楼吃饭。丁香隔着房门说，一叶，今天好不容易轮着可以休息了，别整天睡觉呀！不如一起去吃点东西？

她不愿意起来，可是丁香敲门声急，她只好不情愿地爬将起来。丁香笑嘻嘻地问她，想吃什么呀？

她不觉得饿，暂时也没什么胃口。

丁香说，人是铁饭是钢，一天不吃饿得慌。是个人总要吃饭的。

她也不想让丁香破费，那样的话，她就又欠丁香一份人情了。

所以，她迟疑地建议说，那不如，我们去吃碗桂林米粉？

桂林米粉？丁香笑了起来，说，也好！好久没有吃桂林米粉了。当初来深圳时，不知吃过多少碗桂林米粉呢。

她们稍事整理，便一起下了楼。两个人边走边商量。巷口那儿，有一家桂林米粉店，是几个从广西来的年轻人开的。她们都在那里吃过。味道不错，地道。据说，酸笋和牛腩，都来自广西老家。

到了米粉店，却遭遇了闭门羹。大门关着，门上贴了张白纸，用透明胶粘着，那上面是一行打印的字：

本店歇业

她们两个面面相觑。少顷，丁香突发奇想，执意要去吃海鲜。吃什么米粉？丁香说，找到了工作，我理应要请一次客的呀。择日不如撞日，今天正好有空，不如现在就去吃一次大餐。

丁香真是个爽快的女人。如今，找到工作，且是一份不错的工作。应该暂时算是过了一关。钱是人的胆啊。所以，丁香看上去心满意足也是正常的。她们叽叽喳喳地说着话，沿着城中村的小巷出去，转了几个弯，来到了黄贝岭食街。夜色中，这条食街摆满了餐桌。街边霓虹闪烁，弥漫着诱人的气氛。

这是一家海鲜餐馆。室内室外都密密麻麻地摆放着桌椅，她们在室外挑了张桌子坐了下来。

海鲜池里，品种不少。各种海鱼、海虾、海蟹、带子、花甲等，在海鲜池里活蹦乱跳的。丁香去点了一斤南海基围虾、一盘带子、四只小海蟹，还有两只元贝和一碟碧绿的时蔬。

吃着海鲜和蔬菜，两个开始有些沉默的女生，共同的话题就多了起来。忘记是谁说的，没有什么坏心情是一顿好酒好饭解决不了的。丁香喝着啤酒，高兴地说，仙人板板的，老子终于可以扬眉吐气了。下次一定要去挑逗一下那些条件优越、像公鸡一样骄傲的渣男。我要看看他们卑躬屈膝的样子。

她听着丁香说话，心情开始轻松起来。自然，她是能够听得懂的。她能够意会丁香的话里面，到底有几个意思。

丁香的直爽，像是在宣布：从现在开始，她要拒绝与那些只会在路边摊吃烤串喝啤酒的渣男交往了。而且，她也听懂了丁香的话中话。丁香隐含着的意思就是，路边摊不是不能吃，而是要看在什么情况下去吃。丁香是个自傲的女人，不甘心被男人轻视和贱待。

丁香当然是开心的，因为她一直在说话。丁香问道，一叶呀，你听说过一句话吗？“人往高处走，水往低处流。”——都说女人是水，可她丁香不是。她丁香，才不会沦为水那样没有定性、没有个性的东西呢。而且她也不会像水那样，满地乱流。她是人，她要往高处走。

她看见丁香举起了啤酒杯，于是也拿起杯子跟丁香碰了一下。一杯啤酒下肚，她忽然想到，丁香的工作解决得如此顺利，是否跟家里供奉的那些神仙和天父有关系呢？

因此，她含笑问丁香，家里神仙那么多，你有没有搞清楚，到底是哪位大仙出手相助的？快告诉我！回去我也要拜倒在他的门下。

丁香一下子愣住了。

第四章　逆袭飞升

时间绵长。后来的某一天，具体日期不记得了，这天她意外接到一个神秘电话。后来，她问清楚了，是丁香供职的那家公司打来的。就是她曾陪丁香入职报到的公司。电话里的那位女士，操一口吴侬软语，温婉好听。她想起来，在那家公司她们曾经邂逅一位优雅有礼的女士。她记忆犹新。那位女士鹤发红颜，当时就俘获了她的心。想到这个电话，竟是那位女士打来的，她有些激动。女士温厚地问道，来公司的事，您考虑得怎样了？乍听之下，她有些愕然。她回想起汪总曾经的盛情邀请。哦，莫非这家公司，原来真的希望她赴约？

有那么一刻，她开心极了。不过，更多的是惊奇。她还不能完全理解这种行为。面对这一情况，一种好奇的探问在心中浮现。她想问女士，这到底是为什么呢？是什么缘故或缘分，让贵公司对她如此友好？

女士应该正在迟疑，因为声音停顿了十几秒。然后，她听见那位女士说，您不必多虑，只需要明白我们是真诚的就行了。若蒙同意，可否约个时间？我们一起来商议这事。

是的，她仍有许多的疑问，却无法一一询问。猛然间，她又想起一件事，也是她所关心的事：既然贵公司看好她，那么，她很想了解一下，在贵公司她将可能承担什么工作呢？她想知道，她会在什么岗位上工作。

女士客气地说，当然，您确实应该了解这些。我们的意向是，我们认为您或许比较适合从事行政方面的工作。若蒙认可，您有可能担任公司行政助理一职。

行政助理？

女士说，全称叫作私人行政助理。虽然冠之以“私人”，却是公职。

私人行政助理？好吧，她还从来没有留意过，居然会有这样的职位。

对方说，叫什么名称不重要，重要的是工作本身。行政助理的职责简单又重要。发挥才华，处理好必要的行政事务，是这份工作的要义。其他方面，有什么要求请说，公司亦不会视而不见。

她原本就在公司的行政部工作。或许，他们早已调查过她的情况？按照她的理解，行政部门相当于一家公司的办公室。于她而言，不能说得心应手，也应该算是理解到位。

她虽然仍然有些迟疑，还是先应承下来了。

放下电话，她有些恍惚。突如其来的好运——如果这算好运的话，令她兴奋莫名。很快她就感到了困惑，再后来，一种不安涌上心头。后来，她想起来，这位女士在电话里提醒她，她曾借汪总的手留了一张绿色名片给她。她还亲切地问道，这些天来，你为什么不按名片打个电话呢？

原来，那张名片跟她也有关系？

她很开心，却又纳闷儿。她想，为什么要打电话呢？这时她意识到了那张绿色名片的重要性。女士说，如果想了解您的工作性质，从名片上也能大致看出若干端倪。可以告诉您的是，您将为公司的一位主要领导服务。

那么，即将到来的一切，应该都跟那张名片有关了？更为重要的是，那张名片已经在她的手里了。

这话如此蹊跷又清晰。她诧异不已。那张名片？当时她差一点扔掉它。她想起那天汪总说过，那或许是一条绿色通道。何谓绿色通道？她知道深圳市政府有一种人才政策叫“绿色通道”，符合条件者可以通过这条便捷的通道，越过种种障碍直接调入本市。如此说来，她竟也像是“人才”了吗？老天！她的确有那张名片。当时没有特别在意，不记得放在哪里了。她没有料到一张普通的名片居然能够变成绿色通道。世界真奇妙。她想去寻找那张名片。好在她是一个有良好习惯的人。她找来手袋，发现了那张被冷落许久的纸片。

那的确是一张绿色的纸片。挺括、舒适，宛如春天依依杨柳，透出来的是一片温馨春意。不过，名片很简单，只是印着几个字。

那是人人都认识的字：沈世泽。

这就让人费解了。沈世泽？还有，在那个本该印上公司名称的地方，要不就该印着各种职务，或各种头衔的地方，反而是空白的。

这么看着，她觉得，这张纸，像一个吝啬的人，他什么都不肯透露，什么都不肯让你看到。

她凝视着名片，好奇不已。这位沈先生，到底是哪一路神仙呢？他这个人，他的职业，联系方式……关键是，他是干什么的？

多奇怪！

名字的下面，印着一长串的数字，一长串的阿拉伯数字。整齐、冷漠、孤傲。她猜想，那自然就是他的电话号码了。

同时，也自然就是藏在背后的那个人了。一个沉默孤僻的形象。

那么，他是谁？

事情的进展是顺利的。

第二天，她去那家公司赴约。她喜欢那个声音委婉好听的白发女士。不，她甚至能够回忆得出那位女士的优雅模样。所以，令她尤为欢喜的是，她渴望见到那个女人。对她来说，她清楚此行最重要的，是弄清楚这家公司的主要业务和真实背景。丁香影响了她的判断标准。她希望能够从这家公司的背景中窥见其所追求的目标和价值观。正如丁香所说的，她希望对方真的是一艘大船。

当然，第一是赚钱；第二是值得。她想去一家值得去的公司工作。

没用多久，她就打听清楚了。原来，这家公司的全称竟然是东方青铜器投资有限公司。

这般奇怪的公司！她没法猜测这到底是一家怎样的公司。到了这家公司后，她仍然有些忐忑不安。是啊，当初，她站在这家公司25 楼的大堂前，似乎从未留意到公司的名称。当时，她的眼睛一直被那两位气质高雅的前台小姐所吸引。当时，她正为自己能否进去而担忧。

现在，她才意识到自己竟然来到了这样一家公司。这家曾经拒绝她进去的公司，今天盛情邀请她来了。这样一家拥有奇怪名称的公司，就愈发让她好奇起来。呵，居然有叫“青铜器”的公司？青铜器，不就是一个物件吗？古代祭祀，或吃肉喝酒用的器皿。有点让人找不着北。不，人家其实也并非只是简单地直呼“公司”，而是开宗明义加了“投资”两个字。当然，她仍然不太明白，什么才是所谓的“投资”。不过，有一种理论说，喜欢就是硬道理。或许这便是人家所喜欢、所钟爱的。有钱才能任性。或许，这确实是一家有钱的公司。

她用手机在网上查阅了一下这家公司的情况。结果，一连串高大上的名词涌入眼帘，令人诧异。整体来说，它是一家大企业。自称“投资”，或许是想彰显家中有米？当然，也可能是自负。毋庸讳言，它的确是一家规模很大的集团公司。旗下产业众多，控股公司星罗棋布。

那天，那位她所仰慕的白发女士亲自接待了她。坐在这位女士的跟前，她有些紧张，比那天陪同丁香过来时还紧张。不过，在偶像面前，那位女士的雍容大度，不着痕迹的优雅，安抚了她意乱情迷的心。她有一种感觉，这位女士在公司里地位很高。不过，她听见的却是这样的称谓，别人喊她“商秘书”。她有些迷糊了。在这家公司，秘书也是很牛的人吗？

当然，她很快也获悉了这位女士的大名，她叫商姬。

她尚未见到另一人，就是那位名字叫作沈世泽的。目前，还藏在名片里的人。

从商姬的口中，她获悉沈先生——哦，沈是一位男人——应该是公司的重量级人物。因为，她听见商姬称呼他为“沈董”。

无须多言，这是一家气质怪异，不按常理出牌的公司。而那个男人，或许更像是一位行踪飘忽而又非常自在的领导人。面对着这种油然而生的神秘感，她蓦然感受到一种莫大的刺激与挑战，萌生了一种隐秘的好奇和探寻之心。

现在，机会来了。她终于有机会，来直面人生的某些玄机。她知道，这或许也可能是她人生中难得一现的良机。一切，正如《一千零一夜》里那神秘的咒语所暗示的：芝麻开门！

冥冥之中，一扇厚重的大门正在徐徐打开……

至于其他方面，她暂时不去考虑了。她心里明白，虽然那位沈董看起来是如此神秘，可是她早已累积起了足够的好奇心。并且，她也有足够的准备，来履职，来寻觅。不达目的，暂时不会罢休。

她知道自己这一次，要与一些富有权势的人打交道了。她也由此，获得了一种新的认知：在这个世界上，有的人真的生来与你不同。

想到这些，她有点忐忑不安起来。

与有权势的人交往，最大的好处是可以（或可能）获得某些特权，甚至是一些横冲直撞的特权。

不过，与她所想的不同，这家集团公司让她最为惊奇的是，在她工作履职期间，压根无须与公司人事部门产生联系。而且，集团的人事部门居然从头至尾并未插手她的入职事宜。除了必要的迎来送往，存放表格与资料，才偶有交集（主要是通过商姬），其他的时间，她几乎见不到人事部工作人员。

与她始终保持热线联系的，是那位严肃认真的商秘书。后来，她更进一步获悉，商姬是集团秘书处的首席秘书之一。

冠以“首席”二字的秘书，果然非同一般。

商姬秘书的岗位特殊，像是直接由沈董亲自领导，且具有特别行政权限的重要秘书。商秘书说，为了工作方便，公司考虑专门替芦一叶安排一间办公室，办公室位于沈世泽的大办公室外端，是外人见沈董的必经之地。据说，过去是他的专职秘书使用的。

现在，她对商姬秘书越来越熟悉了。原来，商秘书是上海人氏。是否上海土著尚不清楚，可是，可以肯定她是长江三角洲一带的人。她肤白丰满，看着年轻，应该不会超过五十岁。而且慈眉善目，细心周到，轻言细语，声音动听。她的生活中，出现了这么一位至尊女性，让她心生欢喜。她视商姬为自己职场上的重要楷模。最初的日子，她没有遇见沈董，却每天要与商秘书相见。商姬每天约有近两个小时的时间花在她身上，主要是介绍与解释作为集团主要领导私人行政助理的职能与业务范围。与大多数公司不同，商姬几乎亲自给她授课。到了下午，就让她阅读集团的资料和熟悉各类子公司及参股公司的情况。面对她心中生起的无数疑团，商姬亲切地回她，沈董并非普通商人，他其实反而更像文化人呢。这些特征你需要留意。自然，仅仅从外观或职务，很难去准确判断一个人的身份和追求。你看沈董，从外观看，他似乎有着沉静的气质和出众的风度……可是，这真是他的本质体现吗？在这份工作中，她的任务非常独特。她需要了解的东西很多。好在商姬不断适时地告诉她一些背景情况。譬如，商姬曾透露说，沈董出身于民国时期江南一带的名门望族，自幼天赋异禀，文质彬彬，聪颖过人，且受过良好的教育。成年后很快脱颖而出，成为所从事领域里的精英人士。当然，这样一些零零星星的信息，让她经常迷迷糊糊，听得懵懵懂懂。因为各种脑补，这才形成了她对他的初步印象。她暗自想道，这沈董，到底在哪些领域里出类拔萃？是投资领域吗？商女士自己，则习惯捧着一本厚厚的文件，每次讲话，都喜欢翻看文件，寻找相应的内容。她是一个干练的人，也是一个严谨的人。工作起来，说话简单扼要，条理清晰。见此情况，芦一叶也遵嘱替自己准备了一个纸质的笔记本，但凡遇到相对重要的事，逐条认真记录下来。

这样的状态，持续了大约一周。

到了后来，她才获悉替沈董工作的人员，远不止商姬一人。而与此同时，商秘书也成为她的顶头上司。

半个月后，她终于见到了他们口中的“沈董”。一见之下，悬念顿失。她知道他是谁了。唉，老天爷！这个男人，不就是当初她陪丁香来入职报到遇到的那位身着精美西服的中年男人吗？现在想起来，怪不得当时那两位前台小姐和公司的汪总及其他员工都对他毕恭毕敬呀！原来，他便是沈董。

当然，初见之下，她的心里也是十分忐忑的。虽说他并非陌生人，可是她却一点也不了解他，只是一瞥之下，便抱有好感与好奇。

现在，她终于知道了，她知道了他叫沈世泽。自从翻出那张绿色名片后，她就将那个平常又神秘的名字，牢牢记在心里。在那期间，她害怕见到他，又渴望见到他。

第一次的正式见面，是在他那间大办公室里。那天，芦一叶像往常一样坐在自己的办公室，低头翻着公司的历史沿革等资料，看见商姬秘书笑吟吟地走过来，对她说，小芦，沈董要见你。

她站了起来，跟随商姬走进了一间大办公室。这间办公室，从外观上看，并不特别。只是不知为何，最近一直没有人进出。

进得门来，原来别有洞天。除了占地面积巨大的主办公室，里头还有小房间。她胆怯地打量着这间办公室。一面巨大的墙壁，挂着一只横额书法镜框。仔细一看，原来是一幅颇有古意的书法作品，上书曰：归去来并序。仔细一看，这不是《归去来兮辞》吗？幼时，她在父亲的指点下，诵读过东晋陶渊明的《归去来兮辞》。这篇辞赋，文辞素朴，言近旨远。可惜的是，现在多有遗忘，不过仍有一些精彩的句子，是她特别喜欢的，譬如：

悟已往之不谏，知来者之可追。实迷途其未远，觉今是而昨非……

据说如今很多热衷自省的青年，也喜爱这样的名句，认为说出了一千六百多年后今天年轻人的心里话。她默默看着，心里在暗暗念诵，却突然想起来，咦？这漂亮的字体和布局，可不正是赵孟頫书写的名帖《归去来并序》吗？

再去细察落款，果然是赵孟頫的字。古韵盎然啊。

商姬停下来，回头问道，你喜欢书法？

她脸一红，连忙说，不是。我只是小时候念过一些古文。

商姬让她坐下。可是，她刚坐下却又站了起来，游目四顾，心里想，不是说来见沈董吗？那么沈董呢，他在哪里？

饶是她来得早，似乎未曾留意，今天沈董竟比她到得还早。而平时，她几乎是整个集团来得最早的员工。

正在好奇间，她又去看墙上的字。说真的，她没法不去留意那幅书法作品。她看了赵孟頫的字，写得真美啊。她喜欢这幅作品。

那边的一扇门开了，一个男人走了出来。她赶紧站在大班桌一旁，等待着沈董过来。

案台上摆着一本书。那本书的名字是《暗淡蓝点：探寻人类的太空家园》，是外国人写的。看书名，像是天文学著作。可那是什么意思呢？一个念头闪过，她突然意识到，原来老板是天文学爱好者啊。刚才她在想，这位神秘的沈董，也许喜欢书法，热爱古代文化传统……

现在看，这人平时的喜好，反差很大。

沈董过来了。

你好！是芦一叶吧？沈董说，请坐。

她那会儿仍然有些恍惚，沉浸在自己的思绪中。当然，她听见了沈董的话。哦，他还记得我的名字？

门口走来一位清秀的女职员，那人叫林婉仪，她几天前刚认识。林婉仪主要负责接待工作。商姬在对她说话，嘱咐她冲些咖啡来，再送几碟西点和水果来。

沈董微笑说，终于来我们公司了。

她恭敬地点着头，说是的。

商姬也笑着走了过来。

这一时半会儿的，她还有些拘束。她还不知道如何回应，只好不知所措地看着他们。

他的脸庞青春犹在。这个世界，好像有种人不易衰老。像他，仍旧拥有这个年纪所没有的青涩和腼腆。真是令人称奇。而这是上次见面时，她完全没有留意到的。

是他变得年轻了吗？

除此之外，他的笑容里，似乎还隐藏着某种始终存在的笑意。

笑在他的脸上，仿佛是一种源源不断的泉源，是一种别有生气的能量。在他那里，笑本身随时能带来丰富而细腻的变化，犹如随时可以调整形状的空中云朵。今天，他显然开心，看上去也亲切、温和。他的声音轻微却清晰，仿佛整个世界在这一刻屏住呼吸，等着他出声。她很好奇，同时也很困惑，这是超乎寻常的自我掌控吗？这是他独有的吐纳运气的说话方式吗？

而他的脚步是轻盈的……她瞅见他坐下又起立，一如她刚才的样子，是如此相像……这么想着，她不禁笑了。他无声地走来，甚至在她身旁停了一下。然后，他又招呼商姬。他回到了自己的座位上。在进行这一切时，他的大脑似乎在想其他问题。而她以此观察，觉得这个男人似乎表现出了一种自发的优雅，一种陌生而专注的认真。

这样看着，她有些走神了。

她想，像他这样的人，无论在哪里，都应该是一种不容忽视的存在。

林婉仪托着一只平盘走进来，盘里有一壶热咖啡和几碟西点，身后跟了一位女职员，穿着同样的制服，仿佛孪生姐妹。后者也端了一只同款的平盘，上面放着的是香蕉和西柚，她们将饮品和食物放下后，便悄然退出。

这时候，沈董招呼她坐近一点。他让她坐到了对面。那横亘在她与他之间的，是一张巨大的茶几。这样，她与他保持着一种自然的距离，又不妨碍说话。

茶几的上空，于无形中，升起一股浓郁的咖啡香味。

商姬递给他准备好的黑色文件夹。他没有细看，拿起来瞧了一眼，就放下了。

沈董说，小芦，你的资料，我大致知道了。他们发过电子文档给我。不过，稍微简单了些……呃，我们随便聊聊吧。

芦一叶有些紧张，问，是我遗漏了什么吗？

他微笑着，说，也不是。你还年轻，工作经历这么简单，也是正常的。说说你的家庭情况吧。父母、兄弟姐妹……

我的父母？听了这样的话，她不禁伤感起来，一时间不知道如何回答才好。她不喜欢别人探知她的这类隐私。因为，这是她的痛苦所在。在有些时候，也是她的禁忌所在。

而兄弟姐妹，自然是没有的。中国实行计划生育很多年了，她是独生女，是父母唯一的孩子。

当然，此刻，她心里在盘算，到底该说些什么呢？她不知道，这位老板想了解她什么。

沈董低头轻呷了一口咖啡，随意说道，令尊是做什么工作的？令堂呢？

听了这些话，她有些语塞。平时，她很少听别人用如此文雅的语气询问她。如果曾经有过的话，那也非常遥远了。她只记得在少女时代，家里偶尔会遇到一些文人墨客、大学教授登门拜访，他们跟父亲聊天儿，偶尔才使用这些古色古香的文人语言。当然，那也是很久以前的往事了。她抬起头来，怔怔地看着他。

商姬在一旁，笑着说，不用紧张，随便聊聊就好。

唉，怎么说才好呢？她欲言又止。少顷，她鼻子一酸，声音竟然变得有些哽咽了。不，她并不愿意去回忆那些往事。可是，眼下是沈董在询问她。她不能不回答。思索片刻，她告诉他，她的父亲是画家。她的母亲呢……母亲已去世多年。

只说了这么短短几句话，她就哽咽得说不出话来了。很久，她没有面对这种现实了。正像心底的一块伤疤，一旦揭开就会让人难以承受。这时，泪水开始模糊了她的眼睛。

他诧异地看着她。

她心里充满了歉意。是的，这种情形，他肯定未曾料想到，他肯定不清楚，事情会变成这样的。

这个时候，她听见了他的道歉。她有些吃惊。不，不，是我的问题。她深感歉意。然后，不自然地擦了一下眼睛。是啊，她很久没有遇到过这样有礼貌的男人了。

她轻轻说，怪我！……让我适应一下。

或许，这本来应该是一场简单而轻松的对话。可是，一不小心，就变成了各种不自然和难堪。她突感不安，很想保持缄默。

商姬怜惜地说，这孩子还年轻。

或许是因为商姬的这句话，激起了她强烈的自尊心。没错，她是还年轻。她绝对不能这么脆弱。本来，在平时她也不会如此敏感。可是今天真是太奇怪了，今天她变得像一个小孩子，动不动就想哭鼻子。

事实上，她已经长大了。正在这么想的时候，她感到自己那无处安放的手，正被商姬温柔地握住，并被轻轻安抚。一股暖意袭来。是啊，是因为她头一次感受到了这种温暖，所以她才按捺不住自己的情绪。

抬头看时，她看见商姬的眼神慈祥。

商姬安慰她说，不要难过。

她点了点头，也觉得这样不好。是啊，没有人能够知道她的隐私。她也不想告诉他们。她知道，一个人的人生或命运，是无法自主选择的。她本身也不想拥有如此令人伤心的过往。可是，今天面对这种情况，她似乎无法回避这一切。所以，她想了想，最后决定向他们袒露更多的情况。这也是她头一次向外人袒露自己的家庭情况。

她从父亲说起。在她的眼里，父亲当然是个好人。她也知道，父亲的朋友们，背后也是这样看待父亲的。父亲的老家在浙江的衢州。而她，也是在衢州出生的。四五岁的时候，才跟随父亲来到杭州定居。父亲逃离乡下的寂寞日子，留恋繁华市井生活。早年他专攻人物画，尤擅裸女图。母亲去世后，他才如梦初醒。自此之后便常常遁入名山大川，写物状景，一去常达经年。幼年时期，她也跟着父亲学画。有一段时间，绘画甚至成了她唯一入迷的爱好。后来，她考上了大学。那一年父亲却突然不辞而别。父亲给她留下了一封信，嘱咐说，她终于长大了，应该学会独立生活了。她哭了很久。后来听说父亲去了黄山。父亲走后，只留下了那封信，而且从那至今她就再也没看到过父亲了。

她的经历让在场的人全都震惊了。他们不知道如何劝她。而她呢，一直沉溺在自己的忧伤里。她说，从那时到现在，算起来已经有七八年了。

她听见沈董轻叹了一口气。问她，你父亲现在在哪里？她摇了摇头，说不知道。而且，她也没法知道。父亲是一个行踪不定的人。母亲去世后，他就经常不在家里。她没法猜测父亲到底在哪里。她告诉他，有人说父亲后来又去了山西的五台山。还有人说曾经在陕西的西安见过他。前不久，又有人传话说他应该去了四川的峨眉山。因为有人在峨眉山见到了他。然后呢，又有人说他在南京，说他迷恋世俗生活。

想必沈董也因这样的回答而震惊了吧。她没有听见他的声音。

停了一会儿，她觉得应该再说点什么。可是，她也不知道到底应该说什么。这时，沈董又问她，那么你的母亲呢？她抬起头来，回答他，母亲吗？我的母亲在我十五岁那年，得了一场罕见的病去世了。

他说，那么，正是你读中学的时期了？

她低着头说，是的。

他“哦”了一声，又沉默良久。后来他说他明白了。他说，我一直在想，令尊是不是因为令堂的去世，才执意想要逃离城市而遁入山林？

她有些诧异。不止一个人这样说呢。她不知道。她没有问过父亲。当她想问父亲的时候，父亲已经远走高飞了。她感觉到他看她的眼神，现在变得有些慈祥。而且，满是温柔的同情。

她一向不明白父亲的所作所为。今天，他这么说，仿佛为她掀开了生活的一角，让她看清楚里面的真相。她在想，他说得对吗？父亲或许真的是因为母亲去世，才执意远行？

唉，她毕竟还是太年轻了。可是，眼前这个男人年纪也不是很大，她猜他最多四十岁。他为什么能这么想问题呢？而且，他还是一个陌生人。当一个陌生人短时间就替你说出你的心声，你会怎样想？

他会比她更了解她的父亲吗？

的确，很久以来她都很难理解父亲的行为。她不能理解，也无法原谅父亲不打招呼就远走他乡。父亲留给她的记忆，也越来越模糊，越来越遥远。起初，她听到关于他远赴黄山的传言，一度认为他真的去了黄山。她知道，中国一些大画家毕生热爱名山大川，像刘海粟曾十上黄山。曾经有那么一段时间，她固执地想去黄山寻找父亲。可是，黄山太大了，重峦叠嶂，而她又何其渺小，她怎么可能寻找得到一个隐居在苍茫黄山之间的人？

当然，父亲也很温和、随性，并不是一个冷漠施暴的男人。相反，父亲十分重感情，对母亲非常好。母亲在世的时候，他与母亲形影不离。可惜母亲病后没有抢救过来。母亲由生病到去世，非常迅速，像是来不及回头看一眼那样，就过去了。母亲的一生像一阵风，或者像当时的报纸写的，犹如一串升空的烟花，或者像璀璨的流星，短暂绚烂过后，就消失得无影无踪。她当年读过这份报纸，印象深刻。母亲是著名的人体模特，以纯洁无瑕之美著称，拥有丰满傲人的身材，兼具夺人魂魄的国色天香，颇得人爱，拥有广大的拥趸。可惜天妒红颜，让她殁于人生最美的春季，成为人世间的匆匆过客。这些喧闹而哀恸的场景，她还是有记忆的。况且，她还珍藏有父亲亲手所绘的最美青春母亲图卷，跨越了母亲的少女与少妇两个时代的画作。是的，她当然还记得，从那以后父亲像换了个人似的。再后来，便有些疯疯癫癫，走火入魔，把日子全过乱了。

现在这些全成了悲伤的记忆。这些记忆再次从心底浮现，她很难过。她已经很久不去想这些事了。她害怕回忆。今天若不是这位沈董，她不会想去回忆的。跟他说了这些，又有什么用处？她的心在挣扎。

当然，不能怪他。他很有教养，衣着整洁，用语谨慎。而他的思维像他的衣着，严整规范，不容有尘。他还饱含歉意，请她原谅。他抱歉说是他不小心触及了她的伤心事。她听罢，就摇了摇头。唉，她已经习惯了。

沈董后来说，他愿意给她一个承诺。他承诺她，以后但凡有需要帮助寻找父亲的事，他愿效犬马之劳。

她摇了摇头。这个她是知道的，即使是他出面去找也不一定有用。她的父亲，在本质上也像一阵风。像母亲一样，他也是个像风一样追逐自由的男人。她叹息说，我们作为普通人，怎么可能去追逐一阵风呢？不，我根本不知道他的踪迹。

她不想再纠结这件事了。她说，她应该回到现实中来。父亲出走已经有很多年了，如果他想回来，他必定会回来的。她长大了，现在她也不想干涉父亲的事情了。她当然殷切期待父亲的出现，但是也理解父亲不辞而别的行为。她觉得，最好的期待就是让一个人自愿回归。而她还年轻，她还有自己的路要走，还有自己的生活要过。这也是父亲对她的期许。

因此，在幸运地遇上沈董和商姬秘书后，她也有了一些疑问。她想请教沈董一件事，那是一件以她目前的阅历尚不能完全理解的事。自然，也是盘桓在她心头已久的一个疑问。她认为这是她的当务之急。

沈董起初微笑着，后来见她这般认真，他的神色也凝重起来。他说，有什么问题，请直率地发问吧。

她不安而又好奇地问，沈董，我想问您，商秘书告诉我，您已经退休了？我有点不明白的是，既然您退休了，为什么还招聘我来为您工作？沈董听了她的话，笑了起来。哦，原来是这件事啊。他说，我的确是退休了，可是一个人退休了，并不等于不再工作了呀！她自言自语地说，真的吗？您这么年轻，就真的想退休了？他笑了，说，不是想退休，而是已经退休了。退休不过是一件简单的事。当然，他也花了很长的时间才做出这个决定。事实上，他很早就可以退休的，可是一直逃不开工作的惯性。后来他想，这样下去可不行，一个人还是需要掌控自己的命运，要掌握生活的主动权。

所以，他就下决心，退出了一线工作。

她喃喃自语说，下了决心了？他继续说，对的。你说我年轻。的确，我还算年轻。不过，我倒是觉得已经活很久了，在很长的一段时间里，我的工作强度一直非常高，压力也很大。当然，我想说的不止这些……过去的拼搏，耗尽了我的青春——耗尽了我的“年轻”。他朝她莞尔一笑，继续说，当年为了拼命赚钱，我投入了全身心，包括我的青春和生命。而投入的这一切，只是为了豪赌我年轻时赚大钱的梦想。后来，我也实现了这些梦想。所以，现在我不想再把生命浪费在赚钱这种事上了。

她第一次听见别人这么说话。而且，是这么奇怪的话。他说他不想把生命浪费在赚钱这种事上。这样的话，她怎么没听懂呢？她好奇地问，还有什么别的事，譬如说，比赚钱更重要吗？有什么事情更值得您去做吗？

他笑吟吟地说，你说得对！这正是我一直在思考的问题。

哦？难道他不肯说出来？可是，看上去，他又不像是那个意思。

她突然想到，他该不会是因为受到陶渊明思想的影响吧？他将著名的古文《归去来兮辞》置于墙上，每日可揣摩欣赏，日久天长，从中受到精神上的洗礼，也未可知。

况且，文中的某些句子，虽是自白，却又近乎劝诫，令人重新思考生命的意义：

富贵非吾愿，帝乡不可期。

他是否因为这个原因，而心生异趣，想要去过另一种人生呢？

怀良辰以孤往，或植杖而耘耔。登东皋以舒啸，临清流而赋诗。

…………

孤独是正常的。孤独，也不分古今。平心而论，这些句子写得朴素真挚，唯美单纯。并且穿越时间的阻隔，从东晋来到现代。即使从现代人的角度来看，谁又不是心怀美好，孤独地面对未来？

回到现实中来。现在，有一点是明确的，她的工作将由商秘书来安排。

她有一种奇妙的感觉，就是她和商秘书，或许还有更多的人，将为一位自称退休的领导者工作。已然退休了啊。这个男人，正当盛年却又已退休。而他所选择的工作，不！他所选择的新生活方式，是多么耐人寻味啊。

商秘书早已提醒过她，今后，她将要用更多时间跟随着商姬等人，一道去工作、去合作。换言之，她的职责，就是和商姬一道，通力完成既定的各项任务。比如近期，他们将赴上海。虽然暂未确定启程的日期。商秘书说，准备好了就会通知她的。到时候，他们将一起前往上海。

她想，幸好这篇《归去来兮辞》她自幼读过。其中有些闪亮的词句，仍不时会在心头温柔地滑过。或许因此，才成为她今日揣度琢磨沈董工作思路的一个切入点。而关于他桌上那本外国人所著的《暗淡蓝点：探寻人类的太空家园》，那是否预示着，她还将追随他一起（自然还有商姬等人），一道去探索人类的太空家园？哈哈，这么一想，她才发觉即将来临的真实生活和工作，真是太刺激了。这才是真正富有吸引力的人生，这才是一个人应该拥有的未来，这才是每个生命都应冀望的星辰大海。

她被自己幼稚而蓬勃的巨大想象深深感染。并且，被其激励、被其鼓舞，她开始陶醉在自己那些古朴茂盛而且动人的幻想之中……

第五章　早春的旅行

大约不到两周的时间，她与沈世泽，自然还有商姬，一行三人，果然如约远赴上海。为了节省时间，他们坐的是飞机。原先听说沈董是准备乘高铁去的，他喜欢坐高铁的感觉。当然，到了后来，商秘书安排的仍然是飞机。这位能干的商秘书，的确是细致又有条不紊的。

这个时令，在江南大地，冬天正在施行最后的告别礼，寒冷是极端的仪式。而另外一面呢，春天的气息似乎也越来越浓了。气候上的变化，像是也变成了改变一个人的理由。芦一叶仿佛变了一个人，不仅衣着风格大变，连精神状态也与以往颇有不同。沈董已经指示公司财务部通过银行账户给她汇了一笔款，是她工资的预支——这些事情，当然是由商姬安排办理的，好让她可以尽快安置妥当自己的生活，包括衣着、日常用品，以及其他生活所需品。他真是一个贴心的老板。

有一天，沈董对芦一叶说，你以后，可以叫我沈先生。

这似乎确定了她与他的关系，不是老板，而是沈先生。有一种正式感，也有一种疏离感。先生的对应位置是什么？是学生吗？还是其他关系？她不知道。不过，她喜欢称他为先生。沈先生！这样的称谓含蓄而尊贵，这样的称谓，同时也告诉了她，她与他之间有着客气而贴近的关系。

而商姬秘书，则成了她初入职场（当然此前她也有过工作经历）的指导老师。在这期间，活泼的她，又得知商秘书一个不算秘密的小秘密："芳龄"五十岁的商秘书，实际年龄已经逼近六十岁了。这个老师，估计很快也要提出退休了。

跟他们在一起工作，她是高兴的。她自己的变化，尤其让她高兴。因为，在商秘书的帮助和指导下，现在的她，很快有了长足的进步，她变了，由一个含苞待放的女孩，变成了一个积极进取、朝气蓬勃的职场青年女性。

沈先生为什么要去上海？他与上海又有什么关系？他会不会是一个来自上海的深圳老板呢？去上海的途中，她曾这么神经质般地猜测揣度他。

飞抵上海，恰逢江南进入早春，从外表来看，完全一派梅雨时节的景象。这与深圳恰好形成反差。深圳的冬天，到处鲜花盛开。而上海的冬末或初春，仍然寒气料峭。进城时分天色已暗，雾霭满城，天地间仿佛弥漫着沁人肺腑的水汽。他们乘坐一辆黑得发亮的豪华轿车，犹如在仙境里穿梭。司机是位胖男人，安静、沉默。汽车跟司机同样低调，在城里绕行良久，才来到一家豪华酒店。

酒店在外观上完全不起眼，最初芦一叶还以为来到了一处特色民居。拐进来之前，满街是葳蕤的法国梧桐，及至进了一条城中小路，两旁是清一色的青瓦红砖，道路平坦且安静。汽车在一扇乌漆大门跟前停了下来。

从走进大堂的那一刻起，芦一叶的脑子里充盈着低调的奢华印象。大厅的角落，仅有一弯木台供客人办理入住，整个室内装饰是典型的洋派设计。她听着店里的总管为沈先生介绍，说这里的每间套房，都有全程的私人管家服务，大小事情皆可叫管家代办。房里的电话，均备置一键呼叫的按钮。

客房区在别墅区域，数十幢别墅静卧其间。砖墙的角落，绿植缠绕，若干黄叶点缀其间，犹如绿黄相间的图画。沈先生的住处已经安置好了，商姬的住房也安顿好了。芦一叶跟着服务生来到为她安排的客房，客房面积很大，暖气开得很足，几乎让她热出汗来。一个人住这么大的房间，也实在是太奢侈了。她放下旅行箱，瞅见床上放着一盒新衣裳。啊？这里还有衣裳赠送吗？她太惊奇了，打电话问商姬，商秘书回答她，那是一套新置办的衣裳，另外还有保暖的羊毛外套，上海春天的气候，可比深圳冷多了。她告诉一叶，这些衣服，是沈先生专门找人替你设计定制的，并不是酒店准备的。她说，你先休息吧。休息好了，你再去试一试是否合身。

她听了，有些瞠目结舌，然后，连忙跑过去将门关好。再然后，她回到床边打开纸盒，里面滑落出来的，竟是一袭华美的丝绸旗袍，软香温玉一般，像波浪那样滚向床铺。她大惊失色。这种高级的衣裳，她一个年轻的女生怎好意思穿出门啊。

晚上是为迎接沈先生安排的一场酒会。夜晚初临，天色已暗，整个世界都笼罩在霏霏的细雨里。路边黑色的欧式路灯，在沉重的雨帘中闪着昏黄的光晕。这家酒店的餐厅门口，小道幽静，竹影婆娑。鱼贯而入的客人络绎不绝，先后来到。他们有的花白短发，神采奕奕。有的肥头大耳，油光水滑。还有的西装革履，稳重大方。

芦一叶按照商秘书的指点，洗澡后穿上了那件新旗袍，又喷上香水，圆润饱满的身材立即跳了出来，显示出连绵起伏的性感与魅力。后来连商秘书看了，都忍不住大声夸奖。而她呢，听着倒是颇不自在，耳热心跳，坐立不安。

衣着光鲜的人们，摩肩接踵而来。让芦一叶惊奇的是，来这里的人，年长者并不多，与沈先生年纪相仿者为多。二三十岁的俊男靓女，亦不鲜见。来者西装革履，鲜衣紫袍，携手而来。这种摩登场景，芦一叶好像只在电影里见过。间中多熟人，人们互称对方的名字或头衔。在她听来，不是老总，就是老大，或是各种官职。总之，应该是各方的俊杰人士与领导都来了。

陈行长，您来啦。

铁军兄，好久不见！

朱理事长，这边请。

是钱总吧？幸会，幸会……

大家欢乐相见，笑脸相迎。现在，反倒是芦一叶陷入了某种窘况，她尚不清楚自己扮演的到底是什么角色。因此，她也就不知道自己该做哪些事情。她想问商秘书，可是商秘书现在忙乎着呢。她正笑眯眯地站在沈先生的身旁，替他招呼客人，保驾护航。她呢，则像一艘大船旁边的小舢板，被风浪拍打着漂来荡去。她小心翼翼地跟在商秘书的后面，颇有点尴尬，进退两难。后来，她只好站在一旁观察兼陪同。与他们在一起，她有了一种感觉，觉得自己来到一个完全陌生之地。

沈世泽的熟人很多。人们纷纷跟他打招呼，有些干脆停下来站在一起交谈。他们好像在谈论当前的国际形势。不知为何，这些人对国际上发生的大事很感兴趣。俄乌战争、北约、中美关系，甚至连美国总统拜登这样位高权重的国家领导人等都不时出现在他们的交谈中。当然，还有美联储主席鲍威尔。他们说，鲍威尔认为高通胀使美国经济难堪。可是，美国经济跟现场的这些人有什么关系呢？他们还谈到了桥水基金。桥水居然也有基金吗？芦一叶似乎没听明白。他们在说，桥水基金的创始人达利欧告诉彭博社，“中国不容忽视，不仅因为它提供了机会，而且如果你不在那里，你就会失去激情”。越到后来，她越来越听不懂他们在讨论什么。她慢慢陷入了某种不自然的呆滞之中。商姬见状挨近她，低首贴耳地告诉她，如果不适应，并不需要强留在这里，她可以自由活动。听了商姬的话，她才放松下来。她给商姬留了一个莞尔的表情，然后，就独自溜向大厅的另一端。她在大厅不同的区域穿行，甚至去了好几个大阳台。那里总有些单独的男女在一起窃窃私语，她遇见此种状况，即行退出。她像鱼儿那样在水中畅游。既然商姬发话让她自由活动，那就是说，她总算可以自由地浮出水面来，好好喘口气了。片刻的自由也能够让人打上鸡血。在左顾右盼之中，她或遇上迎面而来的年轻帅气的服务生，亦会朝对方甜甜一笑。对方便会殷勤地给她递来一方热气腾腾的白毛巾。或者，从托盘中递给她一杯红酒。她的微笑像微波荡漾的红酒一样迷人。后来，她干脆也像别人那样，既谨慎又大胆，鼓起勇气主动取来各种不同的酒水，一一品尝。

人影幢幢，到处衣带飘荡，暗香浮动。自然，这里的每个人都很知性友好。她没有预想到，有一天她也能有机会来到这种至尊的奢华又纸醉金迷的场所徜徉。人人都在谈笑风生，可是，唯有她是孤独的，唯有她顾影自怜，唯有她被人不经意冷落。当然，她也清楚，这一切都很正常。此地，并非属于她的世界。虽然，目前她仍然置身其间，但她却是分辨得清楚的。她知道，她与他们、与这里所有的人，其实都不是同一类人。与这些人近在咫尺，却相距遥远。在这里，她所能依靠的人唯有商姬而已。可是，商姬现在不是一般的忙碌。商姬尚且自顾不暇，自然也就无法照顾到她了。在这个衣香鬓影、四处激荡，却又无人相识的新环境里，她不无自卑之感。她强烈地感受到了，自己所欠缺的，还远不只是名士佳偶的身份地位，亦不只是某些必要的社交知识。她所欠缺的，还有强大的社交心理与定力。所以，她有点惊慌，有点害怕，有点穷于应付。

但是，人总归是需要逐渐适应社会的社交动物。从开始的小酌品尝，到后来的胆大妄为。芦一叶竟敢一连喝上好几杯。红酒、香槟、矿泉水，甚至还有一小杯白兰地。在这期间，她看到一种红黄相间的酒，煞是美丽，据说是一种新调制的鸡尾酒。她也讨来喝。这种混合酒，酒色清冽，外观漂亮，杯沿上还卡着一片青涩的柠檬。而液体中呢，却堆满了冰块。她想当然地认为，那肯定是专门配给女性喝的饮料或茶。否则，凭什么叫它长岛冰茶呢？顺便说，这名字真好听啊，她可喜欢了。所以她也端了一杯，轻轻呷着，感到有些魔幻。哈哈，这酒，让人浅尝辄醉啊。当她喝香槟的时候，有一个年轻的男人走过来赞美她，告诉她，这种香槟很甜、很纯，也不容易醉。她试了一下，果然，香槟纯正的味道，让她感觉甚佳。所以，她对那个男人满是信任。现在，她想去寻找那个男人，她要向他询问一下这么一杯茶，为何却是此等厉害呢？当然，她没有搜寻到那人。不过，她暗自定了定神，想道，不如一不做二不休，喝呗！不过只是一杯长岛冰茶嘛！既然叫“茶”，如果喝出了酒意，最多掺了点烈酒而已。要不，怎么叫鸡尾酒？想到这里，她的胆子大了起来。她眼睛定定地盯着杯子，手里感觉杯子背后的寒意。噢，放了这么多冰块！她轻轻又啜饮了一口。然后“啊”地喊了一声。这是酒，还是冰啊？或者竟然成了火？她的头脑、咽喉、食道、胃，皆似有一条火龙游过。她的思绪开始有些混乱了，却又不无刺激之感。未及细思量，她又喝了一大口。她喜欢那冰凉的爽感！然后，居然变成了火的游戏！就这么喝着，她居然喝出了一种异样的刺激和冲动，她又去要了一杯酒。等到她将这第二杯鸡尾酒喝下肚，才发觉自己的舌头有些失去了控制。

怎么称呼您，小姐？一位头发虽然花白，却神采斐然的中年人，约莫四十多岁的年纪，正好在此时出现了。他离她这么近，仿佛快要挨着她的身体了，显得如此亲近。可是，她并不认识此人呀！正在愕然之间，却又有一个人，同时亦已飘然而至。她定睛去看，正是沈世泽来了。

他对那人说，芦一叶。她叫芦一叶。

她听见了他的声音，他在向他们介绍她。而那声音，正是她正在慢慢熟悉的声音。喔，他这么做，当然好呀——沈先生出面了，比什么都好。

她突然萌生了一种奇怪的感激之情。幸好是他。她暗暗称许。在需要时，他就出现了。这样的人正暗合了她内心某种隐秘的渴望。真的，倘若他没有出现，她会不知所措的！此刻，她仍然有些手足无措。这不是平时的她，这是微醺的她啊。还有，她也还不善于在陌生环境里与陌生者尤其是陌生的男人打交道呢。现在的她，一种飘飘然的醉意正在涌上头来。她醉了吗？不，或许还不是醉，而是要醉了。因为她眼睛有些发直了。不过，她并不想去瞧那男人。此刻前来的搭讪者，一概可以视为前来骚扰她的人。

是的，幸好他来了。幸好沈先生来了。沈先生可以帮她抵御住别人的骚扰。

不过，那位花白头发的男人并没有马上撤退。他显得粗豪又大方。然后，他对沈世泽说，沈董好啊。看来，这位漂亮小姐是沈董旗下的得力干将呀。

沈世泽微笑着，说道，老兄说得不错。不过芦一叶她尚是新人，最近才加盟我们公司。当然，虽然在公司，干的却不是你我这一行。她现在虽然是我的助手，却与投资无缘。

为什么沈先生要这么说呢？她有些恍惚不安。的确，就目前而论，她完全没有接触到所谓的投资工作。她只不过是行政助理罢了。在沈先生说话时，芦一叶能感觉到那花白头发的男人一直在用眼睛逡巡着自己。现在，她又听见他在说，原来如此。乍看之下，我也觉得她不像是咱们圈中人呢。至少以前没有见过……她长得好美啊，眼神特别单纯、清澈。哈哈……远不像我们这一行里面的女人，长得再美也拥有无法避免的聪明和狡黠。说完，他便大笑起来。

沈先生也笑了，审慎地问道，哦？我们这圈子，是你所说的这样吗？

白发中年男人却又打着哈哈道，沈董您长期深耕于金融圈，声名远播，应该比我更有发言权。

沈先生说，哪里啊，金总才是火眼金睛，慧眼识人，真是名不虚传呢。

几番寒暄过后，沈先生这才转身，对她介绍说，这位金总，是上海投资圈里鼎鼎大名的基金经理。金总全名金观涛，目前，已是沪上瀚海证券的当家人了。金总在一旁摇着手嚷嚷道，沈董抬举我，太客气了。不知怎的，我怎么总是觉得，这位小姐有点面熟呢？他闪烁其词的模样，倒是显出了沪上某类人士的一丝油滑和精明。或许，这正是芦一叶不太喜欢他的原因。

沈世泽应和着说，金总真是阅人无数啊。末了，他又对金总说，芦一叶小姐涉世未深，我们别开她的玩笑了。

岂知金总认真起来，说，我并未开玩笑啊，的确好像是，在哪里见过卢小姐。沈世泽回头问芦一叶，你过去见过金总吗？芦一叶自然予以否认。她怎么会认识金总呢？且不说，她从来不熟悉投资圈子里的人，即使连上海这座城市，她都很陌生。

当然，她也有些担心，她的否认会让金总难堪。她的确是一个单纯的女生。而且有时过于率直了，她也不懂得怎样才更加委婉适度。

果然，金总皱起了眉头。金总对沈世泽说，他真的好像曾经见过小芦。而且，他还煞有介事地回忆着说，一叶小姐啊，特别像一个人……呃，很像一位他见过的女人，一位罕见的绝世美人。沈世泽疑惑地说，这怎么可能呢？

金总看起来大大咧咧的，其实粗中有细。他问她，可以请教一下吗？芦小姐跟绘画，曾有什么瓜葛？芦一叶听了，不禁暗暗有些吃惊。什么？他怎会询问这种问题：她跟绘画的关系？她当然跟绘画有瓜葛了。不，何止是瓜葛，甚至……不过，此刻她并不想告诉他任何信息，她也不想告诉他，她本身即是出身于绘画世家。

而此时，沈世泽却像是突然回想起什么事，说，对了，金总你提到了绘画……你的这句话提醒了我。没错，一叶的父亲，原本就是一位画家。

金总有些错愕，问道，她的父亲是画家?

此时的她，自然仍然不想回应他。她不喜欢他粗俗的性格。

沈世泽也许是忘记她父亲的名字了。又或者，是故意的，不想告诉那个男人她父亲的名字。总之，他佯装想不起来。然后，居然就把话题巧妙地扯到了别的事情上去了。趁着这个空当，她悄悄地走开了。不远处，正好有几位淑女围在一起浅斟低酌。她们拿酒杯的姿势，优美飘逸，说话也自信开朗。而那种坦率自然的交流方式，也正吸引着她。是啊，她羡慕她们的生活。不过，现在她的脑子很混乱，她担心若不赶紧逃离，没准会得罪金总。

让自己变得优雅。这是自从认识商姬后，她屡次告诫自己的话。也是她最近多次用心琢磨的人生命题。仓廪实而知礼节，衣食足而知荣辱。商姬的出现，让她意识到，生而为女人，完全可以做到优雅有致。她想让自己变得像商姬那样，高贵而优雅，自信又迷人。她要学会掌握这些稀缺的优质资源，去直面所处的这个粗鄙而混乱的时代。当然，她浅薄的个性还有待磨砺，她粗陋的学识亦有待提高。她是知道的，她那直爽利落的性格，常令她功亏一篑。譬如现在，她总是手足无措。她经常觉得手和脚，放在任何位置都颇为不妥。她缺少典范，更不懂规范。她要好好学习从何开始，要找到切入优雅的源头。譬如，她甚至尚不能适应自己这般慢悠悠地品酒。她喜欢在抿了一口后，连续大口吞下，而且还每每觉得不够过瘾。所以，到了后来，她好几次都想一饮而尽。爽快与直截了当才是她的代名词。不过，刚才喝的长岛冰茶，着实有点后劲，但她居然颇为喜欢那种富有冲击力的刺激。为此，她特意又去要了一杯堆着冰块的长岛冰茶来。

不过，这种豪放的喝法，她很快就有些招架不住了。带着沉沉的醉意，她缓步走到宽阔的天台外，斜倚在雕花的铁质护栏旁边。外面在下着细雨，她不怕雨淋，可是却也忘了她穿的是一件贵重的高档旗袍……春寒料峭……她只想在细雨寒风里让自己清醒一下……因此，她才会在这百无聊赖中，任凭细雨斜飞，在迷惘和战栗中打量着这座寒冷而陌生的城市。

在上海，她没有什么朋友。念大学时，好像有一位自命清高的女同学，叫什么徐媛媛，与她关系有些疏离……不过，她是上海人。哦，上海人？她摇了摇头。即使是上海人，若只是本地之工薪一族，应该也没有可能踏进这奢靡之地。

况且，芦一叶初抵沪上，还未曾想过此次需要与徐媛媛联系。

喝香槟酒的时候，当初劝她少喝点的那个年轻人，此时不知从何处又冒了出来。他出现在她的附近，矜持地微笑着，看到她手端鸡尾酒的豪举，不禁大吃一惊。

她听见声响便回头去看，哦，原来是他。那不就是那位有过一面之交、赞美她好酒量的男人嘛。果然，那男人瞅了瞅她手里的酒杯，就说，您喝的可是长岛冰茶？这种鸡尾酒，好喝却容易醉呢。您要小心些。那年轻男人提醒。她看着他，就想，刚才遍寻不着你，此刻居然不请自来了？她矜持地回应了一声，是吗？声音里面有些娇羞，却又有些撩人。她想要的正是这样的效果。而且，为了加重这种效果，她还摆出了一个扭动腰肢的动作，表情也更放肆起来。她挑逗地说，要不要跟我大干三杯？那男人吃惊地说，什么？连喝三杯？他摇了摇头说，他不喝酒。若是在过去他确实也喝一点酒。自从胃出了问题，就再也不喝酒了。不过他知道这酒味道独特，有劲头。而且，他补充说，这款长岛冰茶，在过去曾是他的至爱。

她冷笑着瞅着他。哼，他自己杯子里的液体，近乎无色透明。如他所言，不喝酒那也不应该只喝一杯矿泉水啊。好没出息的男人！她知道这里提供矿泉水，正宗的优质的法国矿泉水。放在什么位置，她也知道的。她喝过一小杯，只不过是为了品尝一下味道。她鄙视喝矿泉水的男人。

事实上，在我们这个年代，哪有男人不喝酒呢？在她的认知里，几乎所有的男人，没几个不是酒鬼的，尤其是那些年纪大的男人。况且，他刚才也说了，过去他也是名副其实的酒鬼。曾经是酒鬼的人，现在就能变好吗？如果不能，那就更没有理由连一杯酒都不喝了。何况，这长岛冰茶，不过是掺了一点点酒精的冰茶嘛。而且，还加了那么多冰块！还有，她对他这么晚才出现是有怨气的，所以才对他不依不饶。谁叫你突然冒出来惹我？谁叫你刚才不出现？

因此，她提出的建议，不是只抿一口，甚至也不是喝一杯，而是一次连饮三杯！这重磅的提议，明显把那年轻男子吓呆了，他露出了求饶的神情。当然，这熊样，也不能放过他。她摇晃着走过去，端着一杯刚调好的长岛冰茶，直接递给他。

那男子露出吃惊的表情，双手颤抖着接过鸡尾酒，愁眉苦脸地看着，仿佛是毒药。他脸上满是苦笑。她诱惑他说，来！喝了它。不过，看上去，他的确是个不善于拒绝人，尤其是不善于拒绝女生的男生。可他实在不能喝啊，所以只好低头舔了舔酒杯，然后，还是放弃了。他说，对不起，真的不能喝——我一喝，就会吐的。她佯装生气，用一种鄙视的眼神看着他，用酒杯朝他碰了碰，然后一饮而尽。由于用力过猛，杯里的酒与他手中的酒，翻出一道弧线，在空中交集，然后又洒在了他的身上。他没来得及躲藏，直愣愣地看着白衬衫变成一片枯红……

他低声闷闷地喊了一声，又急忙收住了。他吃惊地抬起头来看她，似乎想说什么，却没有说出来。她懵懵懂懂地看着这一切，开始时，她被吓坏了。看着他愤然离去，并未留下只言片语。她又自言自语地替自己辩护，轻声说，哼，洒了点酒罢了，又算得了什么？

她这么想着，发现周围的人纷纷在围观自己。她的脸瞬间红了。她想逃离这里，可是迈不动腿。她突然发现，更加受伤的人，其实是她自己。她很羞愧，这个男人竟然不愿意跟她喝酒……没有一个男人愿意陪她喝酒？想到这里，她恨恨不已。

她的酒量并不好，本来也赢不了他。要怪就怪这杯酒吧。这里的酒，每一种都好喝，每一杯的味道都很特别……不过，这哪里是酒呢？长岛冰茶，顾名思义，它本来也不过就是一杯茶嘛。

因为是茶，是加了冰（当然也加了一点酒）的茶，她才贪杯多喝了几杯……

那个年轻的男人不见了。他跑得倒是挺快的。那个年轻的男人……连他都生气了？她觉得好没意思。现在，她脑袋里变得空空荡荡。她的眼睛有些模糊。唉！管他呢，她得赶紧离开这里，她担心自己真的醉了。

她要下楼，她要回到隔壁的别墅酒店。她要回到自己的房间。在这里停留久了，还不知道要怎么出丑呢。

她一路踉踉跄跄，回去的路，她是知道的。穿过一条长走廊，然后，下电梯……然后呢？出门好像是向左拐一个弯，径直走过去，一条静谧的道路，应该就到了她住的地方。

她的记忆不错。虽然脚步不稳，进三步，退一步，摇摇晃晃的，可她终于找到了自己的住处。那豪华的大居室，这时有了几分亲切。是啊，起初她并没有在意这房间，她觉得太大了，她并不稀罕大房间。睡觉嘛，连拥有普天之下疆域的皇帝，晚上也仅仅只需要三尺之卧榻。现在，她回到这大房间，感觉到周围过于空旷，睡在宽广的大床上，有如睡在辽阔的草原，当然，比草原要舒适些……可是，这又如何？即使如此，她又怎能睡得安稳呢？她趴在床上，潜意识里的她，正想找人说话，哪怕是随便找个人来聊上几句也好。可是，夜深人静，能跟谁聊天儿呢？她想不起来。如果在深圳，应该会去推醒丁香来聊聊。当然了，现在不是时候。现在她远在上海，而丁香最近也出了远差，飞去了内蒙古，据说是去协助收购一家濒临倒闭的化工企业。而且，都已经过去半个多月了。她与丁香联系不合适。还有，丁香也不知道自己居然跟着大老板出差来到了东海之滨的上海。

再说，丁香若获悉自己初抵上海，便如此花天酒地，又会怎样想？所以，她就想还是等一等好了。等自己从上海回深圳，再当面告诉她更好些。

那么还有谁，可以让她摆脱这无聊又感伤的夜晚呢？对了，打电话给徐媛媛试一试？可是，在大学时徐媛媛跟她并无更多的来往，现在贸然找她，合适吗？大学毕业后，徐媛媛回了上海，她与徐媛媛的联系就更加疏远了。这么一想，她就放弃了这个念头。

当然，连她自己也没有弄清楚，为什么要找徐媛媛聊天儿。难道潜意识里，是想跟她说，自己进了一家国际大公司，老板富可敌国？唉，这样不好吧。她为自己的虚荣感到羞愧，她鄙视自己的行为。

唉，她还是太年轻了。这个年纪，她只有一些同学可算作朋友，可惜都在异地。独自来到深圳，在社会上她的朋友还很少。当然，她还年轻，她的生活才刚刚开始。青春的帷幕才刚刚拉开。她期许自己，在深圳，在那座陌生的城市，要尽快融入社会，要认识更多的人，结交更多的朋友。她要像勇敢地跳进大海游泳那样，尽快跳进那个大城市，尽快熟悉那个年轻的、躁动的、飞速发展的大城市……

她这么懒洋洋地躺在那张柔软的大床上，闭着眼睛，像一只乖巧的猫咪，很快就睡着了。

第六章　萌生辞意

次日清晨，一觉醒来，芦一叶想起昨晚自己的失礼，就很生气，她很生自己的气。她记得，最后离开酒会的时候，她把满满一杯五颜六色的鸡尾酒，洒在了一位年轻男人的身上。那人穿的可是名牌西服……他虽然年轻，却有修养。他并没有责备自己，更没有跟自己吵架。她很后悔。他的衣着，显然价值不菲。所以，她替那年轻男人难受，替自己羞愧。

她不敢起床，趴在枕边一动不动。另一方面，她又小心翼翼地谛听着房门的声音。她担心，害怕有人过来喊她赔偿西服。

床头柜上，手机铃声忽然响了起来。她心头一紧。过去看时，她才松了一口气。原来是商秘书的来电。她想了想接了电话。商秘书问她，怎么了，一叶？起床了吗？她回答说，啊？起来了，起来了。她有些慌了。然后，又听见商秘书在说话。真的起来了？商秘书笑着说，快起来吧，过来吃早餐。沈董和我都在这里等你呢。她嘴里答应着，身子却迟迟不愿意起来。挂掉电话后，她的脑子里有个念头又出现了。这个念头，昨晚困扰了她整个晚上。她在想，是不是应该向沈世泽辞职？是不是应该干脆离开这家公司？

她想辞职的原因很简单，她觉得自己不适应在这样的大公司、大机构工作。昨晚听沈世泽说话，她才知道，原来沈世泽本人是专业做金融投资的。投资高手啊，怪不得他那么有钱。事实上，也只有在投资的领域，才会出现那么多年轻而富有的人。而她，过去从未接触过金融业，更没有做过投资。在深圳，她的确找过不少工作，也在不同的公司里待过。可是，那都是一些中小型的公司，一般也就十几个人到几十个人，最多也就数百人。而且，她所能够胜任的，不过是一些行政事务罢了。必须承认，她从未有过在这种国际化的大公司工作的经历，更没有相应的工作经验。她不了解，更不要说熟悉这种公司的运作和节奏了。她感到了陌生，一种前所未有的恐惧出现了。一句话，她担心自己不能胜任，她感到了压力。

她没有料到，自己竟然有勇气来从事一份自己不能胜任的工作，自己竟然来到了一家自己不能适应的公司……有一句话怎么说来着，初生牛犊不怕虎？她的心里，满是畏惧与羞愧。

真的，倘若如此，那不如自己辞职。她告诫自己，要识相一点。自己请辞，自己滚蛋，总比被人挥刀断路好，总比被人逼着离开好。

并且，如果像昨晚那样，她最重要的工作就是到处吃吃喝喝，那的确不是她的强项，也不是她喜欢的工作。她知道有人愿意，甚至有人喜欢……可是，她自己是肯定不情愿的。做一个陪吃陪喝的小姐，远不是她的理想。

这也是让她沮丧而失落的一个原因。

而关于到这家公司的好处，她当然也是知道的。事实上，跟所有员工都不一样，她是直接空降在董事长身边的一名员工。雨露滋润禾苗壮呀！机会也肯定比别人多。当然，关于这方面的想法，你们就别想歪了，她知道自己不会牺牲自己，不会利用自己独特的资源为自己谋取利益。她喜欢承担有责任的工作，喜欢迎接有挑战性的工作。她不是还年轻吗？年轻就意味着多种可能性，年轻就意味着可以选择自己的生活和未来。

她不会像传说中的某些贴身女秘书那样，事无巨细，甘愿接受，甘愿受辱。不，沈世泽，沈董，沈先生聘请她，她与公司签订的条款，都与此无关。哎呀！想到这，她不禁浑身发热起来。既然有这么多的“无关”，那么，她与这位沈世泽、这位沈董、这位沈先生到底是什么关系？

这么一想，她就有些茫然，又有些紧张起来。

唉！真是的。倘若这么一想便紧张，难道还不构成她辞职的理由吗？

她的思绪越来越乱。到了后来，她只有一条理由，就是绝对不能让自己置身险境。这么一想，她才觉得豁然开朗起来。这样才对啊。一会儿就去向沈世泽辞职。她都想好了。

然后，她以最快的速度洗漱、净身、喷洒香水、整理衣冠，然后就走出了房间。

在酒店的西餐厅，她远远便瞅见了沈世泽和商秘书，他们还在一处靠窗的桌边，仍然在谈话，也还在吃着东西。商秘书说了，他们还在等她。

她感觉到了自己轻松的心情。她的笑容自然起来，脚底也轻捷自如。是啊，当一个人打定主意，是多么好啊。她朝他们远远地挥了挥手，抱歉地做了一个手势。然后，去挑了一点东西吃。她喜欢吃烤香肠、奶酪、芝士、培根，也喜欢酸奶、新鲜牛奶……我的妈呀，她喜欢的东西居然这么多……当然，她还喜欢吃甜点与蔬菜沙拉。还有，她还喜欢喝一杯热气腾腾的咖啡呢。

她想起了沈世泽办公室里好喝的咖啡。她知道，他是咖啡迷……而这里的咖啡，根本不能与他所拥有的咖啡相比……

坐下来时，她听见商秘书笑着在询问她，昨晚是否将一大杯酒水洒在了一位本地青年的身上了？

她惊讶地抬起头来。啊？那年轻人向您告状了吗？

哪用得着告状啊。

这样，她的脸又涨红了。她不是善于接受自己过失的人。所以，只好结结巴巴地说，是我不小心……她想起昨晚自己狼狈逃窜的情形，真是难堪。商秘书笑了，然后对她说，是沈董昨晚看见你走得太急了。他喊过你的，不过，你太匆忙了，可能没有听见。她吃惊地朝沈董看去，沈世泽正在含笑看她。她装作一脸无辜的样子，支支吾吾地说，啊？沈先生喊过我吗？沈世泽没有说话。他吃好了，商姬又替他倒了一杯热咖啡。沈世泽才说，一叶，昨晚与你喝酒的那位年轻人，你知道是谁吗？她迟疑地问，是谁？沈世泽看着商姬，笑而不语。芦一叶想，那年轻人跟商姬有什么关系吗？商姬也笑了起来，告诉芦一叶，说那人便是她的儿子。她跟老公离婚，儿子随父，后来就跟着父亲留在了沪上。

芦一叶暗暗叫苦。她想，连这种聚会，也会不小心就掉进各种牵扯着的关系中呀！为了掩饰自己的尴尬，她推说自己昨晚喝多了酒，当时头也晕得厉害，没法与人正常交流，才不得不提前离开。她想到了那年轻人雪亮的白衬衣。可惜了他的白衬衣，还有他的高档西服。商秘书笑着说，没事，他也不缺一件衬衣吧。不是他过来告别，我也不知道你走了。当时，我不知道沈董看到你匆匆离开。芦一叶脸上红一阵，白一阵，尴尬地说，我这算不算提前溜号？商秘书嘴一笑，说当然算啊。沈董都没有离开你却提前走了，怎么不算提前溜号？她抱歉地看着商姬说，都怪我，我喝醉了。这是工作，属不属于严重失职？商姬说，既然是工作，当然就属于失职了。商姬软香温玉的声音虽然好听，她笑眯眯的表情也很好看，可是她说的话却是绵里藏针，包含着不客气的批评。商姬的话，吓了她一跳。她有点慌了，红着脸说，沈、沈董，我知道是我没有做好。今天早上我想了很久，我……我想向您提出辞呈。

她刚说完，就看见沈世泽一直笑着的脸瞬间就变了。刚才他在慢悠悠地欣赏自己与商姬的交谈呢。此刻，听到了她关于辞职的声音，就有些迟疑了。他问她，为什么啊？

她没法回答为什么。刚才的话里面，已经包含了原因。现在，她有些坦然了。原先，她就一直在担心，与他们的交往不能言从己心。现在好了，她终于能够表达自己的想法了。

她也知道自己这份工作是好工作，虽然一直漫无头绪。可是她也感觉到了，这是一份以她的才华和能力均无法拿捏得准的工作，是吃力不讨好的工作。这份工作，她需要花费极大的耐心，去揣摩和遵守未知领域里的各种规矩。所以，她才胆怯了。她没想到自己这么笨拙和无能。

她从自己的失职说起，说自己不能适应公司的要求。她见识少，从未见过如此盛大的排场，连规定的衣服都穿不好，喝酒时的状态也不在线，总是给公司丢脸。她还说，像她这样的年轻女生并没有多少工作阅历，更没有多少工作经验，所以她很难做到称职的。因此，她非常担心并且害怕给公司带来严重的负面影响。

沈世泽在耐心倾听着她的絮叨。他的眉头紧锁，神情却逐渐轻松起来。后来，他笑了。商秘书也想劝说什么，但是沈世泽轻轻制止了她。他转过来示意她继续说下去。他说，让年轻人充分表达自己。又倾听了片刻之后，他才慢慢说，一叶，你误会了。昨天晚上酒会之类的活动，原本就不属于你的工作范畴。昨晚只不过是公司，不！只不过是我的一次私人社交活动罢了。不要说你提前离开，即使你不参加，也是没有什么关系的。至于你的本职工作，其实你早就知道了，对不？你的任务很简单，现在你吃完饭，我们就出发。我们来上海，你的工作还没有开始呢。先看看大上海吧。如果说，你有任务，也就是这样的任务。

她呆呆地看着沈世泽，他这是什么意思呢？他不追究自己？也不批评自己吗？她听见了，他甚至在对自己说，昨晚的活动跟自己没什么关系。

她有点糊涂了。

商秘书等沈世泽说完，也表现出一丝歉意，对她说，你就别太敏感了。刚才，我也是跟你开玩笑的。你把一些社交活动看得太严重了。让我来告诉你，沈董与金融投资圈子里的人很熟，他来上海，很多人替他接风表示敬意，这是再正常不过的。这些，你慢慢熟悉就好了，慢慢就会习惯了。所以你不要担心，好好的，辞什么职？工作还没开始，你就想着辞职？这是一个深圳女生应该有的职业品质吗？或许是由于近期以来，这个女人与自己接触得更多，联系得更频繁，也就更熟悉了，所以，她的语气里包含着嗔怪，也包含着爱惜。这些，她都能够听得出来。所以，过了一会儿，她就说，我是担心自己做不好……商秘书说，你快吃饭吧，别胡思乱想了。吃完饭，我们去看沈董的祖宅。沈家别墅，即使在上海也是一幢了不起的建筑。祖宅？她是在说祖宅吗？听了商姬的话，她才抬起头来看着商姬。她没有想到，沈世泽在上海还有祖宅。这么说，沈董果真是上海人？

她的担心与后怕，居然就这么化解了，她无言以对。当然，另一个问题又来了。她总是给自己出难题。她在想，沈世泽真是上海人啊？沈家祖宅……既然是上海人，那么，他为何不干脆在上海注册一家公司呢？他为何要到深圳去发展自己的事业？

哈哈，她的问题真多。连沈世泽都笑了起来。他告诉她，这一切，你以后都会慢慢清楚的。现在，你只需要明白一点，那就是，这一切都不是问题。

她听了这话，不由得也笑了起来。现在，她又一次意识到了，她所接受的这份工作，确实是一份蛮有趣的工作呢。帮助沈世泽整理各种资料……看上去蛮轻松，蛮有自主性的。当然，要真正做好也不容易。如果不担心沈世泽会过于严苛，那么这倒是一份有弹性的工作。她有点感兴趣了。商秘书一直跟她说，她来公司，最主要的任务就是替沈董整理资料，做好各项服务工作。过去她一直搞不清楚到底整理什么资料，现在，她才真正理解了自己所面临的挑战。

不过是整理资料嘛，又不需要太多创造性，怕什么？她对自己说。然后，又低下了头吃饭，同时，也加快了吃饭的速度。

沈世泽趁着她吃饭的时候，问她还记不记得昨晚遇到的那位金总，那个人，花白头发，是瀚海证券的总经理，叫金观涛……

她想起来了，的确，那个人蛮有意思的，既鲁莽又草率，这是她对他最初的印象。当然，他肯定不会只是这样肤浅的男人，否则他怎么能够坐上一家公司老总的宝座呢？果然，沈世泽说他爱好很广泛，喜欢思考，颇有情趣，有时候还让人脑洞大开。他特别提到的是，这位金总交游广泛。

可是，金总跟她，会有什么关系呢？她停止吃蔬菜沙拉，一片碧绿的菜叶子还留在她的唇边，她抬头看着沈世泽。

沈世泽说，当时你离开以后，金总一再追问我关于你父亲的情况，我告诉他，你的父亲好像是叫芦青原，这个名字，没有说错吧？让我纳闷儿的是，金总听了就激动起来，金总说，原来你是芦青原的女儿啊。

她闻言也吓了一跳。她姓芦，她是芦青原的女儿有什么好奇怪的？不过，她只关心其中的一点，这个金总，他跟父亲很熟悉吗？

沈世泽说，你别急，还有更奇怪的事在后面呢，容我慢慢说。金总认识你的父亲，金总说他特别喜欢你父亲的画。他……他盛赞你的父亲，是放荡不羁的天才情色画家。刚开始，我以为他想找个聊天儿的话题。结果他说，你父亲擅长画裸女和桃花。天下之画，莫非青原。他说你父亲横空出世，曾经享有空前的盛誉。总之，他对你父亲的画作赞不绝口，说中国很久没有出现过这么好的画家了。

这个时候，坐在一旁的商姬也插话了。她微笑着说，那位金总惊叹于你父亲的画品之美，他的确一直在夸赞你父亲的画，还说他的画在香港的艺术品拍卖行极受欢迎。欧洲和美国的拍卖行也看好你父亲的作品。只可惜，作者隐居，江湖上久而不闻其人了。他是真的想找到你的父亲。

听了这些话，芦一叶的心被触动了。夸奖父亲的画，这个并不鲜见，太多人喜爱父亲的画了。但是，她头一次听说父亲的绘画作品在香港和纽约拍卖的火爆情况。当然，她不屑于去打听这些。她更想知道的，是父亲现在到底在哪里。沈世泽刚才说，金总也想找到父亲。而她，一直就想寻找父亲。她有许多疑问长期萦绕在心头。过去很少听到关于父亲的议论，而现在却能从不相识的人那里，重又获悉父亲的传闻消息，虽然是二手情报，却也倍感亲切，她的眼睛湿润起来。

过了许久，她才抬起头来，问道，那位金总，他在哪里？

第七章　故乡（一）

当他们从西餐厅起身来到酒店大堂时，芦一叶看到，沈世泽的一位当地朋友，早已在沙发区等候良久了。沈世泽走过去与他握了握手。沈世泽介绍说，这位朋友是上海本地人，而且是一位房地产专家，他对大上海各区的房地产及著名新旧建筑了如指掌。

沈世泽的朋友，是个瘦小男子，年纪约五十岁，头发稀疏，穿一件黑色皮夹克，脸被上海滩的冷空气冻得发青，一直抽着鼻子。他点了点头，做了一个请的手势，就先朝门外走去。

芦一叶跟着他们走出室外。到处浓雾弥漫，寒气逼人。冷风将她的头发吹得飘动起来，脸上像刀割一样，路上湿漉漉的。这正是她讨厌的天气。

当然，这是在上海。

与深圳刚匆匆露脸就藏匿不见了的冬天相比，显然是不同的。

那上海朋友喜欢吸烟。瘦削的面颊，每次吸烟，眼珠骨碌骨碌地转。他开的是一部宽敞的白色凯迪拉克旅行车，豪华又宽大。

他对沈世泽态度谦卑、恭敬。上车前，他去垃圾箱附近，按熄了烟头。

在车上，这个熟悉上海房地产的男人，一口气细数了这座城市各方位小洋房的优劣。他的记忆力很好，甚至能够用数据说话。

芦一叶坐在车厢的后面。她暗想，不是说好了去看沈家祖宅吗？难道沈世泽改变了主意？他打算在上海买房子？

正在疑惑时，沈世泽果然发话了。他向那人说，今天不去看别的楼盘了，我想单独去看看我们沈家的祖宅怎样了。

那上海朋友便说，好嘞。然后，掉转了方向。

凯迪拉克七拐八拐，在市区的小马路开了很久。最后，将他们带到了市区一条安静的小巷。上海朋友停下车来，芦一叶听见他说，到了。

他们钻出汽车。这时天气已经放晴。小街浓荫密布，行人甚少。路旁有高墙，人行道是地砖砌的，贴着围墙蜿蜒延伸。芦一叶抬起头来看了看天空，到处是密叶，地面上像是干了。她想，倘若在夏天，这条遍布绿荫的小街，一定很凉爽。

那上海朋友带他们来到小巷的尽头。一幢小楼展现在眼前，可惜，被高高的建筑板团团围住。建筑板内还有围墙，围墙里面才是沈家祖宅。

商姬告诉她，他们沈家的祖宅是民国时期建造的老别墅，欧式风格，价值很高。商姬说，看见了吗？就是那幢别致的小洋楼。

上海朋友说，大约一年前，这里就围了起来。

她朝里面张望了一下，围墙挡住了她的视线，什么也看不到。沈世泽好像对这里的情况也不甚了解，他像是想走近前去观察一下状况，走到高墙边，依然无法瞅见里面。他无功而返。

芦一叶很好奇，是谁把那幢小洋楼围得如此严严实实的呢？是打算维修，还是想要拆除它？

她望了望那上海朋友。那人在一旁抽烟，也没有说话。

他们站在空旷的小巷里，偶尔来回走动。她突然觉得，沈世泽似乎像一只乖巧的小动物，不肯离开自己的小巢。

当然，不管怎样努力，几个人仍然无法窥见那属于沈世泽祖上的豪宅。后来，他们就放弃了。

在归途中，她和商姬坐在一起，听商姬低声说上海滩的那些小洋房的故事。商姬说，上海滩那些小洋楼无一幢无来历。刚才他们去的那个地方，民国时期是属于法租界的，附近那一片有许多著名的小洋楼。沈家的小洋楼置于其间，虽被淹没，却也不容小觑。据说是民国时期一位意大利设计师设计的，是典型的欧式建筑。当年建造它，花费了好几十万两银子。

汽车稳健地沿着市区的道路前行，道路两旁是鳞次栉比的房屋。

上海朋友叹气，他边开车边对沈世泽说，这幢小洋楼的官司还没了结。据说，现在突然又冒出一个新房东，声称房子是他们家的。听说是本地的显赫人物。真是什么人物都有啊。总之，围绕沈世泽祖宅的纠纷与争夺，像野地荒草，越长越乱。

听见他们说沈世泽家的祖宅，已经不属于他了，芦一叶睁大了眼睛，陷入了迷茫。这是怎么回事？难道在这朗朗乾坤的大上海，不仅能够明争暗抢，还可以巧取豪夺吗？

这样的念头闪过，她就颇感不安。她想问沈世泽一些事，却又不敢直截了当地询问他。思忖再三，她才胆怯地问道，沈先生，您家的祖宅，真的不属于您了吗？

沈世泽没有回过头来回答她。不过，那开车的上海朋友听见了，他说，这个嘛，目前还没完全定下来。不过，想要回沈家祖宅的可能性已经很小了。芦小姐，侬不知道呀，沈家祖宅的精美豪华，与沪上那些豪华小洋楼相比也不遑多让啊。而且地段好、面积大，漂亮的意式建筑……谁不想要？

谁不想要？芦一叶不明白这句话的意思。原本是沈家的东西，随便什么人，可以想要就要吗？

那上海朋友笑了，说，这个属于重大利益之争，有长期积累的历史原因。其背后长期的明争暗抢、白热化程度，普通人是看不见的。听过"市场的手"这个说法吗？那说的是商业的手。还有一只手，叫"权力的手"，更厉害。它像鬼神显灵一样，隔一段时间就要冒出来为害人间。您尽可去想象，在这里，面对价值连城的各式豪宅，各种看不见的手，早就一直在蠢蠢欲动。说是八仙过海各显神通，也不过分。

芦一叶默不作声，感到一股冷飕飕的寒意。现在，她才明白沈世泽为什么要查探一下他的祖宅了。那确实是一种念想。无论能不能拿回来，看一看都是值得的。人世间有一种东西叫缅怀，还有一种东西叫希望。上海朋友的一席话，让她重新认识了沈世泽的身份与家世。她不由得暗自叹息，原来沈世泽的祖上曾是那么富有。

回到酒店，沈世泽要与那位上海朋友商谈事情。芦一叶和商姬就各自回客房歇息。

一个人在偌大的客房里，非常安静。开水刚烧好，她替自己泡了一杯茶。因为太烫，她没法喝，在等待过程中竟迷迷糊糊地睡着了。也难怪，昨晚她没有睡好。又因为心事重重，反而让自己更加困顿。

在恍惚中，或者说，在沉睡中，她的大脑仿佛飘荡着来到了另一个世界。她的脑海中浮现了曾经替沈世泽整理的一份资料。那份资料构成了另一个世界。对那份资料的熟悉自不待言，这会儿，她惊人的记忆亦正在复苏。那些资料……她清楚地记得那些文字、图表和视频……她想将那些曾经阅读过的资料打乱，想看清楚到底是由哪一份资料构筑起来的世界。可是，显然没有用。她期待在回忆中重整。可是回忆中流淌的文字和图像全是飘忽不定的。没错，联系到今天的实地考察，所有的资料仿佛活了起来。她终于明白，为什么在最初，商姬秘书总是让她看资料……

在商秘书要求她阅读那些资料时，她并不知道那些堆砌的文字有何价值，包括图片和少量的视频。当时，她也不知道这些东西被整理出来后，会派上什么实际用场。现在，在一片文字的风暴中，她似乎从迷茫中隐约看到了一线曙光。那些文字所揭示的情景像现实的场景那样无言地展现出来。她意识到某些东西的珍贵和重要。上海司机仿佛依然在进行旁白。而且，那司机冷静的语气，让她陡然之间也明白和领悟了一些深奥的事情。司机仿佛仍然在说，官司是没法打了，变化却仍在继续。她不明白，沈世泽为什么要带她来到上海呢？为什么要让她看到那些建筑？她不甚清楚。她所能做的，是在梦幻中用飘浮的想象，去捕捉那些一直在飘荡的东西。她要将所有捉摸不定的东西集聚起来，要从中抓住一些东西。她要弄明白，那到底是些什么。她的目标，是虚无的，是飘浮不定的，是无所指向的……可是，一切却总是从梦幻中升腾起来……她努力想将所有的东西按回原位，让它们回归本来的位置，可是办不到。它们像雾那样轻盈，就那么飘荡着，像奇异的光那样瞬间闪过……她想抓住它，可是没办法，她抓不住它。她突然想起商姬秘书强调过的一句话，你必须把握住核心的价值。

她迷茫了，什么才是核心的价值？

有一份东西，类似“沈世泽的谱系”。

当然，它不叫“沈世泽的谱系”。这个名字，是她临时胡乱取的。讨厌的记忆，有些纷乱。在人力干预不到的地方，缥缈的记忆呈现出纷乱的状态才是正常的。为了让自己能够抓住重点，不忘记，她抱着轻松的心态去取名。取一个明确的名字，或是清晰的名称，她就容易抓住了。当然，躺在柔软的大床上，在似梦非梦的状态中，她很容易就体会到，自己仿佛躺在大海之上，波涛汹涌，她在随波逐流地漂浮着，这显然是一种惬意的凌虚蹈空。在似睡非睡中，意识正清晰地重组或构筑出她曾经整理过的那些文稿……不，那不能说是若干份像样的文稿，更像是一些未被主人确认的原始记录。当时，她问了商秘书，商秘书告诉她，沈董不让进行加工，任何加工都不行……你要让它保留初始的状态，这也是他的态度……他说了，为了方便日后，可以仅凭文稿本身的原始形态，就能读懂最初的思绪。

不加工……

这么说，那应该就是一些原始记录的文稿了。

若可以这么确认，她的心就放下一半了。现在，她才意识到，当初看那些文字，什么感觉也没有。她确信，最初自己是在应付这个想象中傲慢的大公司，她是在应付商秘书派给她的活计。她完全没有重视过它。

或许，当初的不看重，除了她的无知，背后的确还隐藏着一份她有意的忽视。她并不认同这种“布满灰尘”的陈年旧账有什么保存的价值。说它“布满灰尘”，固然可以视为一种修辞。其含义是指，它像存放年久的陈旧文本那样，因为常置架前，无人翻阅，而经常“布满灰尘”。

当然，当时接受整理归类任务时，无论是有形的案卷，还是无形的文档，她确实都翻阅过了。她知道那里面记录了一些什么东西。而现在，她才在记忆里一眼瞥见到了某种飘浮的真实。

可以肯定地说，那些文本，并未题上“沈世泽的谱系”这几个字。这些文字，却是偶然地浮现在芦一叶的脑海里的，是她自然寻找到的“私货”。不知怎的，她想打上那样的印记。

有印象深刻的吗？有一种文稿像沈董的家世记录。因为当时采用的是访谈体，所以从形式上看，亦可看成是一个人与另一个人的对话。

内媒（恭敬）：请恕我直问，您的籍贯是哪里？

沈世泽：你的这个问题并不适合提出来。

内媒：啊？

沈世泽：不是不能告诉你。只可惜，我母亲不在了，我有些犹豫。

内媒：犹豫？籍贯通常不都是祖父的出生地吗？祖父的出生地，系双亲中的一支，且并非母系。为何要去问母亲？

沈世泽：如果她活着，当然要征求她的同意。

内媒（停顿）：您是否不想谈论籍贯这个问题？

沈世泽（沉默）：并没有。

内媒：那我们就不讨论“籍贯”了。

沈世泽：籍贯还是可以讨论的。虽然无从征求母亲的意见，我大致还是认为，我的籍贯应该是在上海。据说认定“籍贯”时有一个原则，若不能从父系，也可以遵从母系的。所以，如果从母系，我的籍贯是上海。

内媒：好的，上海。下一个问题是，您的童年时代……

沈世泽：童年时代？有点复杂。不过，我选择的是上海。我的童年在上海。我在上海念了一半的小学。上海是我的主要成长地。这也是母亲执意让我把籍贯填成“上海”的原因。这个时候，我才明白，母亲永远是正确的。

内媒：哦，原来如此。

沈世泽：虽然我的情况有点特殊。可是，你不这样认为吗？

内媒：对了，您应该是在“文化大革命”中出生的那一代人。当然了，您长大后，“文革”已经过去了。据我们查阅到的资料，您母亲，当年，是因为“文化大革命”而上山下乡的知识青年，而您，是她的孩子……

沈世泽（笑了）：这是显而易见的。我母亲十六岁，就下放了。她在上海中学念的书。后来去了江西中南部的一个村子。

内媒：然后，您在那里出生了。

沈世泽：不是的，你没有说对。我并没有在农村出生。告诉你，我是在上海出生的。

内媒：在上海受孕？不，我们忽略这个问题吧。我们知道了，您的户口确实是上海户口。

沈世泽：我母亲作为知识青年，在大返城时回到了上海，所以，我是在她回到上海以后才出生的。

内媒：您为什么没有跟着父亲？

沈世泽：因为母亲后来跟父亲离婚了。母亲怕我受苦，不肯放弃我。

内媒：噢，是这样的？明白了。

沈世泽：当时的政策是，母亲若想回到上海并且留下来，离婚几乎是唯一且必然的选择。母亲回到上海时，处境非常艰难，她没有正式工作，所幸这个世界，有坏人，也总有好人，她受到好人照顾，但是也只能在街道的小工厂靠糊纸盒讨生活。像你所知道的许多知识青年的返城故事一样。

…………

回忆像电影的闪回与交错，或者叠放。而且语音模糊，句子越来越长。想到这里，芦一叶惊叹起来。现在，她的脑海忽然出现了沈世泽明朗又忧伤的面孔。没错，他似乎永远带着一份忧伤。

原来，这跟他的家世有关。

想起来，他的家世，真是复杂啊。她现在尚没法想清楚。

她意识到，今天跟着他去观看他母亲家里的小洋楼，那么，想来他母亲的家世应该非常显赫。想到“显赫”这个词，她不禁有些吃惊，不明白自己为什么会这么想。

当然显赫了，在过去那个时代，能够住得起小洋楼的人，会是怎样的人呢？好像有另一种声音在旁白。

这个时候，她开始激动起来。是的，她意识到了一个新的发现。当她把所有的这一切，都跟沈世泽这个人联系在一起的时候，她发现了她的这个岗位，这份工作的巨大魅力了。她感觉自己仿佛在读一本尘封已久的历史小说。

这个夜晚，芦一叶因为对沈世泽家世的惊人发掘而惊喜，同时，她又对这个男人悲凉的往事而深深伤怀。很难想象他的过去啊。奢华与贫穷，落魄与显赫，居然会如此罕见地搭配在一起，拼凑和结合在一个人的身上。

傍晚时分，有一场宴会在等待着沈世泽。难道他的世界只有宴会吗？

来接沈世泽的人，是另外一位先生。据说是一位颇有身份的先生。此人与沈世泽一见如故。那是个中年男人，年纪与沈先生相仿，一样风度翩翩，一样俊朗不凡。据说此人在上海的金融业声名显赫。沈世泽告诉她，今晚在黄浦江边的豪华餐厅设宴待客的人，是一位名叫李华天的投资家，也是他的同道中人。

他刚从北京归来，就听说沈先生来了上海。

酒席是奢华的，这些自不必说，有钱人的豪奢生活想来皆是如此。可是，芦一叶心里并不快乐。眼前是巨大的圆桌，桌子的中部，假山耸立，九曲流觞。每座之间，相距甚远，名义上坐在一起，实际上彼此若想说话却也不易。坐在那里，芦一叶有一种孤立无援的感觉。

各款名菜看上去，被处理得精美绝伦，几乎不像真的。而菜肴的名称，更加绝妙。不过，她没有为此心动。端坐在酒桌旁，那张由自动的电动设施缓慢移转的大桌，像缓缓移动的地球，而那些菜肴则是地球上盛开的花朵。这里，仿佛是诗人和作家的天下，每上一道菜，就有人吟诗以对，让人大呼过瘾。

而芦一叶，根本感觉不到诗意。与沈家小洋楼相比，这些都是俗物。她更深刻的感受就是，所有的酒宴都是相似的，人类在处理社交方面的用心与努力，经常乏善可陈。

过了很长的时间，酒宴才宣告结束。

晚上，她悄然跟随着沈世泽来到酒店的天台。

那是精心设计的花木葱茏的空间，步入其中，有如穿行在空中森林里。天台四周，凭栏远眺，是欣赏黄浦江夜景和全城夜色的好地方，霏霏夜雨已然停歇。芦一叶站在天台一端，凭栏远眺上海远景，几位女士结伴缓行，欣赏着夜景。

音乐响起，今晚是美国乡村音乐，天台笼罩在一片深情与忧伤里。她想躲在一个安静的角落，咀嚼这若有若无的旋律，沈世泽踏歌循声前来找她。

天空黑暗，四周是凄冷变幻的光晕。芦一叶瞅着这个带自己造访上海的男人，夜色抹去了他脸庞瘦削的棱角，让他像阿兰·德龙扮演的佐罗那样忧郁动人，当然，他的肩上没有斗篷，手中也没有握利剑，只拿着一支优雅的烟斗。

天台上，黄浦江上的暖风，犹带着黏稠的湿气。

他说，一叶，你怎么总是躲开大家？黑夜里他的眼睛闪着光泽，与手里烟斗的火星相辉映。

她不好意思地说，我、我没有啊。

他说，至少，你今天看上去，是如此孤单……

她的声音透露出一丝不安：怎么会？

可是，他是体贴的，没有追问她。他说，不过，今晚的夜色真美。

她点了点头。心里想，他肯定看不到她在点头。所以，她又补充，轻轻地说了一句话：是啊。

或许由于距离近，江风袅袅，时有时无，她能闻到他身上隐隐飘来的香水味道。她的鼻子，不，她的嗅觉是足够好的。当然了，即便如此，她仍然有所顾忌。她感叹自己永远也无法像有些嗅觉卓异的女人，仅用鼻子就能嗅出香水的牌子和香气的类型。她只是觉得自己嗅觉敏锐，香气好闻。

她突然想起初次见到他的情景。

现在，她似乎感觉到，自己好像开始有点了解他了。

第八章　陌生的访客

沈世泽说要带她再去看一个地方。他的秘密真有那么多吗？从说话的口吻看，他是平静的，并没有刻意炫耀或特设谜团的潜在想法。这样，她同时也失去了判断其真实意图的浮标。当然，不管怎样，在她看来，上海是他的出生之地，在这样的地方，无论如何他都具有先天的优势。只是，她一直不太明白，为何看上去，他总有着淡淡的忧伤呢？去小洋楼的那天，这种感觉更加明显。后来，她一直在想，还有比沈家祖宅更有吸引力的地方吗？

沈世泽所谓的“一个地方”，究竟是一个怎样的地方？

整个上午，他都在忙碌。这是亲见的事实。她和商姬秘书，一起坐在他的大会客厅里。她们俩，两个女人，都见证了他的忙碌。她们安静地喝茶、喝咖啡，吃水果和点心，轻声聊天儿。在这过程中，她一直听见他的电话铃声在响。他接完一个电话，下一个电话又来了。好像他变成了接线生。而她呢，则是观看接线生的单调表演。

在这之前，她从未想过一个人能够接多少个电话。

她想对他开句玩笑，说他是中年接线生。可是，她竟连说这种话的空隙都捕捉不到。

她只好低头去喝已变淡的红茶。现在的她，有那么一点点神似杨苡自夸中的女人了，同时也寻找到了那么一点点的优雅之感。想到优雅这个词，她不由自主地看了一眼商姬。对呀，商姬就是优雅的代名词。她其实一直都在默默地学习商姬，模仿她的举手投足、为人处世。商姬教她穿衣走路、吃饭说话，涵盖了最基本却又最重要的礼仪。这会儿，她心存感激地看着商姬。然后，她的脑子又不可抑制地想到了沈世泽。她想，唉，做一家大公司的老板真不容易。即使像他，已经提前退休了，却仍然有做不完的事情。她很纳闷儿，退休的交接期有这么拖沓和漫长吗？还是他根本就没有做好退休的准备？

当然，到了后来她才知道，其实关于集团公司那边的事，他的确是早已撒手不管了。目前，他正在做的，是他自己所践行的“自己的事”。

她很好奇地在思忖着。一个人，若能全心全意地去做自己的事，那该是一种怎样的特殊体验？

以她短暂的人生经历和经验，她当然无法完整地去想象它。好吧，现在跟着他，应该能够从他的神情、动作、反应、表现，他的热情和变化着的感受……从这些当中，去观察和理解他。

可是，他到底需要什么资料呢？她自己，在他的整个棋局中到底处于什么位置呢？他的心里，安放着一种怎样高深莫测的忧思？她尚未明白，他为何一定需要她？为何要让她来承担一份如此奇怪而莫名其妙的职位和职责？她真的不明白他的意图，无法推测他的谋划。

她暗暗对自己说，我必须去关注他吗？我应该怎么去倾听他？或者，怎样去理性看待他？他是需要我替他收集个人自传的各种资料吗？

真要命啊。对于这些纷乱而至的各种头绪，她无法整理清楚。她的思绪里，有许多不得体的念头纷至沓来。她想问他些什么事情，却又无法切实地抓住那些茫然无绪的问题。唉！人生真不容易。或许由于年轻，或许出于好奇，她那有着旺盛生命的身体里，总是能够拥有足够的精力，可以虚席以待，等待他的召唤和任用。当她明白了自己的岗位和职责之后，她早就做好了准备。

可是她，却常常无法面对自己。无法面对单纯又好奇的自己。

自然，在这么想过之后，她仍然无法看清楚自己所具有的价值。她也不了解自己在他赋予她的各项工作中的重要性。她觉得自己就是来白吃白喝、白占便宜的。世界上怎么可能有这等好事呢？可是她就是遇上了这种好事。他只需要她跟着他，跟着他们。她就是一个名副其实的小跟班。

这算什么日子呢？她好奇地去看商姬。她的神秘之师。不知怎的，沙发那头的商姬，正在恬静地品尝咖啡。一小杯咖啡，在她那里好像永远呷不完。那个优雅的女人，在芦一叶最初的习惯中，总是被称作“商秘书”，或者，偶尔也会被称作“商姬大姐”，即使是像“商姬”这样没大没小的直呼其名，她有时候竟然也会不假思索，脱口而出……她好奇自己对她的称呼，怎么总是在无法确认的变化之中呢？这么做很不好的，这个，她也知道。只是有时候，即使是商姬，看着她错漏百出的称谓，似乎也有一种徒唤奈何的尴尬和苦笑。

其实，她最想称呼商姬的，是“商姬老师”……

商姬大姐……她正想说话。

商姬用微笑制止了她，然后缓慢地笑着说，芦一叶，我告诉过你多次了，要不，就喊我“商秘书”，要不，就叫我“商大姐”……哪有直接喊人家“商姬大姐”的？芦一叶害羞地说，每次想喊你，我脑子里就搭错线，张嘴就这样不着调了。接着，她道歉，商大姐，我知道了。下次再不会喊错了。她们一起笑了起来。

沈世泽终于接完了手上的这个电话。他转过身来，注视了她几十秒钟，然后才说，芦一叶，我要说一件事，你会感到惊奇吗？——有个人，说他现在要专门过来看你。

她听了，顿时有些无言以对。她当然惊奇呀！在上海，在这寒冷且陌生的大上海，她完完全全是一个彻头彻尾的上海盲。在这样的陌生之城，有人专程要来看她，这怎么可能呢？又怎能令她相信？不要说，在上海她没有什么朋友，即使有，也仅仅只有一个大学同学徐媛媛在这里，不过，徐媛媛完全不可能知道自己在这家酒店里。所以，她怎么可能相信，真的会有人来看她呢。

沈世泽故意调侃地说，不可能吗？话不能这么说啊。他微笑着告诉她，让她相信，这个世界，每天都在发生一些不可能的事呢。而那些事，最终都可以证实“不可能”是能够变成“可能”的。

她好奇他的喋喋不休。因为平时的他，是冷静且矜持的。当然，她不明白他为什么这么乐于说话。她不会相信他的话，也不想相信他的话。或许，他忘记了她是个固执死板的人。她尤为喜欢固执己见。

沈世泽笑了笑，说，那好，我们拭目以待吧。

商姬也笑了起来。冷静的商姬，这次居然又站在了沈世泽那一边。通常，她看见商姬态度明确，就容易不淡定。因为商姬每次的表态都是正确的。这是自从认识商姬以来，她所观察到的一个重要现象。她担心地看着商姬，有点不安，就问道，商大姐，您竟然相信他说的话吗？

商姬笑眯眯地说，你说呢？

她犹豫着说，可是，连您都这么说，我有些担心了。

商姬安慰说，这倒不用担心，也没什么需要担心啊。

她想说，她担心事情真会像他说的那样发生。果然，没过多久，酒店的服务生来敲门。门打开，服务生领进来一个背着包的人。那人朝沈世泽打了一个招呼，大大咧咧地笑着说，哈哈，感谢沈董！感谢沈老板……终于让我截和啦。

他说什么？什么叫作“截和”？这是一个陌生的词，她一时间没有听懂。商姬在一旁，含笑替她解释说，截和，占得先机的意思。就是打麻将，抢在别人的前面先和牌了。

沈世泽说，哈哈，他说得对。我们本来不是打算出门吗？他的意思是，终于抢在我们出门前，在酒店就拦住了你。这能算是截和吗？

她这才明白过来，原来这是麻将桌上的术语。这就叫作截和？看着来人，她忽然感到有些面熟。那么，此人是谁？她想了想，蓦地记起来，这人不正是沈世泽曾经多次提到过的金总吗？就是那位叫金什么涛的证券公司总经理？

来者确实是金观涛。他态度和蔼、客气、礼貌。扫视了一眼四周，他马上对商姬恭敬地欠了欠身子，然后才对芦一叶说，我是金观涛，你还记得吗？我们见过面的。姑娘，我认识你父亲。

原来真是金观涛啊。她也想起来了，因为这个人，她央求过沈世泽让她能再次见到他。这个人知道父亲的下落。

哦，莫非真是沈世泽替她着想，安排了这次见面？

金观涛说他今天是特意来看望她的。自从沈董告诉他，她是芦青原的独生女儿，他就一直想来见她。他告诉她，他非常崇拜她的父亲。去年夏天，在上海的一次重要画展中，他偶遇并且十分幸运地认识了她的父亲。

去年夏天？……离现在很近啊。

他高兴地说，你的父亲，名字叫芦青原，对不对？哈，我需要好好核实一下身份。如果他果然是令尊大人，那么，我告诉你，我是你父亲最好的朋友。

她点了点头，她父亲确实是芦青原。而且，她的父亲确实是一个画家。然后，她就沉默了，等他说下去。

金观涛大喜过望，坐下来，滔滔不绝地讲述了与她父亲见面的经过。此人说他的祖上也出过一位著名的大画家。谁呢？她当然想不到，这个人，竟然说扬州八怪之首的金农是他的先祖。听了这话，她吓了一跳。

而他与芦青原，正是在上海美术馆举办的金农画展中相识的。

金观涛说他是杭州人。金农，也是杭州人。你们都知道吧？古时杭州就叫作钱塘，金农是钱塘人。金观涛爱笑，声音粗豪爽朗，笑声像随手撒出的讨喜小钞。说起金农呢，他如数家珍。他说先祖金农（先祖金农？她不由得皱了一下眉头）是清代的一个画家，历史上颇有名气。而且，金农最擅画梅，是近世杰出的书画家。

他迟疑了一下，又说，至于您的父亲呢？您的父亲据说最擅长画桃花（当然还有人体）……是不是？

听了这话，她不知该如何回答他。她与他才刚相识，关系还相当生疏，她并不想这么快就与他套近乎。

说到桃花，金观涛变得一本正经起来，他字斟句酌地说，我说的不是画“桃”哦，而是“桃花”。他解释说，金农先祖擅长画“梅”，人们不会说他画“梅花”。因为众人皆知“梅”即“梅花”。若说她的父亲呢？——说著名画家芦青原先生，说她的父亲芦青原画“桃”，那就不合适了，容易让人误会，因为画“桃子”和画“桃花”完全是两回事——差之毫厘，谬以千里。

周围几个人听了都是一头雾水。

金观涛恭敬地对着她，说，令尊擅长画的是“桃花”。对不对？桃子虽然好看，可是那是用来吃的。且只有祝寿场合下才有用。哈哈。而桃花呢？才更美啊！令尊乃一代奇才，笔下之桃花栩栩如生，独步天下。

芦一叶没有想到，这么一个陌生的男人，刚见面就能如此不避生疏，喋喋不休。她好生惊讶。还有，这个人说话怎么如此奇怪呢？半文半白，像是从古人的故纸堆里走出来，说话带着发霉的气息。

见他提到父亲，提到父亲擅画桃花。她就想，这个人，倒是有点了解父亲的艺术。不过，她并不以为意。在她看来，只是不能错过这个打听父亲的机会。她想问他，父亲如今到底在哪里呢？

金观涛听了她的问话，不胜惊讶，惊愕地说，自从去年夏天那次与令尊相遇，我就没有再遇见过令尊大人了啊。他说，他曾有意询问并索求芦青原大师的联系方式，可惜大师没有给他。他皱着眉头，不解地问，令尊大人不是应该回家了吗？

听了他的话，她就明白了，她也不能对他寄予希望。本来，她想知道的只是父亲的下落。现在看来，他也不知道父亲在哪里。

金观涛从挎包里找出一幅画来。他将画展开，只见一树明艳的桃花，灿然于眼前。芦一叶立即看出来了，那的确是父亲的画，是父亲的手笔。

他是怎么得到它的？

金观涛一边细心地展开，一边赞叹不已。他说这幅精美的桃花，每次看到，都让他激动不已。《诗经》有云：桃之夭夭，灼灼其华。诚哉斯言也。他又说，令尊画的桃花，真是美艳得让人动心，美艳得让人惊魂。本来，他听说芦青原的女儿跟沈董在一起，就想来找芦一叶，想请她帮忙，帮一个小忙。没错，他的确是购买了父亲的一幅画。可是，后来才发现这幅"桃花图"，狷狂的父亲并未盖下印章。开始他并未在意，艺术家嘛，总是天马行空，我行我素……画完一幅画，忘了钤印也是有可能的……到后来，他左想右想始觉不妥，所以，他想要弥补这个遗憾。这次来找她，就是想看看芦一叶能否帮他向她父亲求个情，他想要替这幅画钤个印，钤上这位大名家独具风姿的印章。他想要一个圆满的结果。

芦一叶听了，就笑了起来。竟是这么奇怪的事呢。看来这位金观涛，也是淳朴可爱的人。画既脱手，又怎样钤印？况且，目前情形尴尬，又到哪里去寻找父亲？

金观涛当然也有些不知所措。他搓着双手，连说没想到这世上的人，真有这样来去无踪的人。真乃仙人也。我的祖上先贤金农……他喃喃自语，头上冒着热汗，嗫嚅地告知大家，是呢，我的祖上先贤金农，也是一个忘情山水的人呢。

芦一叶既是大画家的独生女，自然多少也熟悉一些中国绘画史上的秘闻掌故。初见这位金观涛提到金农，她没有多在意，后来，见他总是念念不忘金农老前辈，她闻之不禁有些惊奇。因为，据她所知，金农一生并无后人。不知道金观涛这个人，到底是怎样想的？他企图附庸于金农之盛名，来冒充金农的后代吗？这真是无法想象的事情。她当然不肯相信，金观涛会是大画家金农的后人。难道只因为同姓一个“金”吗？不过，看在他身材健硕，且为人大方豪爽的分儿上，她才不想去揭穿他的粗浅谎言。不管是趋炎附势也好，还是无知大胆也好，她都不想让他出丑，让他丢脸，她怀着善意，只是矜持地笑着。

金观涛有些失望，只好遗憾地准备告辞。临走前，他仍然在喋喋不休地和沈世泽说话。声音虽然不大，她却听得清楚。她听见他在对沈世泽说，你知道吗？这个女孩的父亲芦青原大师，虽说擅画桃花，可是其实最为脍炙人口的名画却是人体，说他是中国目前最负盛名的人物画家亦不为过。他长于描摹女性阴柔纯洁之美，世人尝评之曰：画傲胸而不艳，画肥臀而不淫。清新脱俗，神仙归尘。就浅薄的我所知道的，他初入画坛之作，即为享有盛名的“初春”系列。名托“初春”，实则笔墨所至，乃为芊芊少女大胆娇媚之态。以人生的初春喻少女初绽的清柔与妩媚。脱俗新鲜的肉体之美，呼之欲出。唉！恕我嘴拙，不知如何赞美才好。沈董您日后若有机会，一定要多多收藏一些他那至为珍贵的神作。青原大师后来所作之美妇及神女系列，皆为当世不可多得的杰作，鉴于流传于外的不多，一向颇为抢手。可惜我无缘得手啊。沈世泽问道，真的这么好？他连呼叹服，五体投地，推崇备至。一再说道，那是自然的！他说他看过数幅芦青原的美人图和裸女图，真是美丽不可方物，果然名不虚传。他说，上回看见这位小姐，疑似与画中少女容貌相仿，宛若神示。大惊之下，才获悉原来是幸运得遇芦青原的女儿了！真是三生有幸。

芦一叶闻之心惊不已。这么说，这个人看过父亲的不少画作了？事实上能叫得出“初春”系列的人并不多。因为坊间并不以“初春”系列这种含蓄的方式称呼其画，而是直奔主题，粗俗地直称其为：芦青原的美女图。或者少女图。或者干脆叫裸女图。云云。后来，还有另开炉灶，改称神女图乃至神仙眷侣系列的……名目繁杂，莫衷一是。而父亲的主题永远只有一个：他所钟爱的女子。父亲的画作自当全是美人裸体。唉，世人太俗，无法分辨好歹。人人都知道父亲画的裸女美丽绝伦，人人趋之若鹜。由色而财，人人羡而得之，得而美之。由是，即便父亲多年隐居不出或行踪不定，江湖上仍然流传着父亲的名字。

沈世泽一边听着金观涛说话，一边惊讶地回过头来看她。她不好意思地躲闪着，想要避开他的目光。

金观涛当成宝贝一样收好那幅“桃花图”，抱在怀里。这个动作，让她心中一动，颇有好感。这才想起，幸亏刚才没有揭穿他金衣假后裔的身份。这个人其实也还好嘛。她一直都很讨厌那些附庸风雅的人。这一次，她却原谅了这个不择手段附庸风雅的男人。

挥手作别时，金观涛还一再说将来仍然要烦请芦一叶小姐帮忙。山不转水转，水不转路转，大路朝天各走半边，若是朋友必然还有见面的时候。

这个人走后，沈世泽赞扬了她一番。在他赞扬她的时候，她头一次发现沈世泽看她的眼睛灼然有神，且包含一脉柔情。沈世泽感叹不已，说连他也没想到一叶原来来自如此有名的艺术世家。良好的家世能赋予一个人优质的教育。他诚恳地说，将来一定要好好发挥一叶的才华和优势。随后，他又提了一个建议。他对两位女士道，现在要带芦一叶和商姬一起去一个地方。一个不能说是神秘，也起码有些特别的地方。他有点自言自语地说，或许，真是个能让你们出乎意料的地方呢！商姬站在一旁，依旧微笑不语。或许商姬早已明了于心，也未可知。

只是她在想着，那地方一直在沈先生的念叨中，应该不失为一方神圣之地。否则，他又何需如此魂牵梦萦呢。

当然，她没有料到，沈世泽说的那个地方，竟会给她今后的工作和生活都带来新的意义和想象。

第九章　探访石库门

“一个地方”——仿佛是个临时生成的粗浅谜语。虽则粗浅，他却津津乐道。快到目的地时，她很快便猜到了谜底：所往之地，正是他从小生长的街区。他的童年在那里度过。

如此看来，一个人童年所经历和拥有的那些事物，才最为令人怀念和遐想。

现在，她才明白，或者说如梦初醒：怪不得他一直那么用心和有情有义。原来他之所念所想，魂之所系，是他的童年嬉游之地。想起来，是符合道理的。那是一个人自呱呱坠地开始，接触和认识这个世界的发蒙之地。

她已经看到沈先生那隐藏着的兴奋和热情了。在平时，他不会如此喜形于色。起码，过去她未曾见过：一个平时沉静的男人，会突然变得如此活泼可爱和激动。你看他光洁的脸庞，洋溢着阳光般的温暖。而他干净的头发，也梳理得整整齐齐。今天，他特地穿了一件长风衣，上海的春天如此冷，风又如此大。在寒风中，她突然感受到了他的亲近。现在的他，不是平时那个埋首工作、位高权重的大公司总裁或董事会主席了。

他变成了一个孩子。

花了许多的时间，才找到他幼年时代石库门的旧居。原因很简单，因为城市改造与扩张，很多街巷被推倒重建。这就造成不少老街区的错位和消失。手执地图寻找也是没有用的。

事实上，所谓的旧居其实早已荡然无存。他只能凭记忆去辨识方向和位置。原有的石库门这片街区早已置换成为眼前的一幢幢高楼大厦，既各自独立，又唇齿相依。社区绿树掩映。

芦一叶掏出手机，用地图功能查证，发现此地距上海滩最热闹的街区之一淮海路，其实并不远。而淮海路附近的街巷，正是沈世泽家那幢小洋楼的所在之地。

这不经意的比较让她突然之间便豁然开朗。她终于明白了一件事。她明白了，当年沈先生家从江西农村返回上海后，由于外祖父在“文革”中自尽，苟延残喘的外祖母没有支撑多久，也宣告病逝。沈先生的母亲没法回到祖宅居住，只好搬到了这里。

十六岁，就下放了。那么小，就经历了一个少女无法想象的多舛命运。时代的巨浪，把她从上海冲到了江西农村。然后一个浪潮，又将她从江西农村冲回了上海。回到上海，年轻的沈母住在这简易的建筑里，幸遇街道邻里好人的帮助，才在偌大的上海落脚安身。

沈先生便是在这里长大的。他说在童年时从未想过自己的家族竟然在本市拥有豪华的住宅。在旧时代还过着人上人的奢华生活。这些往事，母亲不敢说。后来到了美国，母亲才像挤牙膏那样慢慢地揭示了谜底。

民国时期，这相距不远的街区，可谓是，一边天堂，一边地狱。而他母亲的家族，便是那种在“天堂”里生活的人。由于命运的安排，后来坠落在“地狱”。吊诡的是，他的母亲到了美国，经常惦念的却是在石库门的生活，在街办小工厂辛苦谋生的日子。

由此事，她才隐约明白了，原来沈先生与美国，有着这么一层隐秘的关系。起初她很吃惊。怎么？他是来自美国的人？不胜讶异之际，她觉得事情真是复杂。自然，她也不是好事之徒。她不愿意听说他来自美国，便去巴结和附丽于他，或者干脆冷落他、远离他。她是一个有着自己的想法和原则的女生。

街区像被春雨洗过一样。

她侧眼去寻找沈先生，发现他并未像她想象的那样失落。即使街区早已面目全非，他依然心情轻松。在寒风里，他到处走动。她听见他回头问商姬，这个地方怎么样？商姬边察看，边回应。他们在找什么呢？

童年真是一个神奇的存在。在她看来，唯有童年才能让一个男人呈现出真实的面貌。

她走过去，跟沈先生说，在她的想象中，旧上海跟这里是不一样的。

他有些意外，就笑着问，什么叫旧上海？

她倒是支支吾吾起来。或许，是她错了。在她的想象中，旧上海更多是过去年代发行的电影里面的“那个上海”。那个风情万种的“旧上海”。

可是，即使他童年时代的上海，也不能算是她口中的“旧上海”。

他特别强调说，现代语境中所谓的“旧上海”，应该是有特定划分的。那应该是新中国成立之前的那个上海，也就是民国时期和民国以前的那个上海。而他曾经度过童年的那个时期的上海，肯定不能算作“旧上海”。他说着，笑了起来。是呀，他甚至还记得一句话，一句曾经广为流行的话，叫：生在新社会，长在红旗下。都新社会了，还能是“旧上海”吗？

她听着这些话，也跟着笑了。他不是一个美国人吗？怎么竟然还懂得这么多近现代中国的知识和历史？

他又说，如果不拘泥于遣词造句，他小时候生活过的上海，的确是有点“旧”的。从这个角度看，也可以算是某种程度上的“旧上海”吧。譬如，旧街巷、旧房子、旧门廊、旧窗户……到处都是旧建筑和旧马路……当时的上海，整个城市也有点旧呢。当然，幼年的他，对那些旧时风物、旧时风景都非常熟悉。虽然那会儿他还是个孩子，可是他是好动的男孩。他喜欢追随着小伙伴们，穿行在大街小巷，聚众玩耍，游走，捉迷藏……

她点了点头。当年上海城里人口多，拥挤，整条马路都是自行车的洪流。路旁，应该有不少自行车修理铺、早点店、理发店、五金店……

他听了情不自禁地又笑了起来。哈哈，这就是你想象中的上海吗？

她说，要不然呢？

她喜欢上海大街上的法国梧桐，还有居民区里吱吱作响的旧楼房。她喜欢上海的老画报，喜欢保留着年代记忆的旧招贴画……她说，老电影里的旧上海和老照片里的旧上海，每一个镜头、每一处风景，看着都很有感觉。

他笑了，说，那些所谓的风景和风物，现在越来越少了。

或许是由于她的主动参与，他倒是变得越来越轻松了。甚至，还有点兴奋起来。她也有了新的发现，就是她自己，怎么也变得能说会道了呢？哈，这原本并不是她的强项嘛。

好在，她仍在兴奋中。她很好奇，就继续问沈先生：你不是曾说过，你的童年经常吃不饱饭、穿不暖衣吗？这些可都是真的？

他笑了，回答说，当然是啊。在那个年代……这么说吧，有时候，一个人的贫穷并不是偶然的，而是背后连带着一个国家的贫穷。大河没有水，小河也就经常会是干的。

她看着这个男人。他——健硕的形象、匀称的身材……她迟疑地说，不会吧？您现在这么强壮、健康……怎么可能在童年曾经吃过那么多的苦？

连商姬都忍不住笑了起来，对沈先生说，你看现在的孩子，她们想问题的方式，是不是有些特别？

天空下起了毛毛雨，似有若无，飘在脸上，淡淡地湿了一层。

她是细心勤快的人，下车时就留意着带了几把雨伞。这时，正好把带来的雨伞递给了沈先生。又打开另外一把伞，帮商姬遮着雨。

沈世泽接过伞，笑着朝远处走去。

灰暗湿润的天空下，飞来一只黑色的鸟儿，在低空盘旋。而后，斜落在一棵梧桐树上。接着，又飞来一只鸟儿。再后来，不知从何处飞来一大群黑色的鸟儿。那群黑鸟在细雨中上下翻飞，潇洒而刚劲，像在起劲地表演着某种神奇的舞蹈。她视力好，能看清鸟儿长着黑缎般丝滑的羽毛。鸟群在天空飘荡，越来越多，几乎将半个天空遮住。

她不认识那些黑鸟，就问商姬，那些鸟儿是乌鸦吗？商姬说不是乌鸦，是燕子。燕子是恋家的鸟。旧时王谢堂前燕，飞入寻常百姓家。

商姬口才好，出口成章，且能随口背诵成段的古典诗文。这么一来，她就开始喜欢那些燕子了。燕子像人，爱家。她恍惚地想，这些燕子，或许祖辈早就在这里生活。今天却仍像先辈那样在这里盘旋，不肯飞走。

正在走神的当儿，她看见沈先生似乎在跟人打招呼。定睛一看，原来他的对面是一柄鲜艳的红伞。晕红下面，有一白发老妇。红与白，构成了一幅美丽的图画。

正在犹豫着，她见沈先生与老妇一起过来了。

没想到沈先生在这里遇上了小学的老师。

老妇或是古稀之年，看上去身体尚好，喜欢笑，并且温和有礼。沈先生说，老师叫顾莲娣，是小学数学老师兼班主任。老妇的白发绾成高高的云髻。她皮肤白皙，身材微丰，面容精致，还透着一股慵懒。总体看，又是一种端庄。老妇含着笑夸沈先生，声音柔和好听。

当初念小学时，顾老师作为班主任经常照顾他。那些年，他年纪尚幼。顾老师偶尔还带他回家吃饭。那时的顾老师年轻、漂亮，是学校男老师们竞相恭维和追慕的对象……

时间过得真快！一晃三十多年过去了。真是似水流年，青春不再。

她听见顾老师问沈先生，说他不是跟母亲去了美国吗。沈先生回答说，家母早已过世了。顾老师兀自唏嘘一番。

偶遇老师，沈先生很高兴。于是，沈先生邀请顾老师到附近的咖啡馆小坐。喝着咖啡，顾老师告诉沈先生说她已经退休，有个儿子，自幼得了小儿麻痹症，右腿不便，大学毕业留在上海，在一家日化研究所工作。还有个女儿是记者，本来在北京工作，后来去了美国。沈先生就问，在美国哪里呢。她回答说女儿在纽约。沈先生就说，他也在纽约。

原来，沈先生也在纽约。她这才知道，沈先生原来是美国人。

可是，他不应该是深圳人吗？他在深圳有那么庞大的企业，事务繁忙……怎么会至今还是美国人呢？

这时，她又听见顾老师说，你以后回美国可以去找找我的女儿。沈世泽回答说，老师，我已经回到中国，现在已经定居在深圳了。可以这么说，深圳现在成了我在中国的新家。

顾老师有点意外，问，那你不会再去美国了？

沈先生微笑着安慰老师，说美国肯定还会去的。那里也有他的一个家呢。他请顾老师放心，如果去美国，一定会代顾老师去看望她女儿。

如此说来，又多了一层关系。顾老师自然开心。她告诉沈先生说这里的老房子全拆掉了，邻居们也都搬走了。政府提供的楼盘在郊县，离这里有些远。她年纪大了，就去找做了区领导的学生说情，终于搬了回来。

她这才算弄清楚了这里的拆迁和重建，衰败与欣荣。她看顾老师，脸上满是皱褶，确是老了。她突然想起盘旋的燕子。这位顾老师，像不像那些贪恋旧巢的燕子呢？飞远了，仍旧想回来筑个巢。

顾老师说现在上海变化太大了，她们也慢慢老了。岁月不饶人啊。

沈先生就说，母亲生前总惦记着上海，在美国也时常念叨上海。如果不是当年下放农村，她原本不会离开上海的。去美国那是为了给孩子一个未来。

顾老师点头说她理解沈先生的母亲。知道那个年代他家出身不好，而他的母亲一直为此担惊受怕，在恐慌中度日。她叹了一口气说，好在时代变了，现在不查成分了。

然后，她又称赞沈世泽长大成人，事业成功，衣锦还乡。

意外的相遇总是令人缱绻。看得出，沈世泽是个重感情的人。他邀请老师去上海滩最好的餐厅共进晚餐。那是一家名字叫“福”的高档餐厅，经营沪上传统饮食，口味正宗。豪宴是必要的尊敬。高档菜品和洋酒，都是不可或缺之物。当然，顾老师不擅饮酒，但是，她却因有幸被邀请亲赴上海滩最好的高档餐厅而激动不已。这是她一辈子，从未想过的事情。她喜欢这种体面和排场。

席间，沈先生告诉顾老师，说他准备在石库门原址附近，全额投资兴建一所高品质的颐养院，主要收养街道孤寡老人和一些有需求的街坊老者。颐养院隶属当年母亲生活工作过的那个街道，名字就叫西门街道颐养院。为此，他特别对顾老师说，如果老师将来有意愿来这家颐养院颐养天年，他无任欢迎。听了沈先生的话，芦一叶这才如梦初醒。原来，沈先生回到上海来，除了探访旧居，背后居然隐含着一个这么重大的建设计划和构想啊。他这算什么呢？是为了报答街道那些好人当年对他们母子的关照扶持之恩吗？

这个晚上，她跟着商姬一起，遵从沈先生的意思，专程陪同顾老师吃好喝好玩好，要让老太太开开心心。这个晚上，她跟着商姬学习了不少的酒席礼仪和待客之道。她跟着商姬一起，甜言蜜语，大着胆子，开口说了不少温暖人心的话语，还喝了不少让人沉醉的美酒。既然是欢宴，美酒自是不可或缺之物。而且，酒必须是上等的好酒。这个晚上，她乘着兴头，大胆发挥。高兴得有点过头，用力有点过猛。哈哈，她一不小心就喝多了。连顾老师都猛夸她是好酒量的小女孩啊。而商姬作为上海本地人代表，仗着拥有广泛阅历的社会经验，精通人情世故，表现出不遑多让的商姬式周到而温柔的热情和体贴，把顾老师逗得暖心且笑声不断。酒足饭饱之后，他们一起送顾老师回家。顾老师连说不用，不用。商姬就专程替她叫了出租车亲自送回家。

第十章　闯　祸

这一晚，芦一叶有些莫名的伤怀。回到酒店后，她的各种感怀爆发，纷至沓来，既细腻又丰富，有如决堤之水，汹涌而至，一发不可收。这放松与发泄交替，令她无端流了不少眼泪。到后来，不知怎的，她竟然替沈先生操心。唉！虽说沈先生找不到童年的旧居，仿佛世界消失了……可是，他好歹还能找到那片故土啊。他能够找到那片曾经容留过他无邪童年的旧巢。当然，对有的人来说，故乡的消失，属于说没有了就没有了。而有的人少小离家，老大也回不了家。有的人，则是找不回的故乡，回不去的童年……这么转念一想，她就难过得要死。她替沈先生难过，替许多不相识的人难过……后来，她又替顾老师难过。想起雨中彳亍独行的老迈的她，又想起盘旋寻找家园，久久不肯离去的燕子……后来，她还想到了自己，想到了她那决然离去而又不知踪影的父亲……

这么想着，她突然就趴在大床上痛哭起来。

这么哭了不知有多久，她才疲惫地睡着。又不知过了多久，又醒来了。她想从床上坐起，可是手臂无力，没法支撑起自己的身体。她像朽枯的树干那样颓丧地倒下。当然，她不是烂树干，她是人。她随意地伏在床上，神志渐渐苏醒。她感到身体正在出现某种异样。不，她浑身发热，躁动不安……下身像有一股热流暗涌，像被烈焰点燃……那里仿佛有一万只虫子，在左冲右突，奔走呼号，奇痒难熬。莫不成今晚吃的山珍海味，其味有殊？她的头脑陷入昏沉，意识也开始变得混沌。哦！她任由身体肆意发泄和放纵，整个身体变成失控的状态。

在意识朦胧之中，她仿佛瞅见那些虫子在蠕动……她伸出手去，想要驱赶那些密密麻麻、四散乱跑的虫子……她无法忍受！她要驱赶那些该死的虫子！她不知道到底发生了什么？只是感觉很特别又很陌生……她感觉很新鲜又很刺激……哎！一个人的身体，怎么能够产生如此剧烈的膨胀呢？一个人的身体，怎么能够像是储存了整整一个夏天的巨大能量呢？一个人的身体，怎么能够变成像大河那样浩浩汤汤奔涌激荡呢？

一个人，怎么能够变得如此放纵，如此肆无忌惮，如此可怕，又如此失控呢？

她舔了舔嘴唇。干燥，起皮，连口水都咽不下去。噢！那里刚才还奇痒难忍，现在松弛下来，变得像春天一样鲜花盛开，温暖，湿润，泛滥成灾。她感受到了一种春天的气息，一种万物复苏的气息。她感受到了一种生命的气息，一种小草生长、万物蓬勃的气息……

她扭动着身躯，健康的身子，饥渴的身子……她满怀期待，重又坠入梦幻之境……她的手有些情不自禁了……喔，她伸向那不知名处……黏黏的，温热的……

她吓了一跳，难道来月经了？

这时，她明显感觉到下身有些隐隐作痛。刚才，她过于莽撞了。现在，她重新小心地将手指伸进那个神秘之所……晕目、快慰、舒畅……她是试探的，又是狂躁的。她耗尽力气，必然感到疼痛。

有一种高潮过去了，她喘了口气。然后慢慢撑起身体来。下体黏糊，全身软塌。她看见什么了？是白色的床单上，一朵鲜花的盛开吗？

她惊慌起来。

以她的处子之身，被潮水淹没的处子之身……她不能不惊恐莫名……

客房静谧到几乎只能听见自己的呼吸，她抱住白色的大枕头将脸遮住，柔软的胸脯全程裸露着，她也没有想到要去遮掩。她感觉到了，她感觉到这狂躁的身体已然不属于自己。

唉！每个女人的心中都躲藏着一只魔鬼。在某些时刻，在某些外力的作用下，那只魔鬼就会偷偷跑出来游荡了。她挣扎着想与自己对话，她有疑问，也有渴望……可是，她的身体，已经不属于她了。她开始抽泣起来。

白床单的中央，赫然绽开了一片自然形状的红色花朵。鲜艳夺目，沉郁伤人。她用双手捂住自己的脸庞。

丑陋的肉体。丑陋的女人啊。

她生气了，害怕、羞愧、作呕……甚至有些恼怒起来。她坐了起来，看到了精巧的小茶几。小茶几上，有一只长方形的精致火柴盒。她踉踉跄跄地翻身下了床，走向茶几，慌慌张张取出火柴盒里面的东西。

那是一根火柴，一根长长的精致的火柴。她已很少看到这么漂亮的火柴了，粗壮白皙的杆身，红色的火柴头。唉，是谁说过？这世上，越是漂亮的东西，毁灭得越快。美人迟暮，英雄末路。最是人间留不住，朱颜辞镜花辞树……这杆俊俏的火柴，只要轻轻一擦，很短的瞬间它将轰然爆燃，迅速膨胀，高调闪亮……然后，才是黯然销魂……是的，她将那根小木杆儿，红色的一头，贴近了火柴盒的磷面……擦！真的……那火柴“嗤”的一声点燃了！她将这根火柴伸向床单……那儿，是一朵湿润的怒放的鲜花。而她手里这一朵暖色的火焰，像是另一朵干枯的鲜花——她让这朵鲜花去亲吻另外一朵鲜花——不过，起初这朵鲜花有些忧伤，有些犹豫不安，有些中气不足……但是很快它就开始跳跃，开始恼怒起来了……它像是从沉睡中醒来，像是烦躁不安，像是舒展了身体——变成了有生命的活物——瞧！它在床单的一角摇晃着跳了一下，就一跃而起，转瞬间变得像午后阳光那般明亮。

那片小小的阳光，开始放大，像布匹那样扯动，像波浪那样激荡……扯成一缕缕镶边的妖娆黑雾，扯起一张魔鬼的脸庞……在那一刻，时间凝固，魔鬼四下逃窜……

几分钟后，客房的喷淋系统启动，警报凄厉响起。

终于酿成了一次火灾。次日清晨，上海的各大纸媒、电台和电视台，纷纷在本城社会新闻栏目里予以报道。《上海晨报》还刊登了一幅酒店被浓烟笼罩围困的新闻照片，配以如下的文字：

昨日子夜时分，沪上一家著名的五星级高档酒店不明原因燃起大火。一位年轻女客被浓烟熏晕，所幸工作人员第一时间发现险情奔赴现场，大火短暂燃烧后旋被扑灭，女客也及时被救出。

事情其实没有这么严重。她所居住的酒店不过是其中一幢独立的低矮别墅。她被人送到了医院，传言说，是用客房的浴巾裹着送往医院的。醒来时，她已躺在病床上了。当她睁开眼睛，沈世泽和商姬正在小声地跟一位戴眼镜的白衣医生说话。

她不知道自己身在何处，只感觉到自己的头、脸，还有手臂和肩膀，都有些火辣辣的疼痛，甚至还有些发烫。她全身不能动，因为那样更疼。医院的检查已经结束，幸好只是些皮外烧伤。

大约花了一天时间，不，事实上还不足一天，次日下午他们就从医院出来了，她出院，是基于自己的强烈要求。外面阳光灿烂，而她似乎已将昨天的丑事忘却。从外表看，她额头擦伤，头发烧焦了一部分。脸色红红的。肩部和脖子部分皮肤轻度烧伤，全身骨骼有点疼。但那也许是抢救时由于手忙脚乱，轻微冲撞造成的碰伤。

送来检查时，医生们替她擦拭额头渗出的血迹，有人毛手毛脚地将她烧焦的头发剪得乱七八糟，她很生气，在医院里大发脾气。

医院是理发店吗？

医院自然不会是理发店，她要求医院派人来护理她受损的头发，医生们面面相觑，他们从没听过这样的诉求，这是医院，哪里来的理发师呢？

后来，院方无奈，请来妇产科一位中年女护士，那位大块头的壮护士带来了她的家什，一把推剪、一把长剪，还有一把折叠式剃刀，她的工作是替产妇剃阴毛。

中年女护士不太清楚要对病人做什么。她只是在执行某种指令。她让芦一叶脱了衣裳，芦一叶正想脱，不由得问她，你想干什么？

不是剪下面的毛吗？

芦一叶满脸通红，生气地骂她，说你没有长眼睛吗？

那中年护士上上下下地看着她，才发现是自己错了，这位女病人并不需要剪阴毛。她的头发乱糟糟的，病人自诉，她需要的是修剪头发。

可是，我不会剪头发哦。

那怎么办？

那强壮的中年女护士看了看，确信没有误会了，想了想，一不做二不休，就动手剪了起来。她显然是个行动派。而且，她那习惯了剃阴毛的手势，动作准确利落，很快就将烧焦的、没烧焦的满头乌发，不假思索地悉数剃光。

芦一叶睁开眼睛，才意识到出了问题。她伸手一摸，摸到的是娇嫩的光脑袋，不禁愕然。她起身，飞奔到女性专用的洗手间。大镜子里面，立即出现了一个女人。是一个似曾相识的女人。她清楚地看到里面的那个女人，居然是一个俊美的和尚。不，当然不。即便是没有头发了，她也应该是一个俊俏的尼姑。

芦一叶大叫一声，晕了过去。

幸好，这次火灾没有造成人员伤亡，由于喷淋系统及时启动，救火人员及时赶到，只有该客房的部分物件被火烧毁。

面对调查，芦一叶保持了沉默，她把自己打扮成一个受害者的样子。离开上海时，芦一叶也没有受到惩处，她不知道，是当局没有追究她语无伦次的证词和应该质疑的责任，还是沈世泽的朋友们暗地出面找人摆平了这事，反正，他们顺利地离开了这座让人伤感的失落之城。

回到深圳后，芦一叶从丁香那里获悉，她们在黄贝岭租的住房，政府要实施拆迁改造工程了。她回到深圳，必须尽快搬家才行。她生气了一会儿。

刚在上海看了沈家陷入纠纷的祖宅，现在她住的房子也面临拆迁。她感到惊奇。这一切，难道在冥冥之中都自有安排吗？

到了家里，还不止一件事。丁香告诉她，说她原公司来了个自称是同事的男人找她。那人又瘦又高，有点傻愣样，叫陈望财。因为芦一叶不在家，丁香就跟那男人说，芦一叶已经搬走了，也没有了联系方式，那人才将信将疑地走了。

芦一叶知道，这位名叫陈望财的男同事，是她的一个追求者。当然，她不喜欢他，嫌他作为一个男人太啰唆，太婆婆妈妈了。可是，她没想到，这个男人竟然会追到家里来。她这么想着，忘了生气，觉得自己要赶快搬走。

回了深圳的芦一叶，现在变了一副全新的模样。为了不让人生疑，她专门去东门商业城挑选了一顶绿色的绒线帽。她当然知道，一个年轻的女生，顶着一个锃亮的光头，出现在大庭广众之下，未免太过于招摇过市了。好在深圳的冬天，虽然没有上海那么寒冷，却也并不暖和，保持着一段不长不短的低温期。这种保暖程度的绒帽，目前还戴得住。

丁香好奇她到底发生了什么，就随口问了一声。她的心里一咯噔，脸登时羞得发烫起来。她尴尬得不行，自然不肯如实回答。丁香见状感觉有些奇怪，便又追问她。逼得急了，她只支支吾吾，应付说是理发没有剪好。唉，她轻声细语说，一位恶心的垃圾理发师的错误操作把她给害了。一气之下，她干脆将满头的秀发一扫而尽。

丁香不免疑惑地看着她，就想伸手去拿掉她的绒帽。她满脸绯红，急忙按住帽子。

丁香笑了，问，我就想看看你，没有头发的美丽形象呢。

芦一叶着急地说，别、别！我才不给你看。她一边抵挡，一边后退躲避。

丁香停止了动作，笑嘻嘻地调侃说，一叶呀！你胆子也太大了些吧？怎么选了一顶绿帽子来戴？幸亏没找男朋友。否则，你这样做，岂不是让他难堪？说罢，她哈哈大笑起来。

芦一叶听她这么说，顿时恼羞成怒了，变色道，我戴什么帽子碍着谁了？为什么要去考虑一个并不存在的人？

丁香见她突然反应激烈，吓了一跳，连忙说，也对哦？戴绿帽子又怎么了？还怕谁吗？

芦一叶不屑地说，我戴绿帽子，是我主动戴的。从来没想过要去妨碍谁。

丁香就笑了，良久，才说，哈哈，原来如此呀。看起来，你这是担心以后会不小心给别人戴绿帽子吧？所以，现在一次戴个够？

这么说着，两个人同时一愣，都笑了起来。

事实是，芦一叶现在还太年轻，还没有什么经验，也不知道该如何来应对这种事情。她的内心是惶惑的，又是忐忑不安的。想到在上海酒店夜里发生的羞愧之事，她内疚不已。虽然她本身也没有多大的禁忌，可是那毕竟是一件难以启齿的事。事实上，她对绿帽子根本就没有感觉。正相反，她喜欢绿色的东西。不过，发生那件事后，她有了一种直觉：她觉得自己无论是身体，还是内心深处，都莫名其妙地起了某种明显的变化。她认为这种变化需要得到重视。是的，一个女孩，即使没有与男人发生过实际的关系，可是她下意识的行为方式早已表明她已长大成人。人的成长有时候是从内部进行的。现在，她愈来愈清晰地感觉到，她感觉到了自己的身体里有一种东西在自然地膨胀、生长。

带着这种逐渐形成的生长感觉，她底气充盈，开始昂首走上街头。她头一次清楚地意识到自己成了一个真实可感的女人。某种意义上她替自己破了处。虽然是不经意而为之，可是那感觉是多么好啊。那天逛街，她本想买一点新鲜的蔬菜回家做饭。因为在上海吃得太好了，她短时间也不想在外面吃了。可是，转念一想，自己做饭的手艺不尽如人意，买了菜，她该怎么做饭呢？临时抱佛脚吗？这么想着，就放弃了。她将购物车推回停放处，然后两手空空回到租住的家。

第十一章　天鹅之翼

芦一叶踩着轻快的步伐赶去上班，心情非常激动。她感受到了来自新东家的温暖和关怀。商姬在电话里告诉她说，沈世泽，沈董——已经获悉她所住地区政府旧城改造的规划和决定，遂指示由公司预支部分酬金（工资）给她，作为先期借款或预支款。这样，她可以尽快安顿好自己的生活。

公司知道，政府拆除旧村兴建新城区的规划和安排具有不可逆性。故建议她尽早准备，争取主动。

芦一叶听到消息后很开心。

这时，她恢复了一个年轻女孩活泼的本性。

其实，她很早就曾留意过一些地段与小区俱佳的楼盘。她有一处心仪的房子。那是去年与丁香逛街时，她意外发现的。那是一套小型公寓，除了地段好，管理和品质也不错。最吸引她的是那幢高层建筑，她一直想住在云端之上呢。

试想一下，若能如愿，她就可以每天站在宽大的玻璃窗前，饱览这个她所钟爱的南方城市了。她看到的将不再是别人洗澡或亲吻的俗世艳景（城中村即有此之虞），也不会看到别人撅着屁股匆忙做早餐的烟熏火燎画面。在她心仪的房里，她可以惬意地举目远眺，蓝天白云从身边飘过，整座城市像三维地图一样，在眼前展开。

她还记得那幢高楼的位置，正好离公司不远呢，这变得更具可行性。而且，她所看中的那套公寓面积不大。面积小，租金就少。位置好，出行就方便，能节省往返车资。楼层高，视野就宽阔。一切都如此美好。

现在居然有这么好的机会？真是天赐良机！这也算是她践行自我格言的一次机会……啊，这金句真好：但有惦念，必用心对待。

她突然记起，关于她看上的那处小公寓，似乎还流传着一个美丽的故事。那套小公寓有一个奇特的名称叫“天鹅之翼”。这个美丽的名称是有来由的。据说，某年冬季的一日，该楼宇的开发商老板闲来无事，携数位员工登上高楼巡视各层。电梯行至 30 层，年轻的女管理员用钥匙打开公寓，大伙儿赫然发现，阳台上竟站着一只素雅的白天鹅！手下员工慌作一团，想要一起捕捉那只不知从何处飞来的小天鹅。有人大喊住手，众人一惊，原来是王老板——该开发商老板姓王。趁着这个空隙，那只小天鹅一个转身，优雅地振翅飞向云端。

在场的人们惊呆了，良久才纷纷惋惜，说错过了一顿美味的天鹅肉。王老板斥责说，你们就知道吃？也不照照镜子，你们配吃天鹅肉吗？后来因为此事，王老板断言这幢大楼，尤其是这种规模的小公寓风水好。因为只有风水好，才能引得凤凰（天鹅）来。呵，没错，他是一个笃信风水的潮州老板。

后来这个神奇的故事便演变成了房产推销的最美广告词。那套小公寓，也因此有了一个美丽的名字——天鹅之翼。一时间，热度迅速飙升。有那么一段时间，江湖之上，只需提及那幢大楼或天鹅之翼，人人为之热议。当年，芦一叶也是因为这个无比美妙的传奇怦然心动，心向往之。许多个夜晚，她特意伫立在空旷的大剧院广场，或是灯火摇曳的深南大道，痴痴地向西眺望，默然沉思着那超凡脱俗的神秘存在。

当然，有一点是遗憾的。可惜，她没机会出现在现场。因为，她没有钱，也不认识王老板。即便如此，也没有冲淡她少女的幻想和向往。

这次终于有了机会，她二话不说，扭头直奔那神话一般的大楼，只为她心仪的那个美丽故事。

最近天气热了起来。她戴的那顶绿绒帽太厚实了，稍长时间，脑袋一圈就湿漉漉的。所以她去金光华购物中心买了一顶薄帽。她选的是那款秋香色的软帽。哈，依然有一点绿……谁说不能戴绿色的帽子？她喜欢。那顶秋香色的薄帽，别致、活泼、调皮。出门时，她顺手就把那顶厚绿绒帽扔进了垃圾箱。

本想约丁香一起去看房子，去看她的“天鹅之翼”。可是，她是女生，多了一个心眼儿。她担心女人的嫉妒心。想想看，这一切是怎样来的？如果没有丁香的引荐，她怎么可能遭遇好人的垂青？又怎能获此良机呢？她想好了，宁愿得罪丁香一时，也不能激发她的妒忌心。女人一旦妒忌心起，则会地动山摇，天地为之变色。而且，女人一旦妒忌心起，两人的友好关系势必难以维持。况且，古人也说过，人有旦夕祸福。这意思是，警醒一分是福，越界一分可能就会闯祸。因此，她决定放弃约丁香一同看房租房的想法。

这几年，城市的房地产像冬天的河，河水缺乏流动，皆因天寒。市场缺乏流动，全因政策锁定。电话中，她得知去年看过的那个楼盘仍然没有售罄。特别是，那套“天鹅之翼”似乎依然还在。听到这个消息，她真是高兴极了。

她像风一样跑出了门，笑着跳着，跑步去乘出租车，飞速赶到了那里。她还记得，即使是楼盘，名字也特别美，且是她钟情的寓意：蓝天星语。顾名思义，其中的蓝天，有白昼之意。这是因为蓝天是白天的风景。庄子说的“天之苍苍，其正色邪”，可不就是这个意思？然后，夜色来临，星星们窃窃私语……哈，这当然就是晚上的风景啦。每一天，每一个黑夜与白昼，循环往复，从不停歇……喔，这样的名称，是想要凸显大自然强大的回环往复、轮回之美吗？

日子是活着的：因为它滚动，流转，顺风顺水，日夜往复，生生不息。这是不是很有意思啊？她兴冲冲跑过去，左看右看，很快就选定了一套小公寓，时间过去已久，销售人员也早已换了好几茬了。现在，已经没有人知道哪套房子才是“天鹅之翼”了。这是一个遗憾。

不过，不管怎样，她自己倒是一心一意将自己的心意留在了第30层。情之所至，天犹怜矣。她所选的第30层，除了心目中那神秘的“天鹅之翼”，还存着另一个小小的私心。这是纯属于她的小女儿心态，是她对自己的一个重要期许。因为，她给自己定了一个目标。她渴望自己能在未来的5年里，用年轻的心智和体魄，奋发努力，弄潮逐梦。5年。她给了自己5年的奋斗期。因为她期待自己到了30岁，能够初步实现自己的梦想，找到属于自己的幸福。

日子不是太好过，可是年轻人嘛，梦想还是要有的。

因此，选择30层楼，选择在“天鹅之翼”居住，一如选择她内心最隐秘、最激动人心的梦想。

哦，30层！那里包含着她心中最缥缈的情思与幽梦……

一切都是顺理成章、水到渠成。

那寄予了她梦想的“天鹅之翼”，还有那美丽楼盘——蓝天星语，现在迎来了一位年轻的主人——芦一叶。

她被美好的想象所激励，感觉自己浑身是劲。现在，她心满意足了。像蓝天星语这种高端住宅，被开发商打造得美轮美奂，定位为拎包入住型的公寓。无须装修，一切都是现成的，这就极大地方便了承租人。这里的管理，像高级酒店一样，每一层都隔离开来，需要刷卡才能进入。

为了压低租金，她特意找楼盘管理处的人讨价还价。工作人员是天津来的小伙子，叫王卫国，平日穿白衬衣，礼貌、整洁。她在这小伙子面前，故意贬低大厦的品相，连她自己都觉得匪夷所思。她说大厦名字取得太不好了（口是心非呢，嘿嘿），叫什么“蓝天星语”？岂不是把一对互相矛盾的词生搬硬套，强行配对，搁在一起吗？这完全是胡编乱造，是典型的“破坏祖国语言”的行为。她振振有词地说，你看，“蓝天”，白天才叫蓝天是吧？你们却将什么“星语”硬放在一起，“星语”是什么意思？星星在说话？我问你，星星什么时候出现？只有晚上对吧？你们取名字的水平太差了，好比这幢大厦叫“白天黑夜”，这么无聊的搭配，好意思吗？单这个差劲的名称，就必须少收一点租金。

不过，那王卫国口才也了得，人家是天津人嘛。王卫国回应说，哎哟，小姐姐！话不能这么说。“蓝天星语”才不是你说的意思——你看，它说的是，这里多么好！白天拥有“蓝天”，晚上拥有“星语”。住这样的房子，白昼和夜晚最美的风景都占全了。你还有什么不满意？

她依旧胡乱挑毛病，说，白天黑夜都占全了？说得好听！能占全吗？歌词都不是这么唱的。你看，歌里是这样说的：像白天不懂夜的黑，不懂那星星为何会坠跌。听见没？连星星都坠跌了。还好意思说占全了。不怕被砸着？

王卫国说，如果白昼象征的是事业，那么深圳的天气经常艳阳高照；如果夜晚象征的是艺术，那么深圳之夜也常常星光闪烁。这意味着，你想要什么就有什么，要事业有事业，要生活有生活。换种说法，这才叫“心想事成”。

她眨巴眼睛说，哪有这等好事？

王卫国说，为什么不是？

她故意叹口气，然后轻轻哼着歌曲唱着说，“你永远不懂我伤悲，像白天不懂夜的黑……”（歌词）。

那王卫国也是绝，虽然笑着，却跟她唱同一首歌的歌词，曰：“我们仍坚持各自等在原地，把彼此站成两个世界。”

站成两个世界？他在暗示什么？

唉！这家伙太有才了。看来租金是商讨不下来了。她也觉得，这种地方，如果一定要探究名称的美好寓意，还是这小伙子的解读更好，更有感觉。

而她，也不想信口开河了。她不想把风水说坏。于是便鸣金收兵，不再找碴儿。因为那位小伙子，她反而更加暖心，更加偏爱这幢大厦了。

小伙子也觉得两人沟通不错，颇有缘分，就诚恳地告诉她，可惜他人微言轻，无权降价，否则一定奉上。不过，他可以帮她处理其他事务，尽力解决她在租住过程中遇到的问题，同时还为她提供最好的管理服务。为从长计议，她装作很勉强地答应下来。事后，她一个人掩嘴偷笑不已。

由于她的急切，催得紧，且得到小伙子的实力暗助，管理处便按照加急业务安排好各种服务。安排修理工提前检查维修，要求卫生阿姨加班打扫卫生。一切均以最快的速度进行。很快她就如愿以偿地拿到了钥匙。

当她告诉丁香要搬家时，丁香特别惊讶。没想到眼前这个小姑娘，前些时候还磨磨叽叽，动不动就两眼发红动情，如今做起事来，竟然如此迅捷。这魄力，完全出乎意料嘛。

她微笑不语。

丁香牵着她的手，遗憾地说，我还以为你要多住一些日子呢。当然，村里也是催得急。估计，我不久也要搬走了。一叶啊，我们有缘在一起，希望今后经常保持联系。

她听了也有点不舍，说，那是必须的。

从最初相识合住，到后来变成了好友。她们的关系，已超越了普通的房客关系。况且，丁香身上的确有很多好品质，因此她也不无感伤。搬家那天，丁香一定要来帮忙。她本想婉拒的，可是丁香执意坚持，动情地说，在陌生的城市，我们都应该互相帮衬才好。如果不帮她这个年纪小的女友，她这一辈子都不会原谅自己。她听罢，心中颇为感动。

可惜丁香的愿望未能实现。因为她突然接到工作任务，次日要赶去山东出差。芦一叶找了刘莉和另外一位叫贺华的女友来帮忙。

其时刘莉已经离开了南山，跟她那位叫赵林的男友分手后，她单独搬出来，去了龙华。看上去，气色比上次好了不少。当然，女人们主要是看家守东西，指挥搬上搬下。真正卖力气搬家的人，是那些开着货拉拉小面包车来的司机和搬运工。搬家是脏活，刘莉特意穿了件黑色衣裳来。那天凑巧，她自己也穿了件旧的黑T恤。待到结束，每个人脸上都黑乎乎的，有点脏。芦一叶看了看，含笑说，刘莉姐，你穿黑衣服，我也穿了黑衣服，有一个共同特点是，我们都有点黑！刘莉看着贺华的脸说，贺华也黑。贺华撇嘴说，我才没有。你们都是“黑社会”。

她们一起哈哈大笑起来。

那天她专门请刘莉和贺华撮了一餐。自然不能算大餐，却是顺着刘莉的心意，自己也乐意，大家一起去吃了都喜欢的火锅。就在附近，一家刚开张不久的四川火锅店。

寓意还不错，都是新开张呢。

要知道，她是衢州人。衢州在浙江，很少有人知道衢州人原来也擅长吃辣。衢州地处浙西，号称浙江的“小四川”和“小成都”，简直无辣不欢。

那晚气氛甚好。大家有点累，却很开心。火锅的味浓，弥漫全身。酒足饭饱后，她送别女友才回到新家。第一个选择，就是赶紧脱了黑T恤去洗头、洗澡。哗啦啦的流水，冲刷着全身的火锅味。清爽后，她无比满足，感受到了生活的美好与幸运。是啊，来到深圳，她的生活开始变好了。她第一次住进这么高级的住宅，第一次有了住在自己房子里的舒适感觉。她要让自己干干净净、开开心心地去迎接新的生活。

刚安顿好，公司打来电话。商姬在电话里说，沈董最近有一趟新的出行计划，你要准备一下。以前忘了告诉你，我们最近的出差比较多。当然，她也会一起去的。商姬补充了一句。

她有时过于敏感，听了这话，就好奇地问道，怎么呢？以后，您有可能不去了吗？

商姬笑了，说，这世上，没有什么是不可能的。今后的事，今后再做决定。我有可能去，也有可能不去。这次去上海，我原打算将这些行政事务都交给你来办理。譬如订机票、联系酒店、联系工作事宜、安排一切行程等。当然，最近你被关在家里一周，然后又是各种琐事……那就算了。当然，沈董也说了，你刚刚加入，还不太熟悉情况，不过以后的事务，可能还会更多更复杂一些，你要争取能尽快胜任。

唉，商姬就是商姬，她说话既简单明了，又直截了当。不过，她喜欢商姬。在她眼里，商姬除了优雅，还那么能干、那么美丽、那么有魅力。她很愿意跟这样的领导在一起，多学一些东西。她对商姬说，商大姐，您不能走，我可舍不得您呢。商姬说，傻孩子，我说了我要走吗？见她没有吭声，商姬又问，你的头发怎么样了？现在长起来了吗？她就说，长起来一点了，就是还有些短。商姬笑了，说，哈哈，是不是像个假小子？

芦一叶咧嘴一笑，说，我有帽子。

这次商姬来电话，确切的意思是，大约一周后，沈董要带她们一起去江西。在这之前，要求她尽快整理好这次去上海的资料，然后归档。文件要分门别类，便于查找。至于为什么去江西，商姬告诉她，去江西，顾名思义，你应该知道那地方跟沈董也有莫大关系。甚至可以说，是他的另外一个家乡。这次能够带你前往他的家乡，是对你的信任。你可以先去公司图书馆查找一些相关的资料，熟悉一下情况。图书馆那边，我会跟秦馆长交代一下，请他配合你。芦一叶边听电话，边顺手记录下来。

记下这些内容后，她松了口气。起身站到窗边，窗外果然是漂亮的蓝天白云，楼的下面，各式建筑星罗棋布，连绵不绝。条条街道，阡陌纵横。全城绿树掩映，整个深圳仿佛置于眼底。

她想起商姬的话。江西省……那是沈董的老家？她有些疑惑，沈董的老家，不是在上海吗？怎么又变成了江西呢？虽然看过一些资料，但她仍然有太多盲区。如果说江西是他的老家，那么她应该尽快找到相应的资料。而关于江西省，她仅有一些肤浅的了解。江西是一个位于长江以南的省份，四周高山环绕，中间部分是平原和丘陵。她看到过一份介绍，说江西是全国绿化最好的省份之一。她喜欢这样的地方。哦，绿色？又是绿色！她想起不久前才遗弃的一深一浅的两顶绿帽子来。哈哈，真有趣啊，她估计自己这辈子可能要一直跟绿色打交道了。而这，其实也暗合了她的喜好。

当然，除了开心，她也有所担心。此行去江西，不知会遇到什么？她很期待。有了上海的经历和教训，这次出行，她会打起精神来，小心对待。她开始懂得自己应该做些什么了。明天上班，她就要投入紧张的准备工作中了。

计划意外地推迟了一个多月。在此期间，沈世泽的工作过于繁忙。他已经国内国外地飞了好几个地方。当然，那些地方，跟随他去的人员不少。其中部分商姬也一同参加。

在商姬跟随沈世泽出国期间，她还听说了一些事情。在公司里她也开始认识一些人了，譬如人力资源部的同事、办公室的同事。

那位经常来替沈董服务的年轻女职员，她还记得，叫林婉仪。现在，也成了她的好朋友。林婉仪是福建泉州人，讲一口闽南话，性格温婉，普通话说得也不错。林婉仪告诉她，虽然沈世泽辞去了总裁职务，却一直保留着董事会主席的职位，因为公司里的元老们不想他完全放任不管。现在，他主要的工作是务虚的。说是务虚，其实仍然掌控着整个集团公司的发展大局及战略走向。

她的工作，由于这些情况，变得相对自由。出行计划的推延，给她留出了更多的空间。她可以更充分地做好去江西的准备。按照商姬的引荐，她专程去拜访了公司图书馆的秦馆长。公司在城郊建有一所内部大学，校区有红色的围墙环绕。那座古雅的图书馆就建在大学的校园里。秦馆长，名大逵，南京人，剪着朴素的平头，脸庞圆润而饱满。她与秦馆长联系，得到了热情的帮助。芦一叶在图书馆找到了更多关于沈世泽的资料，她甚至发现了许多沈世泽多年前的讲话录音和电视视频。她将这些录音和视频资料进行复制。然后，又在电脑里，将这些录音及视频资料附带着的文字部分，也相应整理出来，编辑成 word 文档保存起来。

那段时间，对于她来说，是短暂忙碌而快乐的时光。在那些录音里，芦一叶发现了一个新的沈世泽。因为那些正是沈世泽从前青年时代走向后青年时代的过程。那些声光电的资料里面，一如所言，既有声音，也有影像……她播放着，观看着，感受着……她觉得自己正与一位真实的男人日夜相处着。看着影像里面的他，她常常发呆，若有所思，怅然若失。

青年时代的沈世泽，外貌跟现在相比没有多大变化。年轻是肯定的，他充满热情，头脑敏捷，逻辑清晰，干劲十足，非常活跃。年轻的他，似乎比现在更外向，更爱说话，甚至更热情，更容易激动。

年轻真好啊。在观看那些视频的过程中，她不无感慨地这么想着。

很多时候，她就这么一动不动的，有时仰着靠在椅子上，有时又趴在台前，紧盯着他——他那青春时代的影像。她的眼睛追随着那个男人。她的脑子里，有意或无意地，经常闪现他赏心悦目的笑容。她开始熟悉他的各种片段和情景。有时候，即使闭上眼睛，耳畔也会响起他在不同场合的讲话……

其实，这种时刻，她的耳朵已听不见他的声音了，她更像是沉溺于自己莫名的想象中。到后来，她喜欢关掉声音，单看他的影像……犹如观看默片时代的电影，各种无言的头像、表情，还有身体的走动，一一呈现在眼前……

与这个特定的对象，与他晃动着的无言的生动影像朝夕相处，这加深了她孤独与梦幻的感觉。与此同时，也让她进入一个新的层面，一种新的境界。在逐渐熟悉、逐渐了解的过程中，她开始变得敏感而冲动，心底常常涌出一种热烈的感情。有时候，即便没有看视频，她也能够凭着想象，去脑补他独有的现场感。在这样的过程中，她开始变得越来越不安了，她觉得自己仿佛正在偷偷经历某种不可思议的僭越。

很多时候，她容易陷入恍惚。为此，她不时地惊出一身冷汗。随后，便陷入沉思，陷入怅惘，陷入某种忧伤之中。

偶尔，她也会蓦然惊醒，然后反躬自问，却毫无结果。想起来的时候，她也会责怪自己，为何要变得如此丧魂失魄？

大约两个月后，商姬风尘仆仆地回来了。她去问商姬，沈董没有回来吗？商姬告诉她，怎么可能呢，他们一起去的，当然一起回来啊。商姬关切地问她，怎么了？发生什么事情了吗？她推说没有。商姬就笑了，然后说，你是不是等得着急了，在想怎么还不去江西？

她顿时不好意思起来。不，她差不多完全忘了去江西那件事。她忘记了江西的存在。这些日子，她的眼前、脑子里，全是他的影像和声音。当然，还有各种枯燥的文字，还有各种跳跃着的年代、各种不同的季节与气候。所有这一切，构成了她目前的主要工作和生活。

商姬回来没过多久，赴江西的行程便摆上议事日程。一日下午，芦一叶接到商姬的指示，要她开始着手安排前往江西的事宜。她很快便忙碌起来。这些事务对她来说，不是难事，过去在别的公司，她也曾经做过类似工作。更多的问题是，商姬回来后依然很忙，抽不出空来。而她，却有许多未解之谜需要解答。

她需要向商姬求教，也需要向沈先生求教。

忙碌了数日后，他们开启了去江西的行程。

第十二章　香樟古村

这是初夏的季节，南方的暴雨比平时来得更凶猛。一路上，汽车在暴风骤雨中狂飙，路上车辆并不多，他们乘坐的这辆黑色汽车，给人一骑绝尘之感。事实上，车的时速不是特别快，由于穿风越雨，途中的景观常常扑面而来，非常刺激，此情此景让芦一叶这一路上一直提心吊胆，捏着一把汗。好在到了午后，雨已停歇下来。可是，眼前的世界，依然是一片湿漉漉的景象，像是一路被水洗过来的。

上午乘飞机抵达南昌时，他们没有听从分公司的善意建议。他们不想在南昌停留。所以，分公司就安排了一辆宽敞的别克豪华旅行车，送他们离开南昌，直奔目的地。

他们此行的目的地，在江西的中南部，距离南昌有三百余公里之遥的香樟村。

她的心里一直藏着一个疑问，便是沈世泽，这位家在上海的商业巨子，为何会与内陆省份一个小小的香樟村扯上关系呢？从目前所寻找到的资料看，并没有明确的答案。当然，由于她至今已接触过不少的资料，某些有趣的线索和细节，似乎也在隐约凸显出来。

她有各种各样的疑问。在她的笔记本里，列为第一个疑问的就是，香樟村与沈世泽的关系。

因此，她一直在思考，沈世泽与香樟村之间，应该存在着暂时不为人知的某种隐秘关系。

在奔赴香樟村的途中，她一直想问沈世泽这个问题。她不是一个心里藏得住事的女生，当然，碍于车上还有陌生的人在场——那位南昌分公司的本地司机，所以，她也懂得，现在并不适合去谈论领导的隐私。

她现在坐的是副驾驶位。她的后面是沈世泽，与他并排乘坐的是商姬。这样，她不方便回头去看沈世泽。她的眼睛，容易看到的，是商姬。

黑色汽车仍然在路上奔驰，她只好闭目养神。当然，眼睛虽然闭上了，可是她的脑子却不肯休息。与沈世泽日益熟悉，可奇怪的是，无论如何，她此刻竟想不起他的模样。即使闭着眼睛，她也没法在脑子里构想出他的面容。她只知道，沈世泽刚从东南亚一带回来，他的脸色却比原来更白了。她有些诧异，东南亚地区不是属于热带气候吗？有炎热的太阳，他不应该是晒得黑黑的回来才对吗？可是，从外观上看去，他却像是去了一趟南半球的澳大利亚，并且在那边度过了大半个冬天，把自己养得白白胖胖的……当然，他的白皙，得益于他的天生丽质。这个人，真是天生拥有一副好皮囊啊。白皙的皮肤，精致的五官，忧郁的眼神，让他看上去既显年轻，又不缺乏成熟。并且，他还拥有让人艳羡的巨额财富……真是深得上天眷顾的人！在这个世界上，有的人，真是一好百好。每次想到他，她都无法不去质疑他。有时候，她觉得自己会产生一种盲目的嫉妒。她嫉妒他，又羡慕他……唉！人比人，气死人呢。她也无法断定，自己跟他究竟是否同属人类？

不过这次回来，他的一脸倦容，看了让人心疼。

这种潮湿而易感的想法在心里一闪而过，吓了她一跳，她不禁有些慌乱。唉，她怎么变得如此多愁善感了呢？这是怎么了？事实上，在这个世上，惦记他的人多了去了，而且他的身边，绝对不缺乏自己这种没什么存在感的女生。想到这些，她就有些尴尬，又有些失落。

这一刻，那些曾经盘旋在她脑子里的念头又出现了，她试图厘清它们。她一直想知道的是，沈世泽是在香樟村出生的吗？——这是目前唯一可能跟他有关的假设。可要命的是，他已经明说了是在上海出生的。对于这个已有"结论"的结论，她很奇怪自己为什么会一再浮现出这样的猜疑。并且，从已知的几段采访文字和视频，都早已明确了他的出生地是在上海。

她真是一个满腹狐疑的女人。她讨厌自己这一点。真的，她总是怀疑已经存在的定论。若他出生在上海，这个问题就显得没有什么意义了。当然，虽说没有意义，可另一个问题，却随之出现：他为何要安排去香樟村？

据她所知，沈世泽并不是第一次去香樟村。此前，他已去过香樟村几次了。

好吧。她开始讨厌自己。现在，她能坚持的想法就是，她相信他这次去香樟村，应该是为了他母亲。她知道，他母亲与香樟村有不解之缘。

资料上写道：他母亲在二十世纪七十年代初期，作为上海知识青年下放到江西的农村，去的地方就是他们这次的奔赴之地——香樟村。

关于他的母亲，她的主要印象是，他母亲下放时，才十六岁。那么小的年纪，却要离开家乡到遥远的陌生乡村，开始独自谋生。

这种事情放到现在，完全不可想象。

所以，她才满腹狐疑。倘若让他母亲，那年轻的女生，独自一人去一个完全陌生的乡村，真不知道会发生什么。关于二十世纪，中国知识青年下放劳动的故事，她也读过不少。她不敢想象那种事情的发生。

同为女人，她突然感觉到，她与他的母亲，在某种程度上，譬如，在心思上、在情感上、在担心与害怕上……应该更为接近些，她更容易感同身受一些……换句话说，她若是他母亲，那么小，她肯定害怕，肯定难过。

当然，最可惜的是，关于他母亲的资料太少。她还来不及搜集他母亲的资料。起码，刚开始她忽视了这一点。当时，她的注意力全放在沈董身上了。由于现在她的丰富联想，她突然意识到，他的母亲应该是一条重要线索。

他的母亲，有什么故事呢？

哦，故事？

从故事的角度看，她忽然发现，事情可能会变得更有意思。对呀！她怎么没有想到这一点呢？当然，她还不了解他的母亲，更不了解他母亲的故事。她也没办法自己脑补更丰富、完整的内容。可这不正像是找对了一把钥匙吗？她预感到，这一趟香樟村之行的重点，一瞬间仿佛变得清晰了。她意识到了自己的聪明……哈哈，她像是突然发觉了一个秘密。她发现，自己具有成为一个私人侦探的潜质。

可不是吗？她自己，简直变成了一个私人侦探嘛。

当然，就目前而言，她还只是一只脚都尚未踏入门槛的私人女侦探呢。

她心里想笑，想扭头去看看沈世泽。她想看看他的表情，她知道在他脸上或许发现不了什么线索。可是，如果他知道了自己的猜疑，该会多惊奇啊！

以他的聪明，必会懂得她的想法。以他的谨慎，他不会问她任何事情。——可如果这样，那她的调皮捣蛋还有什么意思呢？

当然，他或许会说，一叶呀，你哪里是私人侦探，你分明是卧底嘛。

哈，人生不正是如此，才觉得有点意思吗？这么想着，她差点儿笑出声。

现在，她在头脑里厘清了一些思路。沈世泽的母亲，在十六岁那年去了香樟村。约十年后，获准返回上海。就是说，他母亲在香樟村生活了近十年。按照眼下所掌握的情况，他母亲回到上海没多久就生下了他。且慢——这里，应该产生另一个疑问：他的父亲呢？父亲在哪儿？一个人，有母亲，自然就有父亲。他也一样，不可能没有父亲。

可是，搜遍所有看过的资料，她突然意识到，完全没有看过有关他父亲的资料。

更多的疑问正在涌现。这是必然的。举例来说，譬如，他父亲是哪里人？上海人，还是其他地方的人？

与此同时，另一个值得关注的现象也浮现出来。她强调的是“现象”。她在想，迄今为止，她尚未听过他提及自己的父亲。

这是不是有点蹊跷？

一念及此，她兴奋起来，差点儿就想蹦跳起来。呵，她忘了，自己是在汽车里。

香樟村就在前方了。

一切的秘密，等到了香樟村后，该会露出冰山的一角吧？他的故事——哦，不！是他母亲的故事，应该也会逐渐真相大白……

她的脸庞紧贴着汽车的玻璃窗，冰凉又刺激。汽车驶入莽莽山区，速度也慢了下来。窗外雨雾朦胧，峰回路转。急转弯处，树木或岩石迎面扑来又飞快隐去。这一幅幅变幻莫测的图景，迅捷更替，让她紧张的神经不敢松弛。她像看电影般目睹着窗外的一切，应接不暇的风景，令人神清气爽。

天色暝，微雨歇。他们终于到了一个村庄。这村子依山而建，各式村舍土屋，像被人按远近不同，均匀地分布在山间与路边。一幅悠然的乡村画卷。

这个村子，与旧村相对的一面，村里人建设了一片新村。新村规模比旧村更大，且相拥在一起。各式新建筑比邻而居，形成一条街。汽车正在通过这条街道。

沈世泽吩咐司机停车。他钻出汽车。商姬也跟着下了车。芦一叶见状，也下去了。

她犹豫着，朝他们的方向走去。街道边，像城里那样放着两个干净的垃圾桶。

街道是平坦的水泥路，略低处，有一片积水。她绕了过去，看见沈世泽正俯身跟一位摆摊的阿婆说话。阿婆坐在自家门口。一个男人来了，他又跟那个男人站着聊天儿。

街道安静，有的门口坐着喝茶的老人。有的人在搬货，一辆像货拉拉那样的小型货车停在附近。有户人家，门敞开着，却不见人影。周围还有一家小超市，门口有几个孩子在玩耍。

回到车上。沈世泽说，阿婆的眼睛，在出外打工时不小心被树枝划伤了。她没法乘公交车，没法去医院。他侄子说，她有个女儿，可是不在身边。

芦一叶好奇，问道，你又不认识那阿婆，她怎么会把这些私事告诉你？

沈世泽笑了，说，那个男人是阿婆的侄子。他也是刚刚过来，看看阿婆的受伤情况。

听了这些话，她才明白，现在的农村老人真不容易啊。

沈世泽说，现在村子里，连八十岁的老人都骑着自行车挨家挨户送牛奶呢。现在的农村老人，子女在城市打工，他们自己已老了，可是地还要种。他们甚至还要想着替儿女还贷，帮儿女带娃。

她好奇，沈先生不是才去一会儿吗，怎么就知道了这么多情况？

商姬说，沈董最近这些年常到农村调查，掌握的情况远不止这些。

汽车很快到了街道的尽头，那边是一个小广场。广场的尽头，建有一个露天小舞台，舞台上方写着“香樟村文化广场”。

哦，原来到香樟村了。

文化广场的附近，一座四层青砖楼房里走出一个四五十岁的男人，正在东张西望。看见刚停泊的外地车，就笑着加快了脚步小跑过来。芦一叶正准备打电话。来之前，她与香樟村一位名叫楚安生的村委会书记联系过。

电话刚响，那男人已经到了，手里在找电话，却看见了她，然后又看到了沈先生。他连忙伸出双手，来迎接沈先生。

哈，是陈先生吧？哦，不！是沈先生……他有些尴尬地笑着说。

他认识沈世泽？看他们那熟悉的样子，此人应该就是楚书记了。不过，他怎么喊沈世泽为陈先生呢？

男人机灵又有经验，很快便走向沈世泽。这时，沈世泽也认出来人了。两个人握手言欢。楚书记向商姬也打了声招呼。

原来他们都是认识的。

几个人笑着，一起朝楚书记出现的那幢楼房走去。

青砖小楼，是改革开放后江西农村常见的农家建筑。门前为小院，客厅的中央摆放着几张高背木椅，暗褐色的油漆，颇有几分古朴。近旁，是几条长凳。屋里是水泥的地面，打扫得还算干净。门口坐着一个满脸皱纹的老太婆，嘴角瘪着，在剥毛豆。门槛下，趴了一条土黄狗，见人来，站起来抖了几下身子，然后摇头走开了。

楚书记的老婆，是一个白净且略显肥胖的妇人，有些知书达礼的模样。她笑吟吟地走过来给大家斟茶。楚书记则忙着给沈先生递烟，沈先生摆手说不会。楚书记瞥了一眼芦一叶，眉开眼笑地说，沈先生这次带女朋友来了？沈世泽矜持地说，不是女朋友。她叫小芦，是我的行政助理。来之前跟你联系的人就是她。

芦一叶正低头喝茶，听了他们的话，吓了一跳。好在沈世泽替她更正了说法。而且，她也是第一次听沈世泽称她为行政助理。想起来，在上海，他甚至没有向那些金融投资界的朋友介绍过她。

楚书记世故地笑着说，如今的城里人，只要带年轻女性下乡，不管是什么关系，都一律称作女朋友。说罢，他自顾自地大笑起来。

听他这意思，怪不得沈先生要澄清了。不管怎么说，沈先生仍是个认真的男人。

一番寒暄。按事先安排，他们被安顿在楚书记的家里。楚书记是个热心的人，他说村里没有酒店，如果去香樟镇的酒店住，又太远了。为了方便不如就暂住他家里，反正他家的房间够住。所以，沈世泽就住在了三楼。她与商姬呢，则住在四楼相邻的两间房里。五楼是天台。农村的天台，常常是一个大平台，平时晒衣被，晒辣椒、萝卜干、咸菜等农产品，都很方便。

晚餐是丰盛的。楚书记说为了欢迎他们，下午特意让人去打了一条土狗，来做本地著名的橘皮红烧狗肉。

楚书记说，陈先生……然后，他突然发现自己犯了错误，马上略带抱歉地说，哎呀，你看我！总是喊错人……沈先生！你长年在外，不清楚家乡的习俗吧。到了夏天，——现在虽然还不是太热，可是天气转暖了，周围的几个县，都愿意到我们这里来吃土狗。

楚书记是个爱说话的人。他介绍说，如今的农村，生活相对富裕了，待客之道，不会只上一道大菜。他笑着说，夏天吃狗肉是专项活动，跟北方农村杀猪宰羊一样，本地吃狗肉，亦算一个特色。本地人爱吃狗肉。其他的肉，如猪肉、牛肉、鸡肉、鱼肉，自然都有的。至于新鲜的蔬菜，在乡间乃是寻常之物，那些青菜、茄子、苦瓜、茭白，还有大蒜苗、芹菜，随时可以从自家的菜地里采摘，青翠欲滴，而且还没有施过农药化肥。

楚书记为了热闹，还特意喊了几位有身份的村干部来陪吃陪喝，陪聊天儿。大家客客气气，热热闹闹。在酒桌上，推杯换盏，饮酒聊天儿，伺候得酒足饭饱，方才兴尽而散。

楚书记的老婆为人颇为机灵，而且周到体贴。为迎接陈先生他们来……又是陈先生！芦一叶听不下去了，想着应该开始纠正她了。芦一叶说，你说的陈先生应该是沈先生吧？楚夫人连忙说，哦，对对，是沈先生！我们总是喊错……她告诉芦一叶，为了欢迎沈先生回家乡来，上周她还特意赶到镇上去购买了新被褥和新床单，已洗涤干净晒好。她知道城里人生活讲究，所以一切用品都是新的，请他们放心使用。

如此看来，一切都很顺利。当然，像是感知到了鞋子里的一粒沙子，芦一叶也察觉到了一些新情况。可到底哪些是新情况呢？到底哪里有点不妥？她还没有把握。表面看上去，都没有问题。她只是觉得有点怪。起码，她不止一次听到楚书记夫妇称呼沈世泽为陈先生了……

她心中生疑，就想这到底是什么意思。晚上睡觉前，她要记得把这一疑问记到笔记本里。

仲夏之夜。雨后的山区，变得清凉舒适，十分静谧。不过，也有讨厌的地方，那就是群蚊乱舞。为了对付蚊叮虫咬，主人特意在墙角、地上，都燃放了蚊香。不过，基本无济于事。好在是农村，人们晚上休息时间比城里人早。没过多久，楚书记就招呼他们，询问是否回房休息。沈先生当然客气应承着，准备去休息。要说，今天的行程真是有些疲劳。司机被楚书记安排到邻近一位老乡家里住。开了一天的车，他向沈世泽恭敬地告辞后，自己先过去休息了。

这边，芦一叶有些犹豫。与深圳的作息时间相比，现在确实尚早，她还舍不得这么早就把自己交给睡眠。如此之美的夜晚，她期待沈世泽能提议大家一起出去走一走，在附近散散步，看看灿烂星空也好啊。为何不去享受一下雨后农村夜晚的美景？

可沈世泽没有这样的雅兴。沈世泽笑着告诉她，你有空可以去找一本古书看看，一本叫作《甘石星经》的古书，成书于战国时期。她心中一凛，想他果然喜欢天文学。后来，她又去瞅商姬，商姬兴致还好，看不出疲惫，依旧精神抖擞，仿佛随时准备投入工作。

她很好奇，这位前辈老师是怎样做到始终精神饱满的。在印象中，她所看到的商姬，好像永远都是整装待发的样子。这是最令她诧异的一位女性了。睿智优雅，容颜不老。

她的目光遇到商姬的目光，商姬仿佛也在朝她颔首。她想，那是什么意思？却听见商姬轻声说，晚安！早点休息。

可是，待商姬走进房间，她却悄然侧身也跟着闪了进去。商姬惊讶地看着她。她对商姬撒娇说，商大姐，我还不习惯这么早睡觉，想跟您聊会儿天。商姬笑了，让她坐下来，替她倒了一杯热水。两个女人就坐下来聊天。

她想起白天商姬提到的，沈先生最近这些年经常下农村搞调查。她很好奇，沈先生作为一家集团公司的掌门人，为何有如此的行为和举动？可是，一时间却又不知从何说起。商姬告诉她，沈董关注的是中国老年群体的生存状态。她很惊讶，这又是一件她不熟悉的事情。她问商姬，沈董为什么关心中国老年人的生活呢？这跟集团公司的业务没关系吧？商姬说，关于中国老年群体的生活，你是否听沈董说过一件事？大约十几年前吧，沈董当时好像读过一本《国家地理杂志》，那书上说，在旧社会的某偏僻山区存在这样的风俗，老年人过了六十五岁，就要被后辈背到山上扔在石洞里，然后用大石头封住洞口。开始几天，还送一点饭、送一点水，后来就完全置之不顾了，由他自生自灭。这件早已湮灭的历史往事对他影响至深。听了这话，她吓了一跳。为什么啊？她不明白，沈董为何关心那些早已消逝的偏远山区的陋习。商姬解释说，在那个时代，社会生产力水平非常低下，山里人养不活更多的人口，所以没有生产能力的老人成了首先被舍弃的对象。这样可以节省粮食养育后代。她听了，默然良久。然后，商姬又说，小芦，你不是喜欢听故事吗？其实，相似的故事，日本也有一个。在日本的楢山地区，如果到了七十岁，就要被送去参拜楢山。这个村子粮食匮乏，六十九岁的阿玲婆，一口好牙就成了活着的耻辱。阿玲婆恨自己成了没用的人，就用石臼砸残了牙齿。然后，让儿子背着自己进楢山，丢弃在雪封的深山里……后来这个故事，被日本人自己拍成了电影，获奖无数。

她头一回听说这种残酷的故事。她很纳闷儿，商姬为什么要跟她讲这些呢？再说，这些故事发生的时代不是早已远去了吗？故事很悲伤，可是离我们却也非常地遥远了。而且，这跟沈董下乡调查农村生活又有什么关系？商姬说，你还年轻，还不太了解社会。当代社会虽然很少有这种极端的事情，可也不是绝对没有。现在，农村老人中也存在一些非自然死亡的现象，譬如早些年间，某地发生过儿子活活埋葬年老失能母亲的事件，曾经引起社会的广泛关注。她吃惊地问，活活埋葬自己的母亲？商姬说，那位母亲被埋三天后才获救。近些年来，在农村鳏寡孤独生存的艰难现象，也不是个例。这就给整个社会敲响了警钟。所以，沈董或许有感于此，才想着去关注和了解，想尽一份绵薄之力。

听了商姬的话，她才有所领悟。她毕竟是一个善良的年轻女孩。虽然，年轻的心尚未学会向后看。因为她年轻，年轻的人，正处在蓬勃向上的年纪——这意味着，她的眼睛是朝向未来的。尤其是她刚走出校园不久，正对世界抱着新鲜的、好奇的、热烈的激情呢。她怎么会向后看？——她更愿意张开双臂，朝着未知的将来飞奔。

因此，这种沉重的话题，她不太适应。她不喜欢这种压抑的话题。懊丧和失落，像一只久久不肯离去的乌鸦盘旋在她的心头。她有点坐不住了。没过多久，她就起身告辞。出了商姬的房间，她才深深地吐了一口气，仿佛是要甩掉心理上的沉重负担。

她怔怔地站在门外，盯着那扇已经关上的木门发呆。是啊，她与商姬，不，不只是商姬，应该还包括沈先生，她与他们之间，相隔的其实还远不只是这样的一扇木门。是啊，在刚才与商姬的聊天儿中，她就有所察觉。她发现自己与他们，分明生活在不同的时空里。

她漫无目标地走到自己的房间推开门。然后，转身关上门。她背贴着木门，站了一会儿。现在，她与别人隔开的门，又多一扇，又多一重了。到这个时候，她突然觉得，她与他们之间的距离更远了。

这一切都让她怅然若失。她怔怔地打量着房内的一切。房间的面积不大，布置也简单，不，几乎可以说是简陋。只有一张床，没有写字台。当然，木床比她想象的大一点、宽一点，款式却不尽如人意，甚至还没有刷油漆。由于是新床，还散发着木质的天然味道。她喜欢那气息。楚夫人真的贴心。这里的确像她说的，床单和被褥都是新的，洗过，而且晒过，每一道皱褶里都散发着阳光的味道。她抚摸了一下，手感也很舒适。

盥洗后，由于冷水刺激，她反而睡不着觉了。她的心中有两个调皮捣蛋的小女生在争执，一个说赶紧睡觉，一个说，就不睡嘛！那个不想睡觉的小公主，总是挣扎着想要伸出头去外面看看。嘿嘿，她真是太不听话啦。另外一个呢，是好学生。这个好学生总是想要阻止那位小公主出门。一阵恍惚后，活泼的小公主临时胜出。哈，她一个翻身就爬了起来。她决定独自上天台去瞧一瞧这个乡村。农村的天台，她还没上去过呢。她是个有点固执的女孩子，但凡起心动念，想要去做一件事情，她都非要一试不可。今晚，她就想吹一吹农村的冷风，她就是想要闻一闻青山和田野的气息。还有，她最想看的是农村的美丽夜空。在她的想象里，这几天正好下过了雨，到处一碧如洗。这样的晚上，必定特别美。这么想着，她已轻轻移动了双腿，打开门走向了天台的楼梯。没错。那儿有一条圆形上升的水泥楼梯。她早就留意到这个通往天台的台阶了。她在想着，这或许就是农村民居通向诗意之路。

沿着陡峭狭窄的水泥梯，她蹑手蹑脚来到天台。走出楼梯口，一阵强劲的山风吹来，她不由得打了一个寒战。山中浩瀚的夜景，像洪荒时代的大自然那样，寂静无声，倾泻而来。她被这骤然出现的场景震撼了。如此生猛的大自然景观，城市何处可寻？

就记忆所及，她所在的城市，她所在的深圳，到处都被水泥建筑阻隔了双眼，那自然就无法得见与天地相连的如此粗犷的大自然。而在这里，这是坐落在大自然之中的小山村。它的四周，是广袤而连绵无尽的群山。在这黑夜里，又是铺天盖地的无法寻找到尽头的黑暗。

天台边上，围了一圈水泥制作的栏杆。她凭栏而立，四周黑压压的，什么也看不太清楚。周围微弱的农家灯火，与天边垂落的星星，在远处仿佛融为一体。良久，她才慢慢适应了眼前庞大深沉的夜色。夜晚是潮湿的，又是清新的。云层也像是变薄了，风在拨弄着它们。而空气居然那么冷，冷到了骨髓里。

她突然想起，这里，莫非，真的就是他——沈先生的家乡了？

噢，这奇怪的感觉……

在黑暗中，她仿佛听到有个人在回应她。那人非常固执，他回答说，当然不是。不，这里并不是我的家乡。

她疑惑了。那么，这里到底是谁的家乡呢？若不是你的家乡，你为何不远千里奔袭至此？

那个声音，仍然在回应她。你想这是谁的家乡？你希望这里是谁的家乡？

她吃了一惊。不，周围自然没有人。如果有人，那也只有她自己。只有她一个人。当然，即便如此，她仍然朝四周扫视了一遍。她需要确认周围有没有人。

现在，她可以确认了。这里的确只有她自己。只有她一个人，站在沉沉的黑夜里。周围有的是风声。是轻轻呼啸的风声。风在说话。她仿佛站在辽阔宇宙的中心。周围只有风的语言。

我希望什么？她轻轻地在心里呢喃。她在问自己，我有什么希望吗？

事实上，她当然没有什么所谓的希望。倘若她有，对她来说，那也只是她想知道什么才是真相。这或许也可以算作她自娱自乐的本领。

什么才是真相呢？她有许多疑问。譬如，这里到底是不是他的家乡？若不是的话，那么会是谁的家乡？

这么想着，她就笑了起来。这是多么荒谬的问题啊。

正在此时，她的脑子里有个人影遽然跳了进来，钻进了她的意识深处。这是多么奇怪的联想啊。从上海回到深圳时丁香曾经告诉过她，有一个年轻男人来黄贝岭找过她，那是陈望财。可是，为何在此时此刻忽然又想起了他呢？真是好生奇怪。陈望财是她前公司财务部的同事。可惜那家公司已经倒闭了。每次发工资，陈望财总会提前谄媚地来告诉她，好几次他居然想帮她领好工资送过来给她。好在，被她痛骂了不止一次，他才收敛了这荒唐的行径。

被人追求并不少见。当然，被人追求也不是什么好事。

想到自己的薪水，竟然经由一个惹她讨厌的人辗转送过来，她就觉得气塞和抗拒。

他是一个瘦高的男人，因为卑微不懂分寸而受到歧视。卑微尚可原谅，不懂分寸是为人处世的大忌。有一个经历是挥之不去的，某日行政部的同事刘莉约她去楼下的咖啡馆喝咖啡，这男人居然死乞白赖着也要一起去。刘莉心肠软，让他去了。那次咖啡闲谈，她才知道陈望财来自南方农村。

来自农村不打紧。所有来深圳的人，不是来自城市，便是来自农村。本来，她也不会记住他这么一个特点。真的，深圳人嘛，来自祖国的各地：不是南方人就是北方人，不是江浙人就是东北人，不是云贵人就是新疆人……总之，是人就会有来处。一个人的出生地，正像古籍中的各种典故，总能追根溯源找到依据和出处。

陈望财虽然人高马瘦，却过于唠叨，分不清轻重，根本不像男人。这也是她不喜欢他的原因。这个男人，在女人跟前，不知道什么话能够说，什么话不能够说。他说家乡当年很贫穷，村子小，没有卫生院。

当时，芦一叶听了就很纳闷儿，他为什么要说这个呢？

她想反问，中国的农村遍及全国，怎么可能每个小村都会有卫生院啊？他没来由地抱怨，实在没有道理。

陈望财最后想对两个女生说的话，却是——你们知道吗？当年我出生时是父亲用木板车推着母亲送到镇上的卫生院的。乡村土路颠簸，我还差点儿在途中早产。

唉！这可怜的男人！他的一切烘托都是缺心眼儿的露怯。他所想表达的意思却又那么地不合时宜。当时，她就想，他妈妈在崎岖的路上是否已将他慢慢挤出了产道啊，否则怎么长得如此又细又长，像一根站着的广式香肠……她知道，自己太刻薄了一点。唉，可是，不刻薄又怎样？不刻薄不足以让他明白有人是真心在讨厌他。

所以，这是她虽然讨厌他，却又记住他的重要原因。当然，也成了她嫌弃他的理由。在这个舒适的夜晚竟会想到他，她不禁觉得好笑。

有些人来自乡村，却仿佛天生憎恨乡村。譬如这个男人。

她忽然记起来，沈先生似乎也曾偶尔提到乡村。当年，他的母亲是大城市里的女生，后来成了知识青年来到乡村。那生活实在是太苦了。据说，男知青们普遍吃不饱。他说，他的母亲说她们当年经常吃不到米饭，只能拌着番薯煮粥吃。可是，他的母亲知道吗？现在的城市里，这样的粥品，倒一跃成了城市餐馆里颇受欢迎的养生食物。

在这样的夜色中，她仿佛徜徉在记忆翻涌的大海里。她像一条美人鱼一样游荡，到处触礁，也到处遭遇故人。

现在，农村开始富裕了。譬如今日，她触目所及都是新修的公路，规划得整整齐齐的砖瓦房，鳞次栉比，犹如城镇。即使今天下午，她所看到的村子也整齐有序，不再像是人们记忆中灰蒙蒙的杂乱无章的旧日乡村了。下午她所看到的村口的文化广场，宽阔而平坦，可以开会，可以看演出，还可以给孩童们提供玩耍之地（奇怪的是，并没有什么孩童在玩）。总之，这一切都给她留下了深刻却又落寞的印象。有一次，沈世泽在访谈中说到，关于过去那个时期农村的记忆（由于是来自母亲）——大多是土坯房、泥泞路，是无法言说的落后，是望不见尽头的贫穷。母亲总是说，只有村头的香樟树，仿佛是她们那个无名小村一个无言的地标，像一把巨大的雨伞，千百年来寂寞地矗立在村头。

家也不是自己真正的家，是农民腾出来的一间泥土屋。母亲说，每次从公社开完会回乡下村里的家，沿着弯弯曲曲的土路，从很远的地方开始，她都要踮起脚尖来，一路期盼着能够望见那棵像巨伞一样的香樟。看到郁郁葱葱、铺天盖地的大香樟，就知道快到家了。

沈世泽曾经问过她，还留恋那地方吗？母亲说，人是奇怪的动物，当时再苦再累都挣扎着想要离开的地方，到后来居然会不期然想起。那是经常让她伤心落泪的地方。沈世泽心疼母亲。他安慰母亲的方式是告诉她，他关于农村的理解：你为什么会留恋农村呢？因为你的青春留在了那个地方。他对他的妈妈说，妈妈你知道吗？人们通常都说青春无价。其实不对，青春原本是有价的。在这个世上，每个人的青春都只有一次。虽说青春在人生的四季里是春天，可是却不能够像春天那样回环往复，重新再来。你只有一个春天。并且，因为只有一个春天，才显得更加金贵和重要。青春是一个人一生中最美的时期。能够留存在每个人的脑子里的最好东西，都是与青春有关的记忆，而且是最轻松、最鲜活、最快乐和最自然的记忆。所以，每个人都会珍惜自己一生中唯一的一次青春。可是，母亲摇了摇头说，鲜活或许曾经是有过的，年轻也是曾经有过的，可是有快乐吗？母亲迟疑地否认了。是的，快乐当然会有，但那却是何其少啊。因为她最好的年纪，那些最美的时光，都黯然消逝在一个无法闪耀的僻壤。深谷幽兰，纵使芳香夺人，却也终生寂寥。是的，青春是无法寻找的。能够找回来的，都是不堪回首的过往。

当时在阅读关于他的各类访谈时，她尚不能完全明白沈世泽的意思。她认为那似乎是沈世泽在转述他母亲的话。转述之后，到底是他的意思呢，还是他母亲的原意呢？

在访谈中沈世泽的语言其实更琐碎。他的回忆被过多地影响了。有时候，连你都会觉得，他的语气，仿佛他自己就出生在那样的贫瘠之地，仿佛他曾经在那里与母亲相依为命，仿佛他天生就来自那里。

那个时候，芦一叶会偷偷地想着，哦，你看吧，有钱人，其实也有点矫揉造作呢。

沈世泽偶尔也会提及母亲当年的住所。关于这一点，他似乎是个专家。沈世泽能够详尽描述农村造房的过程，仿佛他才是真正地道的土木建造工程师。他说当年农村农民太穷，只能住在泥巴筑成的土屋里。所谓土屋，是用泥土加稻草打土浆做成土砖，然后搭建而成的泥土茅舍。雨水是土屋的天敌，飓风也是土屋的天敌。总之，土屋生而为屋，自有其天敌。沈世泽说，我母亲家（尤其是后来）虽然穷，但至少还能住在木屋里面。

有人问，什么叫木屋？他们家住在怎样的木屋里面呢？

沈世泽描述了那种木屋。讲述起来，即是全木建成的房屋，疏离而大气，古老又久远。他说他们也不清楚，到底是哪朝哪代留下来的。据说村里亲戚们的孩子会过来玩，有时还会在楼上楼下跑，踩得楼板咚咚作响。母亲曾告诉他，那是祖宗留下来的祖屋，几乎全由上等木材建造而成。所以他后来就一直在想，祖上可能曾经为官且非常富有。只可惜得很，到了爷爷或是爷爷的爷爷那一辈，家道中落了。

芦一叶忽然想起来，当初读到这份残缺的资料时，她怎么就没有质疑呢？如此说来，这算是沈世泽在暗示他的父辈一族，寻源上溯数代人之远，应该亦曾为钟鸣鼎食之家？

这真是一个奇怪的联想……

山村夜晚的寒风，仍然飘飘荡荡。黑暗中，有一个世界隐约闪现了。而她，却迷失在自己无尽的臆想中。

第十三章　故乡（二）

昨晚，芦一叶就预见了第二日的行程。因为这样，她才得以安稳地睡了个好觉，次日踏实醒来，起床前她一直让自己藏在薄被里，她要体验更多的温暖与舒适。至于今天的行程，她已然猜到，不出意外，今天沈先生肯定要去见与他母亲相关的人员，当然，也可能是其他人，譬如与他的父亲有关……她不想胡乱猜测下去。她愿意静静等待，等待真相的出现。

昨晚的遐想，让她产生了众多的期待和渴望。沈世泽曾经骄傲地说过，香樟村自古以来就以香樟著称。周围几十里的村子，到处可见不同风姿的香樟树群。试想，一个村若没有香樟树，还配得上叫香樟村吗？

或许，也可以说，没有古香樟的故乡，还能称作故乡吗？

早上起来后吃早餐时，芦一叶又听见楚书记的老婆喊沈世泽为陈先生了。她总是犯这样的毛病吗？芦一叶想。她坐在餐桌旁边，手里拿着一只咬了一口的满是淀粉的热番薯，浮想联翩。或许是，由于楚书记的老婆认识某一男人长得和沈世泽颇为相似，她才口不对心，一再认错人？

这么想着，她有点为自己的聪明感到自豪。没错，她是有一点明显的优势的。她善于在日常生活中发现小破绽，还善于通过这些小破绽，洞察出背后的大破绽——如果有的话。当然，楚书记老婆的口误也许算不得破绽。不过，她很快意识到，不只是楚书记老婆才犯这种毛病，楚书记也犯过。他也曾经误称沈世泽为陈先生呢。

她纳闷儿起来。楚书记老婆能犯的错误，楚书记应该不至于犯。他是官员，一个村委书记，头脑应该好用，不至于犯这种错误。这里面，一定有着某种蹊跷。

芦一叶偷偷去问商姬。商姬含笑不语，没有给她任何答案。她就想，这个商姬老师呀，也太圆滑了。难道这里面真的藏着什么不可告人的秘密？

想了想，她决定一不做二不休，直接问楚书记的老婆。那个妇人，肯定不如商姬老师那么有心机。她也许会直接说出真相。

想好后，她就笑着起身去找楚书记的老婆，那农家妇女正在院子里喂鸡。听了芦一叶的发问，她尴尬地笑了一声，然后说，她也不知道哦，若想搞清楚不如去问她老公。

芦一叶朝楚书记看了一眼。那位肥壮的楚书记正在跟沈世泽聊天儿。他们都吃好早餐了，楚书记一边抽烟，一边跟沈世泽说话。

芦一叶有些犹豫了。她不知道这样的情形下，贸然询问这些貌似无厘头的问题是否合适。

沈世泽看着芦一叶形迹可疑，有些鬼鬼祟祟，叫住了她。商姬在他身旁，含笑对他说了什么。沈世泽听罢笑了起来。

芦一叶走近，沈世泽说，你是觉得楚书记叫错了我的名字吧。

是这样的，我的父亲，原本姓陈，他就是香樟村人。我出生后一直跟父亲姓。后来父母离婚，我跟母亲出了国，就随母亲改姓沈了。

原来是这样。这么说，他父亲果然是香樟村人？看他如此坦然承认，简直一点悬念也没有。

芦一叶觉得倒是自己一惊一乍的，突然觉得不好意思。

原先，她觉得形迹可疑的地方，其实是蒙了一层纸。捅破那层纸，一切就真相大白了。人世间的事，不过如此而已。

唉，害得她一直在自己捉弄自己。

上午的出行，并没有按照芦一叶的预想来。甚至可以说，几乎推翻了芦一叶的预想。这天早晨天气不错，天空虽然有云，却不是很厚重。楚书记抬头看了看，然后说，应该不会下雨的。这一天，就由楚书记领路，陪他们去旧村走一走。

芦一叶想起沈世泽曾经提过的木屋，香樟村的老木屋。难道，他是要去看看那间祖宗留下来的全木结构的老屋吗？想到这里，她也兴奋起来，一路欢快行走，总是把商姬甩在后面。然后，她只好在路边摘些小花小草，放在嘴边嗅着，等待着商姬赶上来。

楚书记说过，村子里建了新屋，旧村那边，就很少有人住了。所以，清冷是必然的。或许是由于人少了，村路周围竟然长满了荒草。原本应该宽阔的鹅卵石路，现在由于荒草的簇拥，变得时宽时窄，仿佛隐藏在草丛里面冰冷的青蛇，曲折明灭。

楚书记介绍说，这些年由于村中青壮年纷纷外出打工，村里只剩下老弱病残，还有些留守儿童。昔日喧闹的村庄，即使在新村那边，现在也变得沉寂落寞。他说着话，看似有无限感触。

他们来到一幢歪斜破旧的老屋前面，或许由于无人居住，老屋大半近乎坍塌，只有木柱和屋梁，依旧顽强挺立，布满陈年的尘埃。沈先生打量了一番这幢老屋，犹疑不定，对楚书记说，这就是那幢老屋？

楚书记脸上支撑着笑容，没有回话。沈先生只好在屋前屋后走来走去。他心不在焉，心中似有疑问。或许是碍于面子不方便说话。过了一会儿，他才说，不对啊，楚书记，这不是我家的老屋。楚书记有些尴尬，仍然没有说话。或许，他也不知道说什么好。芦一叶感到事情不妙。难道这位楚书记做错了什么？

沈世泽说，上次回来，虽然时隔多年，而且当时行色匆匆，但是他不可能不记得那幢老屋。他能肯定，眼前的这幢老屋，绝不是他见过的那幢。

这是怎么回事？

楚书记尴尬地干咳了几声，赔笑说，沈老板，你上次来看的那幢老屋的确是你家的。不过……呃，不过……现在那幢房子，已经没有了……

沈先生问，怎么会没有了？

楚书记说，我、我带你来这里，只是因为，这幢老屋跟你家的那幢老屋，是差不多年代修建的，大约都是在清朝乾隆年间……

沈世泽生气地打断了他的话，问道，别人家的老屋，你带我来干什么？

楚书记再三道歉，说，我知道，我知道。楚书记解释说，现在你看到的这幢老屋，也算历史文物了，也是有年头的。如果不是损坏严重，也属于无价之宝呢。

沈世泽问，为何会损坏？是谁损坏的？

楚书记慌忙说，那可不是我们……这幢老屋，从归属来说，目前属于无主的老屋。所以，由村委会管理。说出来，也许你感兴趣?

沈世泽并不相信他的话，只是坚持自己的意见，然后说，你也算是我们家的亲戚，嫂子也是我们家的人。你怎能够这样对待我们家的祖屋呢?

直到这时，芦一叶才算听明白。原来沈世泽与楚书记一家也算亲戚呢。楚书记现在不只是尴尬，甚至有些慌乱了，一再道歉，一再自我批评，说，都怪我！都怪我……是我没有管好……

沈先生阴沉着脸，说，带我去我家祖屋那边吧。

楚书记难堪地说，沈先生，真的不行啊。你、你家的那幢老屋早就没有了。

芦一叶听罢，大吃一惊。什么叫没有了？是野火烧没了？还是大风吹走了？这事说来蹊跷啊，一幢古旧的老屋，结结实实的，就坐落在这村子里，挨过了数百年的风风雨雨，怎么可能说没就没了呢?

自然，沈世泽没听懂这位楚书记的意思，问，什么叫没了？是拆了，还是烧了?

她心中一惊。是啊，这两种都是不好的结果。如果是这样的结局，那太可惜了。

楚书记双手一摊，嘴里说，就是没有了。

她有些生气了，不禁问道，你说清楚嘛！怎么会没有了？难道房子会走路?

楚书记的脸，一阵青一阵紫。

商姬也说，楚书记，那可是沈董家里的祖屋啊，价值连城。你不会不知道的。即使有人纵火烧屋，也是要坐牢的。

听了这话，楚书记满头冒汗。他自知理亏，说，沈老板，我知道是你家的祖屋。可是你知道吗？在香樟村，你们陈家没什么后人了……呃，你们沈家……没人照顾祖屋。你知道的，我们香樟村历史悠久，名人辈出。在香樟村，很多老房子年久没有钱修整，都倒塌了。

商姬说，怎么可能呢？那种老屋，已存在数百年，历经天雷野火，一直安然无恙，怎会突然倒塌？近数十年来，香樟村虽然也有天灾人祸，但是从未听说大火烧了村庄。

说到大火，她吓了一跳。她想到春天在上海，自己差点儿亲手酿成了一场火灾。至今，仍心有戚戚焉。

楚书记慌忙说，不是的，我们怎么敢烧呢？沈老板，我直说了，那老屋是卖掉了，我们一直等你回来——等了几十年了。

沈世泽说，我现在不是来了？

楚书记哭丧着脸，说，我们也没有办法。我们被钱财迷了心窍。当年那个浙江人愿意出非常高的价钱，我三姑母就做主卖给那个人了。我们村里，跟你们家亲戚关系最近的人就是她了。

芦一叶的脸红了。原来是卖给浙江人了？她也是浙江人呢。

可是，三姑母是谁？他嘴里说的三姑母，莫非也是沈世泽的三姑母？

三姑母？人呢？

楚书记说，去年冬天三姑母患病死了……当时她也分了不少钱，活到七十多岁才走的。

芦一叶没有听懂。房子卖了，应该也还立在这里啊。

楚书记嗫嚅着说，那一年浙江商人在村子里转悠，看上了沈家那幢老屋，拿皮尺来量了又量，在纸上写了又画，折腾了两个月……然后就摆酒请村里人吃饭……

吃饭？

楚书记继续说，沈老板，怪我没说清楚，老屋卖了……那个浙江佬买老屋，是将老屋拆开，然后把一根一根的大梁堆在一起，把门窗拆在一起。分门别类，做了编号，登记。他们做事比我们认真。最后雇大货车，将拆好的屋料全部运走，没有剩下一根木头。

这下，她终于听懂了。这个世界，竟有这么买房子的吗？

楚书记说，听说那些人运回去后，还要将木头一根一根按原样拼回去。坏了的木头也要修好或换新的。他们在自己的家乡（也可能卖得更远），重新组装成一幢古色古香的新屋，面貌焕然一新。

她惊叫一声，老天！太夸张了。拆旧屋，易地而建新屋吗？既保持了旧屋的古朴风格特征，又带去了崭新的风貌。可是，这是什么把戏啊！一幢江西老屋，变成了别人家乡土地上的风景？

沈世泽沉着脸，没有说话。后来，他对楚书记说，那些浙江商人精明着呢，在这里用最便宜的价格买下旧屋，运回老家或别的地方高价卖出。沈世泽说，我知道的，他们可以拆回浙江，也可以转手卖到别的省，甚至卖到外国。只要有需求的地方，就会有人做这种生意。有利润，就会有人做生意。在美国时，他就知道国内有人在偷偷做这种侮辱祖宗的生意。没想到，这次，是人家把生意做到自家的头上来了。

担心楚书记没听懂，沈世泽还解释说，买卖老屋的生意，所选老屋必须是具有历史和地域文化特色的古建筑。因为具备独特的建筑工艺、雕刻工艺和历史风貌，所以才有价值。他家的祖屋，属于独具一格的赣派古建筑，是中国南方典型的古民居建筑，极有保存价值。

楚书记闻言，低头不语，他嗫嚅着，说带他们去看陈家老屋。大家一起，穿过村中小路，终于找到陈家老屋的原址。果然，屋去楼空。旧宅基地上面，一片破败景象。地上之物已被洗劫一空，地下挖有宽阔的长方形地基。看得出来，那些人干得很细心。到处是翻动过的泥土，还有一些剩余的烂木，乱七八糟地堆弃在那里。

事到如今，谁也没有回天之力了。

在芦一叶过往的记忆里，她找到了一点点的线索。她曾经浏览过一份资料，因为是蒙尘的建筑图案，她一翻而过。那资料过于简略，挂一漏万，只偶尔提及一幢南方民居。大意说，那是一幢南方民居，建于清朝嘉庆年间，属于典型的江南风格。文字写道，在它周边原来尚存其他古宅与其毗连，但是这幢最完整。

当时，她纳闷儿这段文字，没头没脑，不知所云。现在看来，她似乎明白了其中的奥秘。可惜沈先生回来晚了。中国发展太快了，为了钱，这个社会可以把什么都变成生意……

这真不是一个好世界。

不管怎样，她觉得，楚书记其实还算是个好人，起码还有几分厚道。今天来寻老屋，他明知要挨骂却肯陪同，不能不令人为之感怀。

不只在农村，在这个世界，谁看到金钱不是扑上去的呢？楚书记也像很多人那样，容易被眼前的蝇头小利所吸引。

她看见楚书记仍在赔礼道歉，对沈先生说，沈老板啊，都怪我，都怪我……是我没有保护好。唉，那个浙江商人催得又急，我们又笨。不，哪里是笨？我们是蠢，是愚蠢，当时什么也不懂。我们只是想，这种破房子又不值几个钱，就没有在意。

沈世泽苦笑地看着他，问道，你们知道这种古民居古建筑值多少钱吗？说它是破屋烂房？

他告诉楚书记，几年前在美国，他专程去了马萨诸塞州，听说那里收藏了许多从世界各地收购来的古董，包括古家具、古物件、古建筑等。当然，也包括从中国收购来的东西。像这种比较完整且没有毁坏的古代木制建筑，单价都在一亿美元以上。楚书记吓了一跳，脸色变得非常难看。他走路不稳，居然顺势就跪了下去，颓唐地说，哎呀！我们真是败家子！该死，罪该万死！

后来的行程，大家一路无话。午后下了一场短暂的骤雨。虽然很快停歇，却让每一个人都淋了一场雨。楚书记自知犯下了大错，完全不敢吭声。他带大家沿着村子继续朝前走去。他不知道，还有一场风暴在后面等待着他。

要知道，香樟村，现在对外已经改称香樟古村了。最重要的原因就是这里不仅本身是一处远近闻名的古村落，还生长着许多参天大树，那珍贵树木的学名，就叫香樟。有香樟树的地方，连蚊子都不敢来。

而香樟村，早年就是香樟的世界。

旧村的村口，乃本村通向外围、通向香樟镇等商埠的主要道路。当年这里遍植古樟。而今仅存为数不多的古樟，约略算来，迄今为止至少也有数百年的历史，几乎成了香樟村的活化石、活教材。

村口以鹅卵石铺路。据楚书记说，村背后，早先也曾种植着另外一大片香樟树林，只是离村子稍远而已。沈世泽四处眺望一遍，摇了摇头，说，你们香樟村的宣传册，提到的香樟，远不止这么多。那么多古香樟，到哪里去了？

楚书记尴尬地说，你们有所不知，这几年经常有外省人来这里踩点，纠缠不休。他们想买老屋，想买古樟树……什么都想买。有什么办法呢？人家手里有钱……浙江人来，广东人也来……把我们这里搞得鸡飞狗跳。

芦一叶站在一旁，看着那些劫后余生的古樟，有几株巨大的香樟，苍茫的气势，震慑人心。而古樟林，浩瀚成片，沉沉郁郁，屹立在香樟村已数百年了，以自己的莽莽苍苍庇荫乡里。

它好端端的，长在这里，城里人买它去干什么呢？

商姬说，香樟木属于传统稀有的名贵木材，做家具坚韧轻柔，不易折断，不易产生裂纹，拥有天然美丽的纹理和花纹，散发浓郁的特殊香气。做家具的话，具有防虫、防蛀、防霉、杀菌的功能，是求之不得的上等好木料。

楚书记叹息说，哪里只是做家具？现在城里人什么都讲究，将古树连根挖起，用货柜车运走。听说很多地方买去，是为了种在新建的高档小区里，给那些有钱人当景观。

深圳也有很多新楼盘，落成之际，在错落有致的小区里，修假山，筑水榭，建楼台，规划弯曲小路，也肯花大成本，遍植各种名贵树木。譬如，从海南岛迁移来的大王椰子树，如今已成标配景观。甚至还有北方的老槐树，据说是为了慰藉那些北方人的思乡之情。

随后，楚书记又说，那边有棵大香樟树没有卖成。因为村里早先有个男疯子，有一日那些外地商人来挖香樟，他跳将出来，不要命地躺在锄头和铁锹的下面，躺在挖土机的下面，以命相搏，让人家没法挖。那些人走后，他就攀爬在树上，再也不肯下来。那些外省人怕惹出人命，又怕传出闲话太难听，就留下后话，说等这疯子下来，他们再来买。

芦一叶伸头去望，想看看楚书记口中说的那棵树是不是还在。

依楚书记所言，确实还有一些香樟幸存。芦一叶朝那些香樟走去，旋即感到浓荫密集，遮天蔽日。树荫下面，清风荡漾，说不出的畅快。香樟树枝干粗大，地上根枝纵横，裸露部分伤痕累累。十几米开外，有一个大坑，疑似是被人挖了一个大穴，后来被人草草填了几锹泥土。

疯子是看不见了。可是，那个故事深植在她心里。在七八米高的树杈上，透过浓叶，她似乎依稀看到一个瘦骨嶙峋的身影闪过，那人衣衫破烂，嘴里还仿佛叼着一根干枯的树枝……芦一叶有些头晕了。

事实上她什么也没有看到。人的想象力一旦过于强劲，就很难抑制它蓬勃的势头，纷至沓来的想象取代了现实。她脑中有一个形象形成了，那形象与眼睛所见，或重叠或掩映，分不清谁是谁非。哎！透过重重叠叠的枝丫，在想象的加持下，她目力所及，完全成了另一个世界。而她的思绪，则飘浮在那些时空里，盘旋于那动画片般的光影之间……她密切关注着，眼睛像雷达，搜寻着外界的一切。她感觉自己也像那个疯子了……

晚上，芦一叶在房间里，翻看楚书记给的香樟古村宣传册。这本小小的彩色宣传册，印刷得远比她想象的更精美。她原以为，在中国这个有五千年文明的大地上，像香樟村这样拥有古村落之名的挂牌古村落，还不到处都是吗？尤其是香樟树，更是遍布多省多地。可事实的真相是，这些年来损毁很多，砍伐很多，消失了很多。她若有所思，一页一页翻阅着画册，心中为日益破败的古村落惋惜。

她发现一个事实：画册中呈现的香樟，比白天所见的数量要多。这也就是白天沈先生对楚书记说的话。这到底是怎么回事呢？她看到其中有一页，画面有点眼熟。对了，那是今天走过的地方。

她想起来，那里好像有个坑，她记得，当时踩过去，脚下的泥土是湿润的，还有些松软。可是现在，画册上的这一页，却明显找不到那个坑——在那个位置，上面正长着一株郁郁葱葱的大香樟。

她满腹狐疑，心里在想着，咦，那株形态优美的大香樟呢？难道被人挖走了吗？

第十四章　“洛神赋”

这次回乡，诸事不顺。美玉一般潜藏在深山故土的故宅祖屋，虽历经数百年而不毁，可是后来，山一般的庞然大物，居然说消失就消失了。这听着像是海外奇谭，却是实实在在发生在沈世泽家乡的故事。因此，单为这件事，沈先生很愕然，而且非常伤心。在很长一段时间里，他一直闷闷不乐。他本不抽烟，却像喜欢抽烟的男人那样躲开众人，独自一人步行到村口的文化广场，在那里，可以眺望旧村的残垣断壁。

芦一叶倚着大门，远远望着他孤独的身影，心里怅然若失。她帮不上他的忙，只能默默地想，不如提前回深圳。

回深圳？商姬听了她的想法，笑了。深圳当然是要回的，可是这次来还有一些事情尚未办妥。芦一叶睁大眼睛问，还有别的事？我还以为只是回来看看祖宅呢。她心里想，祖宅既然不翼而飞，沈世泽再有能耐，也无能为力了。

商姬说，当然不只是回来看看祖宅就算完事啊。芦一叶想起了在上海的情形。在上海他们不是什么事也没有做嘛。在她的记忆里，他们也只是去看了看上海他母亲家的小洋楼。对了，那也是他们家的祖宅。商姬听了她的话，饶有深意地看着她说，那是因为你当时刚加入我们公司，许多事情包括许多工作你还不太了解。那次去上海我们的任务更重大。说给你听，不要被吓着了。春天的时候我们去上海，沈董有一个宏大的构想，就是买下城区的一部分，那是他少年时代居住过的旧址——石库门商业广场。芦一叶听了，确实吓了一跳。好大的气派啊！不过，以她这么年轻也知道，在中国这恐怕是不可能的吧！政府怎么会同意私人购买整片城区呢，哪怕是商业区域。商姬说，这种收购在国外国内都是可以的。沈董是以什么思维方式来考虑这些问题的，我们不得而知。但是，绝不是像你所说的那样，在上海我们是无所事事的。芦一叶听了，就忸怩地说，确实是我无知，我当时尽管好奇，却什么也没看到。她又问商姬，您的意思是说，在香樟村沈董也会有大手笔的动作吗？商姬告诉她，当然有啊，否则回来干什么？祖宅只是一个意外。沈董本没有太多考虑这件事。当然，或许连他自己也不知道这件事竟然如此蹊跷，听起来像是一个传奇故事。其实，我们这次来香樟村，沈董原本想援建一所学校，一所中学或者一所小学，或者兼而有之。他今天将与当地政府讨论这件事的审批与后续落实情况，因为前期的可行性报告已经完成。

芦一叶听了，怔怔地有些没反应过来。现在，她才知道沈世泽内心是有很多大事想做的。

所以，芦一叶没有等来回深圳的消息，这并不意外。只是讨厌的是，在这样的时候，芦一叶自己的身体却出了点状况。不知是不是那天吃狗肉吃坏了肚子，还是昨天晚上独上天台穿少了衣裳而受了风寒，总之，昨天她已感到身体发冷，今天终于撑不住了，开始上吐下泻。

商姬慌忙询问她怎么啦，是啊，昨天虽然有些不舒服，她以为抵一抵总能过去。可是身体却有自己的运行规律，有自己的语言，她没法避开身体的抗议和捣乱。拉肚子了。她虚弱地回答说。她装出轻松的表情，对商姬摇了摇头说没事。

商姬关切地说，真的没事？不太像啊。怪不得昨天去看沈董的祖宅，你总是到处找厕所。

她自己都没有这印象啊。所以，她害羞地对商姬说，有吗？

商姬说，昨天身体不舒服，就应该说出来。芦一叶嘀咕着说，昨天好像还能挺过去啊。商姬叹了一口气，说，傻孩子！以后可不能挺了，身体还是最重要的。

商姬真是一个好人。她像大姐一样，不，简直像妈妈一样呵护着她，让她感觉亲切和温暖。她看着商姬的脸，虽然皮肤精致，却细纹密布，显出一些收拢不住的松弛。真是岁月不饶人啊。她感激地把手从商姬温暖的手掌里抽出来，说，我没事的。

商姬问，真的没事？

商姬的话音未落，芦一叶却赶紧起身，去寻找厕所。拉肚子真是身不由己。幸好还在楚书记的家里。楚书记的小高层虽然是农村建筑，却像城里人一样，在每一层都体贴地修建了一间洗手间。因此，待在哪一层楼都无须太担心。

待芦一叶捂着肚子从厕所出来，沈世泽也从外面回来了。

商姬告诉了他芦一叶生病的情况。沈世泽就说，那今天的活动一叶就不用参加了。正好，香樟镇里接他们的人也到了。据说，香樟市、县的市长和县长等一干领导也都赶过来了。他需要过去参加会议。

突然间无所事事，就空出了许多的闲余时间，这让芦一叶变得无聊起来。她试图跟楚书记的老婆聊天儿，却发现楚书记的老婆非常谨慎，像是受过训练。不知道是否真的得到了楚书记的忠告或禁令，总之，若是向她询问沈世泽的家世情况，她的回答一概是一问三不知。芦一叶看无话可聊，觉得这女人，虽然秉性温厚，却沾染了一些固执或狡黠。当然，这些品行在此时体现出来，其实也是蛮有效的。起码她知道怎样才能让自己不惹是生非。

除了打听沈世泽的过去，对于其他事情，楚书记的老婆都愿意谈。她对城里的生活怀有好奇，特别向往了解深圳的生活。大城市就是不一样嘛。她的热情是显而易见的。从这些方面来说，她其实又是蛮开朗健谈的女人。倘若找准了话题，她应该是一个愿意交流的女人。或许碍于楚书记的叮嘱，说着说着，她会时不时停下来，像是要想一下再说。她的神态像是在考虑：这种话，我到底该不该说呢？这时她总是憨厚地一笑。然后，用狡黠温厚的神情，躲闪芦一叶的审视目光。到了后来，芦一叶发现还有一个话题，也是她乐意沟通的，那就是她的身世。这女人告诉芦一叶，她本是一个弃儿，是沈世泽的三姑母收留了她。那会儿她才一岁多，还在襁褓中就被扔进了医院外面的垃圾堆。是真的垃圾堆哦，苍蝇遍地，臭不可闻。她受过的有限教育告诉她，苦大仇深是一种骄傲。她对芦一叶说着，咯咯笑了起来。你不能想象一个婴儿怎么能够在那种蚊蝇密布、老鼠横行的地方待着，还好没有被老鼠咬掉鼻子或者手指头。她告诉芦一叶，是沈世泽的三姑母将她捡回了家。所以，实际上说她是三姑母的亲生女儿也未尝不可。她也不知道自己的亲生父母叫什么名字，是哪里人氏，糊里糊涂地就跟了三姑母姓。三姑母姓陈，所以她也姓陈，她告诉芦一叶，她叫陈桂花。因为是农历八月捡到她的，所以三姑母就给她取了个名字叫桂花。那个时节，香樟村的村边或山间，到处都能够闻到桂花醉人的香气。

芦一叶想，这女人，看不出来还真有点诗意呢。她问陈桂花，那楚书记后来娶了你，他看上了你什么呢？陈桂花有些忸怩地说，我哪里知道？芦一叶由衷地赞美道，一定是觉得你长得漂亮！陈桂花低着头，害羞地说，年轻的时候，我也还可以吧。

这么聊着，她知道了陈桂花家里的一些情况。她与楚书记结婚后，育有一子一女。不过，孩子现在都长大了。儿子在武汉读大学。女儿在香樟县一中上高中，明年就要考大学了。

或许是芦一叶流露出了过多的同情与好奇，陈桂花对芦一叶好感倍添。刚替她倒了开水，又关切地询问了她的病情，得知是拉肚子，居然跑到后院和山边去采摘了几株野草，说是草药，很灵验的，然后煮水给她喝。芦一叶将信将疑，尝试着喝。陈桂花说，喝吧，没事的。喝了就好的。芦一叶竟然就分几口将那温热的草药水喝了下去。她们继续聊着天儿，看看时间不早了。她又跑了一趟厕所，后来肚子果然不泻了，真的好了。

芦一叶感激地说，你真是太神奇了。

陈桂花摆了摆手，谦虚地说，哪里哪里，我们乡下人生病，都是这样治的。小病小灾的，吃一点草药就可以了。

她对芦一叶说，我要去做饭了，你自己出去玩一玩吧。这里虽然不像大城市，但是到处长满了野花野草，你们城里人会喜欢这样的风景吧。

这样，芦一叶就走出了院门。外面的空气确实清新，因为天晴，太阳也出来了，到处一片明媚。门前不远的香樟村文化广场，有两个男孩在奔跑、嬉闹，几只雄鸡被撵得张开翅膀拼命地逃跑。她看着，情不自禁地笑了起来。她走到附近的田里，采摘了几株粉红色的、黄色的野花，放在鼻子跟前嗅着，乡村真美啊。她感受到了一种朝气由内生发，正想走远一点，去感受一下农村的景色，却担心自己的肚子不听话。虽然她不是大病初愈，却也算得上是小病初愈了，她还不敢造次。走了走，发觉肚子有些异常，便不敢再走远了。

回到房间，她在床上躺了一会儿，待肚子咕咕的声音慢慢消失后，才放心地睡着了。但是，她毕竟不太习惯大白天睡觉，醒来后，忽然想起这次出门，她带了一本父亲过去出版的画册。现在，正好是一个人独处，整个三楼也没有任何人，到处一片静谧。

翻开画册，一片艳丽抢眼的颜色跳入眼帘。画面是一位绝色美女，肤色凝冻，白玉无瑕，尤其是画中女子略显哀愁的双眸，既纯净又安详。更出挑的，是这女子居然全身赤裸。她一页页翻过，出现的画面，全都是这位女子不同姿态的裸体造型。当年她的父亲出版这本画册后，短时间内即受到疯狂追捧，画册仅仅不到一周便宣告售罄。然而，令人不解的是，本该乘胜追击，她的父亲却一反常态，花大价钱疯狂回收了自己的画册。他后悔了吗？或许他临时改变了主意，不想让这本画册在民间流传。当然，这几乎是做不到的。而此举的出现，却愈加激发了更多绘画爱好者和民间收藏者的抢购热情。多年以前，父亲芦青原的名字，曾经屡屡跃升至全国美术作品热搜榜单的榜首。他突然之间一夜爆红。最初，芦一叶看到这些画幅时心中大为吃惊，因为那画中人竟是她亲爱的妈妈。这些画作，每一幅都令人惊叹，而汇聚在一起观摩效果更为震撼。它们如此充满魅惑，令人倾倒。在当时，她年龄尚幼，看着里面的裸体人物，她如此害羞。每一次轻轻地翻阅，她都战战兢兢、如履薄冰。后来，或许是由于反复翻阅，反复观摩，受到反复的刺激，她才渐渐接纳，渐渐习以为常。唉！母亲的美丽，在她眼里不仅仅是美，而是活生生的生命，是一位能够走出画册的活人。幼年时，父亲经常在家里给她授课。他教她绘画，教她诵读古文，教她看各种书籍。他甚至亲自给她讲述古代曹植的《洛神赋》，那是父亲最为挚爱与着迷的古典名篇。父亲对她说，他画的美女图，其实最先受到启发的灵感，就是来自《洛神赋》，来自《洛神赋》里面那位至美之女——洛神。可是，她是不信的。她分明看见，有多少次了，在工作室里父亲挥汗如雨，埋头紧张挥笔，而描绘的对象并不是所谓的古籍里面的一位仙女，而是她自己最亲最美的妈妈。她的妈妈站在那里，国色天香，飘然若仙，让他一笔一笔地描绘。妈妈的漂亮，才因此得以从父亲那些狂放无羁的想象中，从他惊人的手笔中，犹如纷纷扬扬的雨雪飘落到了他的纸上。然后，成就了一位跃然纸上的冰清玉洁的美人。父亲跟妈妈在一起的时候，妈妈很乖，很愿意听父亲的话。父亲让她做什么，她都心甘情愿，言听计从。而且，妈妈性情温柔，说话总是轻声细语，从不大声呵斥别人。妈妈对父亲的尊崇，时常让芦一叶觉得，他们俩看着是两个人，其实更像是一个人呢。他们出入同行，携手共往。两个人的亲昵程度，有时连小一叶想奋力挤进他俩中间都颇费心力。所以，当父亲跟她讲述《洛神赋》的时候，她是生气的。她完全不想去听父亲的话，反而认为父亲一直在欺骗她。她经常责怪父亲骗她，说他是个骗子。父亲说，我哪里有骗你？她就争辩说，洛神是谁我不认识，妈妈才是我的妈妈。你画的不是洛神，你画的分明就是我的妈妈。她的生气不容置疑，而这时，父亲居然能够不顾廉耻地笑了起来，哼，他居然敢说，怎么会呢？洛神就是你妈妈，你的妈妈就是洛神呀！不，她可不想洛神变成她的妈妈，她更不愿意妈妈居然会变成什么洛神！她气恼地喊着，骗子！爸爸是大骗子……我不想理你了。她几乎要哭泣了。这时，她以为父亲会来安慰她。可是，她哪里知道，父亲根本不理睬她。父亲的心中只有他的绘画。是啊，他是男人，是父亲，他才不会去在意她那么个小不点儿孩子的心里到底在想些什么。这个时候，妈妈通常只是偷偷地抿嘴而笑，她也不太会去调解他们父女俩的矛盾和冲突。

她就是在那样的环境中长大的。母亲为了父亲，为了艺术，甘愿一脱再脱。有时候，天气很热，工作室里父亲汗流浃背，而母亲则站在那里，汗水湿润了她的妆容。有时候，到了冬天，又冷得要命。她必须赤裸着身子，还需要保持一个固定的姿态。父亲为母亲画了非常多的画像。除了部分画坏了的废弃画像，他自己特意收藏起来的画像更多。他为她作画，患了腰肌劳损，一抬手就疼得要死。后来，母亲意外患了重病，不能再工作了，他便停止了替母亲画像……后来，就没有后来了。

当芦一叶翻开画册，怔怔地看着画册里的母亲，那忧郁的神情，总是让她心疼。她经常在想，此时此刻，母亲在想着什么呢？她完全没法理解母亲。

后来，当她能够自己阅读古典作品后，她认真去诵读曹植的《洛神赋》，才明白母亲在父亲心目中的地位。母亲卧床期间，她经常听见父亲在床前呢喃，像在与母亲交谈，又像是在自言自语。唉！怪不得父亲常常对着芦一叶赞美她的母亲。他说她的母亲才是人世间的第一美人，她才是迄今仍然活着的真正的洛神。

芦一叶记得，后来上了小学四年级的她还跟父亲抬杠说，她看过《洛神赋》了。她说，哼，《洛神赋》里面的洛神，分明是穿了衣裳的女神呀，“披罗衣之璀璨兮，珥瑶碧之华琚”，你看！那女神不仅穿了华服，而且佩戴了精美的佩玉。你这不是欺骗了我，还是什么呢？你从小骗我，直到我长大。父亲笑着说，你哪里就大了？你才不满九岁呢。她恨恨地说，你不要管我多大，你为什么就不能让妈妈穿上衣裳？

事实上，她后来才知道，那个年纪的她，的确是过于幼小。到了后来，她真的长大了，父亲与母亲的相处，从最初的萌动，两人之间的一见钟情，到后来的两情相悦，依依不舍，不能分离，直到他们最后的结合，她才可以说是真正读懂了父亲和母亲的关系。

而意识到自己懂得父母的深情，也得益于对《洛神赋》的洞幽察微。有那么一段时间，因为母亲的逝去，她日夜奉读那篇佶屈聱牙的文字。后来，她从字缝里读懂了父亲的心思。在她日益成熟的想象中，父亲其实一直把母亲看成真正的女神。早年年轻的时候，父亲为了获得母亲的芳心，与几个情敌还打过好几架，有一次还差一点进了牢房。后来，他对母亲的崇拜与依恋，都是无法形容的。及至女儿出生，他这个男人，甚至嫉妒女儿的介入。有那么许多次，他竟然狠心地将女儿送到了爷爷奶奶的家里，一搁就几乎是一个暑假。他对妻子奉行完全拥有的极端主张。可惜天不假年，母亲走得早了。到那以后，他才真正消停下来。他经常在黑夜中独坐，不开灯，也不说话。有那么一段时间，他甚至连画都很少画了。他以肉眼可见的速度消瘦下来。后来，或许是为了让自己振作起来，他为自己设计了一些任务，规划了一些要去的地方。他身边有一册《曹子建集》不离左右。然后，他就开始了真正的漫游生活。直到这时，芦一叶才真正看懂了父亲的心。她觉得，父亲一定认为母亲是神仙派来的，而他身为凡人，人神道殊，又岂能长久呢？所以，父亲后来的不辞而别，远走天涯，她是能够理解、能够懂得的。虽然她一直非常伤心。

而这些，便是她不容为外人所知的秘密。她自己也一直小心地呵护着这个秘密。

每次看这画册，她都要流眼泪。

吃饭的时候，陈桂花来敲门。她并不习惯敲门，人尚在远远的地方，她还在二楼上来途中，便扯开嗓子喊了起来：小芦，起来吃饭了。

芦一叶被她嘹亮的嗓音惊醒，顿时懵懵懂懂地坐了起来。然后，看到了手边的画册。她赶紧将这本画册塞入包中，嘴里也应承说，来了。那边，门已经被推开了。

芦一叶有些吃惊，问她，你怎么知道我睡觉了？

陈桂花嘿嘿地笑着，说，睡好了吗？这草药喝了，人就是想睡觉。不过，应该快好了。

芦一叶暗中掂量了一下自己的感觉，倒是奇怪呢，像陈桂花说的，身体确实舒服多了，而且肚子里也没有叽里咕噜的声音，更不会放屁了。她之前最怕放屁，因为不小心就会拉一裤子。

看她身体好了起来，陈桂花也很高兴。她说，年轻人好得快，看你，脸上又红润了。今天她做了一回乡村大夫，居然颇有疗效，她很高兴。这对彼此都好嘛。她也不枉认识了一个从大城市来的年轻女人。

午饭时分，两个女人吃得很开心。陈桂花替芦一叶做了一份莲子粥，里面还放了一点桂花。莲子是本地的特产，而桂花，当然也不例外了。粥碗里面，桂花的浓郁香气扑鼻而来，让她对这个名字叫作桂花的女人产生了好感。她不再把她看成粗笨的农家妇女了。

这样，她们竟然就和和气气地谈起了一些知心话。芦一叶趁着这机会，又想打听一些关于沈世泽的家事。陈桂花有些迟疑，看着她说，我跟你说了，你别跟别人说啊。

她说，这是当然的，我保证不会说出去的。

陈桂花告诉了芦一叶，她为什么总喊错沈世泽的名字。不是喊错他的名字，而是喊错了他的姓。她笑着纠正自己。陈桂花说，沈世泽其实应该姓陈，因为他的父亲本来就姓陈。只是后来，沈世泽的母亲回了上海，他才跟母亲姓。

当然，这件事的来由，芦一叶已经知道了。为了不打断她的兴致，她仍然耐心听着。

陈桂花正色说，在我们这里，是不能改姓的，不能想跟娘姓就跟娘姓的。当然了，现在是新社会了，改革开放了，大家都开放了，在城里，跟娘姓的人也不少。可是在乡下，绝对还不能。

芦一叶也同意，就顺着她的意思说，对呀！中国社会嘛，几千年来都是跟父亲姓的。现在，居然可以跟母亲姓，这本来就不合适。她这么说话，深得陈桂花的赞同。陈桂花说，沈先生的事，我们就不好议论了。他是很能干的男人，我们乡下，几百年都不知道能不能出一个呢。

她又看看芦一叶，说前几年才知道沈先生原来很有钱，他是一个大富翁。这次他回乡来，听说还准备为村子里建一所学校。她迟疑了一下，又说，不过现在村子里的人都走了。中年人、青年人，能出去的都出去了。有些去了杭州和上海，有些去了广州，还有你们深圳……那些人找到工作，就干脆不回来了。所以，村里的人越来越少，如果建学校恐怕也没有小学生来上学。

这些话，让芦一叶吃惊。如果像香樟村这样的农村都没什么人了，尤其是没有年轻人了，还怎么建学校呢？这个陈桂花虽然是农家妇女，其实也能识文断字的。她也受过一定的文化教育。所以，她说的话，应该也有一定道理。

芦一叶说，那怎么办？学校还办不办？

陈桂花说今天她老公跟着沈先生一起去了，他们要开会。听说，镇里、县里和市里的领导都来了。他们开了会，就知道怎么做了。

芦一叶尝试着问她，沈世泽的家里还有什么亲戚。

亲戚呀？陈桂花想了想，告诉芦一叶，村里的亲戚当然还有一些，不过都是远房亲戚。所谓远房亲戚，都是表亲堂亲的，更亲的亲戚几乎没有了。最可惜的是，沈世泽的父亲也不在了。他不是现在不在的，而是很早就去世了。因为什么原因？就乡下来说，还不是生病！乡下人得了病，就跟过个鬼门关一样，能闯过去就过去了，闯不过去就没办法了，就没得活了。她说着，眼睛居然红了起来，像是她家里的什么亲人病殁了。

芦一叶这才知道，沈世泽的父亲，的确是这里人。他是香樟村的村民。可是，为什么沈世泽不怎么认他呢？至少，他很少亲自承认自己的父亲在这里，是这里的农民。难道他难为情吗？不愿意承认自己的父亲是农民吗？他为什么一直想要回避这样一个事实呢？当然，他到底有没有回避，她一时还判断不了。

陈桂花说，沈世泽的父亲是一个非常厚道的人。在农村，农民中当然有一些聪明的人，也会有一些狡诈的人，有一些很笨的人，也会有一些老实却心灵手巧的人。他的父亲，差不多就是后者这样的人。与其他人不同，他还是一个不愿意多说废话的人。他会一手木工，能做非常好的木工活，打出来的桌椅和柜子，是人都会称赞不已。

这也是芦一叶第一次从一个不相干的女人口里，听到关于沈世泽父亲的印象。

夜晚，芦一叶在堂屋里跟陈桂花聊天儿。陈桂花说她儿子大学毕业后，想留在武汉，要不去上海也好。她对芦一叶说，现在认识了你，我又想他今后能够去深圳呢。

芦一叶鼓励说，去深圳也不错，因为深圳是一个移民城市。深圳有一句话，是对全国人民说的：来了就是深圳人。这句话，在深圳的机场、码头、高铁站、火车站、公交站，到处都能够看到。陈桂花好奇地问道，什么叫移民城市？芦一叶告诉她，所谓移民城市，就是这个城市多数或者大多数的居民都是从外地来的，是一个人口输入型的大城市。她说着，自己也笑了起来，怪自己说不好。简单说，就是什么省份来的人都有，什么地方来的人都有。全国各地的人，都跑到一个城市去啦——是一个大杂烩，这就是深圳。她这么说，惹得陈桂花哈哈大笑起来，开心地说，这样的地方好！大家都从外面来的，就一样了，还是去深圳好。

芦一叶夸她聪明，反应快，说，你说得对，让孩子来深圳吧。

她们这样轻松地聊着，不知聊到了多晚。总之是有晚餐那么长的一段时间。后来，楚书记陪着沈世泽和商姬一起回来了。商姬过来问芦一叶的身体怎样了，还拉肚子吗？芦一叶把楚书记的老婆陈桂花的治病本事，大大地夸奖了一遍，夸得陈桂花都不好意思了。

芦一叶说，真的，吃了陈大姐煎的草药，下午就基本好清了。

好清了，是陈桂花告诉她的家乡土话，意思就是基本好了。

几个人听了，都笑了起来。

次日，沈世泽和商姬约在饭后一起商量事情。芦一叶从他们的口中得知了援建学校的事情。村子里年轻人口少，而且学龄儿童、学龄少年都不多。如果建学校恐怕没几个人来上学。所以，最后他们决定在香樟镇建一所中学。后来，由于香樟县的领导要求，又应承了在香樟县也建一所中学。这样，这次来就谈妥了援建两所中学的事。可是，香樟村的孩子读书怎么办？就此问题，沈世泽跟镇里、县里都谈好了。既然香樟村的学龄孩子数量不多，那么县、镇两级，就划出一定的名额专门招收香樟村的孩子。

不过，即使安排成这样了，也还不太符合沈世泽的本意。开会的时候，大家谈到，如今在农村，不单是农村留守儿童的读书问题，还有更严重的是留守老人的生活问题，以及生存和养老问题，这些都不容忽视。这些问题，牵一发而动全身，涉及各家各户，是一个需要引起关注和重视的社会问题。还有，在农村，那些丧失了亲人的鳏寡孤独，生存困难更加突出。这也是大家重点讨论的问题。

后来，沈世泽就提议，要不就在香樟村建一所敬老院吧。为了有别于政府针对特定人群而兴办的敬老院，他们所办的就改一个名字叫养老院。养老院这样的名称，通俗易懂，大家听了都能明白，而且全国通用。为了办好乡村养老院，沈世泽说，他回深圳后会着手成立一个专项基金会，专门为香樟村的老人服务，对香樟村符合条件的老人提供必要的补贴和帮助。这项提议受到了当地政府的高度重视和大力支持，由镇政府规划土地和配套设施，提前进行各项工作的启动和运作。这样，对双方来说，可谓是一拍即合。大家纷纷报以热烈的掌声。

事情既已办妥，沈世泽就决定打道回府了。他委托商姬回深圳以后，着手部署这方面的工作。公司将尽快召开会议，安排专人，全面负责开展各项工作。

第十五章　乡筵秘闻

得知沈世泽要回深圳的消息，香樟村村委会的领导们迅速开了一个碰头会。楚书记说，沈世泽要代表深圳的企业对家乡进行建设和扶持，积极兴建养老院和学校，是真正的惠及乡里，是一件顺民意、得民心的大好事。而且，还替香樟村解决了后顾之忧。所以，无论如何他们香樟村也要有所表示。他们决定在这天晚上宴请沈世泽一行，以表示衷心的感谢。

这样的邀请，沈世泽听了，自然是推辞了一番。后来，他发现村领导特别热情和执着，难以推托，就只好答应下来。

到了近晚时分，炊烟四起，乡里其他人员听说深圳来的大老板要来一起吃饭，顿时欢呼雀跃。楚书记早已将这事操办得妥妥当当，只等沈世泽一行光临，开席。

是夜，芦一叶跟着沈世泽，还有商姬等人，在楚书记的热情带领下，一众人分乘数辆小汽车，后面还跟了两辆拖拉机，浩浩荡荡地开到了香樟镇的一家酒楼。因为香樟村里，没有餐馆，若想请客吃饭，还得到镇上去。

这酒楼的名称很气派，居然就叫香樟村金福大酒楼，看来，应该是香樟村村委会在香樟镇开办的村属酒楼。

二楼是豪华包间。有一间包间最大，算是本镇这家金福大酒楼的“总统包厢”。包间正面的墙壁上，镶着一面花开富贵的雕花大明镜。楚书记恭恭敬敬地邀请沈先生上座，沈先生不肯，要楚书记坐。楚书记说，哪能呢？我愧对沈先生，很多事情没有处理好。哪里还敢上座？这个位置，当然是沈先生您的。两个人推来让去，最后还是沈世泽坐了上席。楚书记坐于他的一侧，商姬坐于他的另一侧。其他的村民们，纷纷按职务、年龄、辈分，一一落座。其余的乡党们，也都各自找到了自己的席位。

由于对酒的畏惧，芦一叶从开始就有意回避坐到主要席位上去。她亲热地挽着陈桂花，笑吟吟地找了下面一桌坐下，说真的，她愿意挨着陈桂花坐。陈桂花贴着她的身子，也非常开心。这么多年来，她或许还没有遇到如此的体贴和礼遇呢，遂亲自帮芦一叶倒茶、夹菜，跟在自己家里一样。

酒过数巡，酒桌上的气氛开始升温，乡党们时而用芦一叶完全听不懂的方言，时而用夹带浓郁乡音的普通话，热议着各种话题。芦一叶坐在那里，有一句没一句地听着他们的各种讨论和争执，有些话，如对鸟语，有些话，则钻入耳朵。她直接蒙了。这些乡村的男人女人，兴奋又开心。有些人，还总是纠缠着一些鸡毛蒜皮的事，反复争辩。关于陈先生……不，关于沈世泽，他们倒是一个个都在掐着粗壮的手指谋划、判断，最后大家基本认同的结论是：沈世泽……不，沈先生跟在座的各位乡人，好像都有一点点沾亲带故呢。芦一叶看到，就连一个姓甘的年轻人，居然也说沈世泽父亲远房表妹的女儿嫁给了他的表舅……这么算过来，算不算亲戚？他与沈世泽之间该怎样称呼？

一时间，整个场面热闹非凡。到处都是兴奋的交谈和回忆，到处都是酒杯撞击的清脆声响和感人至深的劝酒辞令。

她的心中忽然浮现出《归去来兮辞》，那些撩人的诗文，岂不恰好是今日乡情的写照？

悦亲戚之情话，乐琴书以消忧。农人告余以春及，将有事于西畴……

可谓绘声绘色，活色生香，是典型的农家乐呢。

一个姓竹名英的中年妇人，老家在山东，幼年时期跟着父亲来到江西谋生（她嫁到陈姓人家了），在本地混得还不错。她拍了拍姓甘的年轻人，大声说，你姓甘，跟香樟陈家能扯上什么亲戚？拐的弯弯像鸡肠子一样多，凭啥也来凑热闹啊？

大家都笑了起来。那姓甘的小伙子笑着说，好事人人有，都说见者有份嘛。

眼看着突然间又冒出来这么些亲戚，芦一叶也是吓了一跳。陈桂花不是跟她说过，沈世泽在香樟村早已没什么亲戚了吗？现在，怎么一下子全成亲戚了？她瞥了陈桂花一眼，陈桂花心知肚明，便凑过来，在她耳边笑着低声说，别理他们，都在乱攀亲戚哩。

香樟村原是大队所在地，本名就是香樟村，也称樟村。后来因为这个名字吃香跑火，现在就连它所管辖的八个小队（自然村），对外都声称自己是香樟古村了。自然，本地人是明白的，那些小村子原本该叫什么名字还叫什么名字。但是在对外层面上，他们保持高度一致，个个都称自己是香樟古村。为了生计着想，这些都是可以理解的。既然在明面上，大家都是香樟古村的村民了，因沾亲带故成为亲戚，岂不更是一件好事？尤其是今日。说到底，谁的村里，还没有几株像样的大香樟呢。

那边，楚书记等领着一众村干部刚敬过酒，各路真假亲戚纷纷走过去向沈世泽敬酒。芦一叶偷偷看过去，现在的沈世泽仿佛是一件精制的西服，混在一堆粗制滥造的夹克里，相当惹眼。对沈世泽来说，他这么一个受美国教育长大的人回到香樟古村，用香樟村的社交方式喝酒，真是难为他了。不过，芦一叶还看到，这种粗犷的待客方式，其实还蛮吸引他的。他脸色绯红，酒杯频举。

在酒精的作用下，所有人都喋喋不休。酒楼里人声鼎沸。众人来攀交情，有说从前跟他父亲关系多么好的，有指天发誓说他父亲是好人的，有说不管姓陈还是姓沈，人人的身体里流的都是香樟人的血……总之，理由千奇百怪，言论不一而足。楚书记也满意地说，哈哈，我们都攀上外国亲戚了。

芦一叶诧异地想，他们竟然都知道沈世泽是外国人了？而她自己，一直没有留意这个问题，她一向觉得，他们应该只知道，沈世泽如今是深圳人。

好吧，暂且不管沈世泽是哪里人，重要的是，他今晚成了香樟村的人。他这算是“游神归位”吗？事实上，芦一叶从未见过沈世泽如此狼狈的窘况。在上海，人人衣冠楚楚，毕恭毕敬，都很节制，人们端坐桌前轻声细语。而在这穷乡僻壤，天高皇帝远，人们习惯了大声喧哗，熙熙攘攘有若墟市。

芦一叶一直在微笑。她庆幸自己没有喝酒。真的，倘若跟他们掺和在一起，她不趴下，也得把胃吐出来。从上桌开始，她就按住茶杯，坚称自己不会饮酒。为了装斯文，她还特意戴了一副平光眼镜。人家看她一个年轻女仔，有文化又不惹事，就相信了她，同意让她以茶代酒。

这里面，也有陈桂花的功劳。她的身体状况陈桂花是清楚的，所以自始至终陈桂花都对她呵护有加。

到了后来，村里的人们又讲起了各种陈年旧事，话题也始终集中在沈世泽身上。他们就像一群被老师勒令写作文的小学生，人人围绕主题来讲。他们讲到了沈世泽的母亲。当年，上海知青的下放岁月，由于年代已久，只有老一辈人才清楚那时的故事。在座的人中间，还真有一位陈姓长者，名叫陈贱根。论年纪，该有七十了，粗糙的脸庞没有表情。刚才，他没有跟着起哄。大家让他说说沈世泽母亲的故事。他咳嗽一声说，沈先生的母亲吗？我是见过的，当年好年轻！她的名字叫沈、沈小倩？是当年来樟村的所有知识青年里面，年纪最小的一位。看着胆小，说话轻声细语。最喜欢穿一身洗得发白的卡其布衣裳，呃，那个年代，好像叫列宁装？

众人起哄，都说，还有呢？

他继续说，人家长得就是漂亮啊，大眼睛、白皮肤……一看就不是本地人。人家本来想做学校老师……不过，在那个年代，可惜了。

芦一叶对他的话产生了兴趣，期待他说下去。可是，才说了这几句，他就没有话了。众人劝他，他不肯再说。

那位姓甘的年轻人，像是喝多了，舌头像打了结，捋不清楚。他缠着陈贱根老头，让他说下去。或许因为喝了酒，他的声音很大、很粗鲁。他说，根伯……早先你常讲香樟村上海知青的故事……你讲的那个女知青，当年被公社书记强奸的那个……是不是就是她？

听闻此言，芦一叶不由得大吃一惊。老天爷！这个甘家小伙儿在说什么呀？周围酒席上的人皆开始议论纷纷，许多人面面相觑。

陈贱根老汉打了那姓甘的小伙儿一巴掌，压低声音愤怒地骂了一句说，后生仔，莫要胡扯！

旁边，就有人推搡姓甘的小伙儿，要赶他出去。

姓甘的年轻人自然不甘心被人指责推搡，就争辩说，我哪里胡扯了？这个故事，都听根伯讲过多少遍了。十几年来，你们不会说没有听过吧？根伯，你每次都讲得那么津津乐道，今天又是怎么了？害怕了？我只记得，你说过的！你说那个女知青后来嫁到了我们香樟村……她也没有做成小学老师嘛……"文革"结束后，她好不容易找到一个机会才回上海了。

如果说，酒席上有唯一胆战心惊的人，可能就是芦一叶了。这一次她真是害怕极了。无意中，听到这样难堪的故事，她不禁有些悲伤。她虽然年轻，社会阅历也不多，但是她是知道"人言可畏"这四个字的。她听到的这个故事，充满了乡下人无知的津津乐道和侮辱，实在让人生气。

她不敢相信，这些乐意攀附沈先生的乡党们，为何能说出这种不知深浅的话来？这样的酒席，他们还好意思吃喝下去吗？这样的聚餐，他们还好意思在这里坐着吗？

她抬头去找沈世泽，希望这边的话没有传到沈世泽那边去。沈世泽现在正在与其他人碰杯、说话。或许他尚无暇顾及这边。但愿他没有留意这边！

姓甘的年轻人，被村里的人拖了下去。他不肯走，一路上骂骂咧咧的，村民只好将他赶出了酒楼。

可是，此时的芦一叶没有了吃饭的兴致。旁边坐着的陈桂花也有些不知所措。她想安慰芦一叶，却不知如何说才好。

是啊，对芦一叶来说，这种骇人听闻的传言，不啻是晴天霹雳，她没法不感到震惊、生气。这分明是一种不尊重，更是一种侮辱。

芦一叶开始担心起来。想到这个村的人，他们是如此议论沈先生的，想到这个村的人，他们是如此看轻沈先生的，她就情不自禁地心疼起沈先生来。她为他打抱不平。在她眼里，他近乎纯洁，近乎完美。你看吧，即使村里卖掉他的祖宅，他仍然既往不咎，还情牵故里，想着怎样扶持家乡。

她噙着热泪，趁人没注意，起身走开。

地上的酒瓶聚成了一大堆。他们喝完白酒，又开始喝啤酒，这是香樟村的经典喝法。喝完白酒再喝啤酒，说是漱漱口。在很多时候，他们纵酒狂欢，却忘了应该尊重人、理解人，他们丢失了中国农民最朴素的伦理道德。

乡村夜晚的狂欢，有时候就是这么简单粗暴，充斥着浅薄、无知和恶意。

芦一叶满肚子气，刚走到门口，就被陈桂花拉了回去。陈桂花生气地对大家说，你们太过分了，在这种场面非议人家，你们想过合适吗？沈老板对我们这么好，你们对得起人家吗？

那些人听了，纷纷支持她，大家说，我们都觉得沈老板好，主要是那姓甘的家伙太不像话了。

这样，芦一叶走也不是，留也不是。

陈桂花说，小芦，别怕，你先坐下。

由于陈桂花主持公道，这件事很意外地被压制下去了。当然，人人都知道她是村书记的老婆，自然不会同她作对。现在，人人也都注意到了她的存在，估计就更不会随意乱说话了。

她心里却一直不开心。这些人，难道真的一直不知道她坐在同一酒桌吗？他们为什么还敢这样信口开河，胡说八道？

幸好这事就这么过去了。那些乡党喝着酒，很快就忘记了刚才的尴尬和不快，在很短的时间里又掀起了新一轮的喝酒高潮。

次日早晨，她吃过饭，取了行李，等着他们几位一起上车，准备返回深圳。

楚书记由于祖宅的事，一直心怀愧疚，想留沈先生多住几天。可是，沈先生是要回深圳的，这与祖宅无关。既然事已至此，多说无益。

他从深圳来。从哪里来，回哪里去。他们计划原路返回南昌，首选的道路，是从香樟村到香樟镇，香樟镇有一条新修的宽敞国道，可以直接上高速公路。然后，一路向北直抵省城的昌北机场。

在车上，芦一叶忽然想问商姬老师一个问题。她问，商大姐，你对乡村有感觉吗？

商姬没听清楚，就问，是问我对香樟村的印象吗？

她说，也算吧，我是想问你喜欢香樟村，还是讨厌香樟村？

商姬惊奇地看了她一眼，然后说，不是这么简单吧。你知道吗？乡村的成长是很慢的，农业社会尤其如此。想想看，即使过了500 年，人们的很多想法，都不会有很大的变化。日出而作，日落而息，农人的生活往往一成不变。而生活从本质上看，只是一种复制与延续。

她问，真的这么冥顽不化吗？

商姬说，什么？冥顽不化吗？不，不是冥顽不化，而是无法变化。你知道吗？农业社会的交往和交流方式，因为农耕作息生活长期稳定，几百年来都没有大的变化，导致人们的生活方式也很少发生变化。

她摇了摇头。这些话，她没怎么听懂。

商姬笑了起来，说，你读过唐诗吧？唐诗里有一句著名的诗：今人不见古时月，今月曾经照古人。你看，藏在唐诗宋词里的风景和人情世故，源远流长啊。到现在，依然与我们的日常生活息息相关。是不是？最奇妙的，唐诗宋词里面的月亮，与我们在乡村看到的月亮很相似，可以说，似曾相识。数百年来，好像总是同一轮月亮在照耀着我们。可是到了城里，我们看到月亮感受却又不同。城里的月亮是陌生的。这是为什么呢？

她也情不自禁觉得好奇起来，那是为什么呢？

商姬说，因为在城里，你所处的环境是陌生的。一个人，没有了熟悉的人和事物作对比或陪衬，心理感受就会完全不同。然后，导致生活方式也就开始不同。

这些话，听上去有些玄乎啊。听着像有道理，想着却又不明白。

商姬说，当然，即使生存环境改变了，人性却很难改变。不过，这又是另外一个问题了。你如果感兴趣，倒是值得你以后好好去琢磨琢磨。

她听了，有些晕。这个世界太复杂了，她不想去了解，更不想去琢磨。因为她明白，一个人知道得太多，只会更加痛苦。

这么想着，她心里开始清晰起来。她做出了一个决定。她不会把在香樟村听到的所谓强奸事件的扭曲真相告诉沈先生。

她要维护沈先生母亲的纯洁形象。

汽车将要离开香樟镇时，他们意外撞到了一个人。

事情是这样的，他们的别克旅行车，驶过香樟村外的一段泥泞道，由于颠簸太甚，芦一叶有点恶心。她打开车窗，想让山区的风吹一吹自己的面颊。

那时，她还有心念，就是想回头瞥一眼香樟村。毕竟来过一次了。这个村子让她百感交集。所以，当要告别时，她想以这样的方式完成一个简单的仪式。

正在这时，路边有辆自行车飞驰而来，差点儿撞到她的脑袋。她吓了一跳。朝后望去，那人连人带车跌进了路边的沟里。

旅行车停了下来。

她钻出汽车。那人也从沟里爬起来。

咦？那是谁？怎么那么眼熟啊。

她终于看清楚了。那正是她原公司财务部的同事陈望财呀，真是见鬼了，怎会在这么偏远的地方遇见他？

陈望财翻身爬起，恰好也看见了她。

离开原来的公司并不太久啊，可是，这男人的脸上，居然长满红红的青春痘，回到了青春时代，变成了一个正在青春期的高中生。

她可不想与他在这里相遇。所以，她沉默着。

陈望财迷茫地望着她，表情里全是惊讶，像在说你怎么在这里。

芦一叶只好说，你怎么在这里？

他说，我家在这里啊。

她说，鬼才信你。

他说，你不信也得信啊。

她再次打量他，发觉他并没有受伤，只是跌落在沟里，身上沾满了土。她说，没事吧?

他说，没事。

她说，我们赶飞机。然后对司机说，我们走吧。

陈望财弯下腰去扶自行车，慌乱中结结巴巴喊道，你、你们这是要到哪里去?

她丢了一句话给他，让风送过去：回家。

还是飞机快。他们到南昌走了三四个小时，可是，从南昌到深圳，仅用了一个多小时。

公司派了车来接机。汽车在夜色中飞驰。

芦一叶趴在车窗前，观看窗外的夜景。她在想，二三十年前，马路的下面，那些土地跟香樟村的泥泞小路是一样的。可是现在，居然变成了宽阔的伸向无限遥远的大道。而道路的中间，还建有隔离带，中间种满了鲜花。在深圳，每条路，种植的鲜花品种各不相同，一年四季，绽放着不同颜色，一派争奇斗艳的景象。

整座城市，正由此变成了人造的花城。

可是香樟村呢，虽然进行了社会主义新农村建设，可是由于人口的流失，至今仍然落后、保守，举步维艰。如果香樟村想要发展成深圳这样，不知道还需要多少年的打拼。

芦一叶第一次陪沈世泽回家，那次从上海回深圳，好像路过了这里。因为她受了伤，沈世泽让司机送她回家。当时，她是回黄贝岭的家。

汽车在一幢中式风格的门楼前停下。这是一座翠瓦飞檐、肃穆庄严的门楼。门楼旁竖着一把红白相间的太阳伞。伞下，站着一名穿制服的男保安，身姿笔挺，朝小汽车敬了个礼，指挥小汽车驶进住宅区。

小区内行人稀少，司机就没怎么减速。道路的尽头，是一片宽敞的广场。

车子驶过广场。芦一叶突然叫了起来。

她问沈世泽，广场中央——那株香樟！哎，你们看到了吗？

沈世泽说，什么香樟？

这里，绝对是深圳一处高品质的住宅小区，小区内遍植奇珍异草也不奇怪，可是令她吃惊的是，她居然看到了一棵巨大的香樟。莽莽苍苍，气势磅礴。

当然，即使看到的是香樟树，也无须大惊小怪。可是，她才从香樟村回来啊。那个小村让她心情复杂，甚至难过。可是，她是清楚的，那儿才是香樟的故园，那儿才是香樟的世界，那儿才是香樟的天下。

因此，回到深圳，突然目睹了一棵齐天的大香樟，她倍感亲切。

她说，哎呀！我怎么觉得，那棵香樟那么眼熟呢？你们知道吗？都说女人的直觉好，你们信不信我的直觉？

她嚷嚷着，要让汽车倒回去。

司机依言而行。果然，那儿的确有一棵香樟，远观如巨伞。气势浩瀚，郁郁葱葱。

几个人从车里钻了出来。

沈世泽也很惊讶，他住在这里很久了，怎么以前从未留意过呢？

她从背包里找出那本小宣传册，那是在香樟村，楚书记送的。

她翻到其中的一页，那上面有一棵香樟，跟这棵长得一模一样。

谁都知道了，现在香樟村的那个地方，已经变成了一个巨穴，一个尚未填平的巨穴。

而这两棵香樟，看上去，的确一模一样啊。

商姬也凑过来，仔细看了说，确实很像。

沈世泽看了，不吭气了。现在，几个人都面面相觑。

商姬笑着说，小芦啊，你是否想告诉我们，这棵香樟，就是香樟村被挖走的那棵香樟？

她问，像吗？

她知道自己的猜测过于大胆，过于异想天开了。可是，平心而论，它们长得真像啊。

商姬说，单凭外观看，不是特别可靠吧。想想看，从距离来说，香樟村离这里，至少得有数百公里远。它若是香樟村的那棵香樟，怎么运过来的？太神奇了吧。

沈世泽也摇了摇头，不置可否。

当然，不管这棵香樟是否真的来自香樟村，关于赣派古民居建筑被拆除贱卖，关于香樟村的古樟被挖……所有这一切的操作，都早已完全颠覆了她的认知。因此，她看到这棵香樟所产生的莫名联想，就不能不让人崩溃了。

这个世界，太陌生了。

第十六章　独　居

从香樟村回来，芦一叶感受到了自己的失落，她充满了沮丧感。在某种情况下，她甚至怀疑人生基本的价值。曾几何时，她对生活充满信心，而现在，她却因为目睹的一些丑陋和不堪，目睹的一些她认为的不负责任的冷漠与狂欢，痛感人心的叵测与世态的炎凉。

人真是丑陋。回到深圳后，她一直被这样的念头困扰着。虽然在香樟村，每个人看上去都是那么正常，面带笑容，和蔼可亲，甚至在酒席上觥筹交错，但是一旦触及别人的隐私和底线，有的人就能完全丧失是非，丧失一个人在任何时候都应该有的善良。有的人以别人的痛苦为乐，以嘲笑别人为快，忘记了在这个社会里，每个人都负有的道义责任。

从香樟村回到深圳，成了芦一叶的一次奇妙旅程。那一次，芦一叶是头一回去沈世泽居住的小区，虽然没有登堂入室进入其私宅，可是仅从小区的整体布置和外观来看，也可以看得出那个社区是有格局的设计和配置。那里的房屋，呈现出多样化的建筑特征，复古又创新的氛围让人流连忘返。她又想到了那棵古樟。虽然她不能肯定那棵古樟一定来自香樟村，但是激发了她莫名其妙的好奇心和想象力。她独自一人，固执地想了很久。起码，在这个推平山头重新建设起来的新区，本身不太可能长着一棵百年古樟。如果是这样，那么，是否可以猜测，即使那棵古樟不是来自香樟村，也会是来自别的地区或别的省份呢？这么一想，也足以令人深思。

回到“蓝天星语”，不，应该说，是回到“天鹅之翼”，她是高兴的。自从迈进这个地方，此地正在成为另一个世界，成为属于她一人独有的世界。由于年轻，又由此成为充满青春气息的世界。这个梦想的最终实现，证明了一件事，那就是，人必须有梦想，哪怕起初只是幻想也好。有梦想，万一实现了呢？芦一叶此时正处于这种兴奋中。

芦一叶第一次住上了心仪的好房子。虽然在赴香樟村之前，已经搬进来了。可是，在最初的那段时间，她一直都在忙着添置东西，忙着整理和布置新居。待到刚准备妥当，又接到通知出访香樟村。现在，她终于回到了这曾经认真布置过的新居，心里兴奋得不行。新居的一切，包括房间、家私、冰箱、碗碟和茶杯，还有卧室的新床、夏天的绣花薄被、窗台上的软垫、小写字桌上那只憨厚的小熊猫闹钟等，都在向她展示最具生气、最具魅力的一面。一切的一切，都在向她暗示，她的崭新人生正在开始。有时候，如果稍加留意的话，你会发现，人生其实是有起点的。譬如今天，此刻，现在……便是她作为一个快乐和幸运女生的新起点。虽然一切的一切，仍很陌生，可是那又怎样？一切美好的陌生，终将成为幸福的标配。一切逐渐熟悉起来的陌生，终将发展成为新生活的成熟品质。

还有，每次回来，她心目中一直期待着小天鹅的再次临幸。虽然小天鹅一直没有前来造访，却在她的心目中一直存在着。她每天都怀着美好的心情，在等待着那只小天鹅的到来。

第二天清晨醒来时，她慵懒地伸了伸细软的腰肢，然后起来走到窗前，拉开巨大的窗帘，啊，远处的一朵白云，有点像天鹅了。而整个世界，却急不可耐地在一瞬间疯狂涌入眼帘。那个时刻，她觉得自己融入了天空。她自己则一跃变成了那只小天鹅，振翅翱翔在云层之间。

这是多么奇妙的房间呀，目光所及，仿佛天堂。周围是轻盈的云，而太阳很近、很热、很刺眼……

有那么一刻，她甚至想打开行李箱，寻找墨镜戴上。

哈，你没听错，在家里戴墨镜。太奇妙了，在光明与黑暗之间的切换……这一切让她感觉到生活在瞬间变得像魔术那般令人惊叹。

虽然新房是精装修拎包入住型，可是装饰材料的味道，尤其是家私和纺织品混合的味道仍未完全散尽。但是，芦一叶实在是太喜欢住在这里了。她简直成了一名高空控。她喜欢身处高空，凌空而去的那种感觉。噢，结实的高楼，台风也不能撼动的无上人间……其实，最初的她是恐高的，可是，不是说，热爱是最好的老师吗？因为热爱，她迅速爱上了蓝天，不，应该说是爱上了高空。看看这房子，凌空而居，四周是无敌城域、辽阔海景和无尽的蓝天……她会觉得自己住在梦里。是啊，这是一种世上大多数人难以体验到的极致之感……人间胜境……她是多么庆幸……想起在香樟村的经历，她看到那些被毁坏的古宅，看到那些楼去屋空的巢穴，她是多么惊心和愕然。而现在，她又是何等幸运啊。

世界不同了，房子便也不同了。过去的房子，都是低矮的，趴在地上的。尤其是从现在这个高度和角度去看，过去所居住之地，大多数全数服服帖帖地趴着，犹如温驯的绵羊。她曾经喜欢那种与泥土、青草和树木结合在一起的房子。可是，一个人，一个年轻人，一个年轻的知识女性，不是更应该对科技时代的未来抱有好奇和征服欲望吗？所以，她喜欢所有令她惊奇的房子，她喜欢所有能够给她的生命带来惊叹和想象的房子。她要善待这样的房子，她要好好与这房子相依为命。

重返单身独居的生活，是一件新奇的事。想当初，她为了节省开支一直与丁香合租。那会儿，由于收入微薄，她还在为自己能否单独承受得起丁香那套房的租金而忐忑不安。而现在，她居然过上了过去从来不敢想象的踏实生活。哪怕这样的生活只有匆匆数年，不，即使只有匆匆数月，她也心甘情愿。她觉得一切有如梦幻。很多时候，她一直在想，有时候遇见一个合适的人，便是遇见了一次良机。遇见合适的人，便是遇见了未来的生活。一个人，总有时来运转的时候呢。

这么想着，她又不无感伤和唏嘘。她已经意识到了，从今往后，她要努力赚钱。曾几何时，搞钱成了深圳女孩的标签，并风靡网络。她觉得那样没错。要改变自己的生活，必须从改变自己的收入着手。一个赤手空拳的女生，来到一座陌生的城市，她要想让自己生活得更好，没有第二条路可走。深圳不相信眼泪。

只是，她一直对偶尔遇到沈世泽或商姬这样的好人感到困惑。他们为什么对她那么好？这个问题，她百思不得其解。在深圳像她这样的女生，不说遍地都是，也绝对不会少。每年该有多少新毕业的大学生来到深圳啊，又有多少新近毕业的研究生，乃至博士生来到深圳呢？甚至，还有多少全国各地仰慕深圳而来的人呢？他们都是深圳充满活力的基本保证。而要成为这种活力保证，这些新近加入城市的人，这些城市的新鲜血液，没有例外，都必须尽快找到工作，尽可能赚钱养活自己，尽可能在城市立足。

而她已经有了一个良好的开端了。她要珍惜这种来之不易的机会，要好好工作。

这些天，她偶尔还会想到丁香。丁香不知道怎样了？她出差谈项目的结果怎样了？回到深圳了吗？偶尔，她会没来由地怀念她和丁香合租共住一起过日子的那个时期。她清楚地记得，在黄贝岭村度过的那些时而快乐、时而窘迫的生活，是迄今为止给她带来忧患与不安的主要原因。自从搬离了黄贝岭后，她想起来仍会有些后怕。她知道，如今丁香每天仍需早起，匆匆步行 15 分钟的路程赶到地铁站，然后乘上 55 分钟地铁到达位于福田与南山交界处的公司。不，她好像听说丁香被派往下属公司工作。怪不得她们很少遇见。因为这个原因，她一直充满内疚。她想到，当初丁香说要带她一起入住公司的员工宿舍的情形，虽然是玩笑话，却也说明了丁香的好。每念及此，她心里都有说不出的歉意。

把她从各种不安的状态中拉回现实生活的是一个电话。

没错。芦一叶确实没想到，陈望财会来找她，更没想到他会这么快来找她。那次在香樟镇与陈望财的偶然相遇，让她对陈望财的态度，奇怪地有了些许的改变。说些许呢，是因为他唤起了她的好奇心。事实上，她原本从未想过对他会有什么好奇心。可是，人的那种探知的欲望，有时候是抑制不住的，不是吗？

所以，这次他打电话来，她并没有特别反感。

那是午后的时光，她正在 30 层的楼上，在她喜爱的“天鹅之翼”里放松地泡着一杯红茶。最近，她在看一本关于宋朝生活的书，里面讲述了宋朝人令人羡慕的日常生活。宋朝的老百姓吃茶，时兴配果子一起吃。所谓的果子，就是现在所说的茶点，大致分为生果、干果、凉果、蜜饯和饼食等。饮茶还有口诀，“甜配绿，酸配红，瓜子配乌龙”……颇多讲究。

不过，如果按照那种方式，此刻，她饮着的红茶，应该配点什么酸东西来吃呢？

正在胡思乱想之际，小桌上的手机响了起来。

里面有人说，我想见你，芦一叶。

她愣了一下。听出了手机里的那个声音，原来是陈望财。

跟着沈先生这么长时间，由于商姬对她工作的要求，对她处理事务的种种训练，当然，也包括了她自己所经历的种种冒失与轻信，在深刻反省之后，她正在变成一个相对成熟起来的女生。

陈望财？如果不是他突然奇怪地出现在香樟镇，现在的芦一叶，对他肯定早已是视而不见了。事实上，她并不怎么熟悉这个有点怪诞的男人。自从她进了那家后来倒闭的公司，成了他的同事后，陈望财这个人，似乎一直在有意接近她。他是那种比较黏人，又犹豫不决的男人。而芦一叶，并不喜欢那种性格。不，可以说，她有些讨厌那样的男人。所以，陈望财经常找机会套近乎，她一直都是不耐烦的，她从未想过跟他有什么关系。当然，这次是个意外，这次在香樟村遇见他，她有些困惑。像他这样的男人，怎会在香樟村出现呢？他跟香樟镇有什么关系呢？这些都是疑问。

陈望财在电话里说，希望能见到她。为什么啊？她问。他说你先不要管，我只想见到你。

她不客气地拒绝了。不见。

当然是不见啊。芦一叶回答的语气是干脆的，不用怀疑她的坚决程度。

为什么不肯见我？

电话那头，陈望财虽然开始胆怯了，却显得愈加执着。

她不由得一笑。

我为什么要见你？

而那边，陈望财居然也跟着笑了。然后，他用不太像他的口吻说，我喜欢你呀！

这种话，要看谁来说了。问题是，最近，这种男人还没有出现。芦一叶不由得皱了皱眉。从陈望财嘴里说出这样的话，她才不乐意呢。她一向讨厌他，当然也包括他的唐突和无赖。

从现在的情形看，陈望财的脸皮比以前厚多了。不知道公司倒闭后，他去了哪里，把自己锻炼得更不像男人了。要知道，一个男人如果沾染了社会上的不良习气，变得越来越愚蠢、越来越下流，是不可救药的。而且，也不可能从她这里得到赦免和宽恕。

所以，在懒得回应的前提下，她干脆将电话挂掉了。

可是，陈望财仿佛真的一跃变成了一个无所顾忌的人。没多久，电话铃声又响了起来。他如此作践自己，想干什么呀？芦一叶接了电话，问他几个意思。他便说，他就一个意思。

她没有听懂。一个意思是几个意思？

到后来，她似乎隐约听见他在约她见面。可是，她没听清时间。

糟了，是傍晚 7 点，还是 17 点呢？

电话已经挂了。在放下手机前，那男人依然在纠缠一些话题，譬如，他问芦一叶，你现在有跟丁香住在一起吗？你现在搬家了吗？你住到哪里去了？我想来找你……

真是要命。幸亏他不知道她现在住的这个地方。公司倒闭不久，她曾经听丁香说过，他专门去黄贝岭村找过她。现在她似乎还记得丁香说过，他这个人，甚至也纠缠过丁香。唉，他是不是从来没见过女人啊？哪有见一个爱一个的？这样的男人，烦不烦啊？

好像丁香曾经说过，要让男人死心，必须给他点颜色看看。不知道丁香是如何给他颜色看的。从眼前的情况看，他也许对丁香死了心。当然了，丁香那么厉害的女人，料他也占不到什么便宜。所以，他才又回来纠缠她了？是这样吗？唉，真是倒霉极了。

倘若真是如此，她会确定，她不想去见他。

当然，现在仍然存在一点问题，她不想跟他通电话。希望他忘了打过电话、约过她这件事。

把这事放一边吧。她自己，不愿再去想这件让人头痛的事。

可是，这不是她不愿意就可以终止的。时间匆匆流逝。那个尴尬的“17 点”很快就会到来，在它的后面还有一个“傍晚 7 点”。他不打电话就算了，若打电话，她告诫自己，必须坚决地拒绝。

17 点很快就到了。芦一叶当然没有动身赴约。她喜欢待在这与世隔绝、风景绝美之地。她哪里都不想去，哪里也不愿意去。可是，她又有点心神不定。

不过，这种纠结没有持续多久，手机就响了。芦一叶瞄了一眼，果然是陈望财。那么，接，还是不接呢？她犹豫着。

可是，她的手还是没有听从她内心的犹豫，拿起了手机。

她对着电话说，抱歉！希望你不要再打电话了。我没有时间跟你闹着玩。

陈望财在电话那头，顿时噎住了。过了好半天，她才听见他说话。

他说，我猜到了你不肯来。

她回答说，我确实没有时间。

他又说，我就是想找你说说话。我很孤独，没有一个人可以说话。

听了这话，芦一叶沉默起来，突然间，她感到自己有点于心不忍，她不忍心去伤害像他那样脆弱的男人。当然，她也是孤独的。可那又能怎么办？一个曾被抛弃（如果可以这么说）的孩子，大学毕业后，独自来到这座城市，这座陌生的大城市，举目无亲。即使这里人口多，年轻人多，那又怎样呢？即使这里是一座有着一千多万人口的大城市，那又如何呢？唐朝诗人王勃曾说，关山难越，谁悲失路之人？萍水相逢，尽是他乡之客。所以，论孤独，没有人比她更孤独了。她身处人群之中，却犹如进入无人之境……有谁体谅过她吗？又有谁关心过她吗？

我想跟你说一件事。电话里，陈望财的声音不是很大。跟以前相比，他少了过去的油腔滑调，多了一份沉闷与无趣。他继续说，主要是那天，在我的老家遇见你，我真的好开心啊。虽然，我不清楚你为什么去我的家乡。

唉！当他发生了多大的事呢？他开心什么？这种事，当然不易撞见，但是也不是了不起的大事。她想了想，选择了缓和气氛，她平静地说，那天，我也很意外啊。那天抱歉呀，我们急着赶路，没有时间跟你说话。

他说，没关系的，我只是很好奇，竟然在我的家乡遇见了你。

她解释说，那是因为有朋友带她去乡下玩啊。这不是很正常嘛。深圳人来自全国各地，所以，跟随他们回家乡去玩几天，也是很正常的吧。再说，现在城里的人，节假日都喜欢往乡下跑。

他又说，是，是啊。在城市里面待得太闷了。所以，大家都想换个胃口，跑到乡下去玩……乡下人种的新鲜蔬菜，养的鸡鸭和土猪，比城里的好吃很多……当然了，还有，农村的空气确实更清新、舒适。

他就这么小心翼翼地，顺应着她说话。

而在她看来，这个男人似乎比自己还要好些，起码他还有家可回。所以，她情不自禁地说，怪不得，你三天两头往老家跑。

陈望财说，哪里有啊？那天，他得到乡下的消息，说他哥哥从国外回来了。家人催促他赶紧回家。所以，他才急急忙忙地跑回去。

有这等事？她好奇地问，你有哥哥？

陈望财在电话那边，情绪低落地说，的确是这样的。他说他从未见过那个远在美国的哥哥，甚至早年几乎没有听说家里有过这么个哥哥。所以，在最初获悉情况时，他也是左右为难，不知道应该如何跟一位陌生哥哥打交道。当他气喘吁吁赶到香樟镇，回到老家——他家其实已经没什么人了，瞎子母亲七十多岁，跟着姐姐在邻县生活，距本镇有一百多公里。香樟镇只剩空宅一座。族人们见他姗姗来迟，七嘴八舌地责怪他，骂他不懂事，让他很受伤。他懊恼不已。犹豫不决的性格让他耽误了时间，而他的固执又让他躲在家里生闷气。等他回心转意，决心去香樟村找哥哥，才得知早已人走茶凉。

她听了很吃惊。这个人竟然有个哥哥在国外。看不出来，这么一个寒酸的乡下穷孩子，竟然有一个远在国外的哥哥？

她突然想到一件事。他是香樟村的人吗？

陈望财说，应该算是吧。不过，我家祖上三代一直都住在香樟镇，算是土生土长的香樟镇人。我老爸，呃，我的父亲……早年还是香樟公社的书记。

她吃了一惊。他竟然说起香樟公社了，那是多久远的事情了？现在，还有人记得“人民公社”这个词吗？她倒是查过相关的资料，知道关于人民公社的一些基本知识。

书上说，人民公社，是我们国家二十世纪五十年代后期，在社会一体化基础上将国家行政权力和社会权力高度统一建立的一种基层政权形式，以“政社合一”的方式行使乡镇政权职权。这么说，有些拗口。简单来说，就是在那个年代，中国广大农村的乡和镇基本都改制成人民公社了。公社的领导，自然是国家干部……

这么说，陈望财的父亲，竟然也是国家干部了？公社体制，迄今为止已经消失很多年了。如今的年轻人，应该相当陌生。

电话那头，陈望财说，他是家里最小的孩子，属于父母的老来子。可惜他出生没多久，父亲就去世了。

后来呢？她希望他继续说下去。可是陈望财却没有吭声。她就想，既然父亲早逝，那你为什么还要跑到深圳来？为什么不待在家里侍奉老母？

正在感慨之余，她忽然又感觉到了某种不安。她想起在香樟镇的那个晚宴上，那姓甘的年轻人，不是也提到了当年香樟公社的一位书记吗？

她猝然一惊。同样是公社书记啊……那甘姓小伙嘴里的书记，会不会……跟陈望财的父亲有什么关系？

她顿时紧张起来。是的，历史有时就像潘多拉的魔盒，不要随意打开它。

现在，她要回避这些问题。她害怕它们成为定时炸弹。

这么想着，她对陈望财说，你忙去吧。我只想告诉你，以后你不要再找我了。

陈望财说，为什么不能来找你？

她说，告诉你……我、我已经有男朋友了。

她这么说，是想断绝陈望财追她的念头。她当然没有男朋友。她根本还没有想过要找男朋友呢。刘莉的例子摆在那里，成为活生生的失败典型。

这世上没有爱情，而所谓的爱情，只是年轻人头脑发热的一场游戏而已。

陈望财愣住了，然后说，不会吧？

芦一叶没有再去理睬他。她想，必须果断处置才好，否则正应了那句话：夜长梦多。

这么想着，她在挂断电话前说了两个字：再见。

第十七章　丁香艳史

陈望财的出现，让事情变得复杂起来。芦一叶周一去上班，她的心里有点乱，有些烦躁。坐在办公室写字台跟前，她一直去看沈世泽的办公室。她知道，沈世泽还没有来上班。他的办公室是空的。她去看那间她明知道是空着的办公室，与其说是一种期待，不如说是一种不安。说起来，她害怕他来。

她像等情人一样，等待他的到来；又像害怕仇人一样，担心他的出现。几乎一整个星期，她都在忐忑中度过，在期待与失落交替中度过，在时而侥幸与不断担心中度过。

到了周末，她觉得可以喘口气了。

因为，现在她不需要把香樟镇的秘密告诉他。没有遇见他，是最好的理由。

本来，她早先做好了三缄其口的决定，可是由于沈先生对她的好，她又不能无视他受到侮辱与伤害。她的想法是，她必须坚定地与他站在一起，共同面对这些非议与敌意。

幸好，事情正在按照她的期待发展。更让她松一口气的是，丁香也从外地出差回来了。

芦一叶获悉丁香仍旧住在黄贝岭。而她，却早已搬离了黄贝岭。这让她有些尴尬。得到丁香回到深圳的消息后，她寻思了一番，想道，是该邀请丁香来她的新居参观呢，还是乖乖请丁香好好撮一顿？“放血”（请吃饭）是必须的。现在主要是看哪种处理方式能把尴尬化于无形。想当初，丁香一向厚待她，甚至承诺如果搬到公司的宿舍去住，就带芦一叶一起过去。如今，丁香的工作经常出差，没有时间考虑搬家。芦一叶也不知道公司是否真的为丁香提供宿舍，如果一切不变，丁香应该仍然住在老地方。那简陋的房子，现在让她想来，竟有点不寒而栗呢。人往高处走后，就很难再回到低处了。这也是人性的一个弱点。

不过，她显然意识到，让丁香来蓝天星语参观的风险更大。因为，只凭一次偶然的机会，她的待遇、生活现状和品质，显见地超过丁香许多，这不是明显让丁香难堪吗？当然，她并不清楚丁香的薪水到底有多少，唯一可以坦然的是，她知道自己的薪水不高。不过，她是遵循“月光族”生活准则的女生。仗着年轻，她愿意让自己的每一天都活在尽量好的状态中。她认同并践行这样的原则。让她重回黄贝岭，那是不可能的。

总之，有一句话说得好：一个人的认知，决定了他所选择生活的质量和走向。如果一定要面对丁香，这也是她所能想到的唯一答案。

当然，她知道丁香未必会认同这样的结论。丁香是一个对生活怀有梦想的女人。不过话说回来，谁又对自己的生活和未来没有想法和期待呢？

她翻来覆去，想来想去，感觉太伤神了。在一番折腾后，她有了新的打算。她决定既不请丁香来蓝天星语，也不去黄贝岭。为何不邀请丁香出去，小小浪一把呢？年轻女人谁不想浪一浪啊？哈哈。那么应该去哪里浪才好？她选了几个地方，京基100，市中心？不行，太多人了。万象天地？新则新矣，位于大冲村，紧贴深南大道，交通方便，只怕有点“小”了？不不！她的意思是，要考虑到室内空间有限，风景有限，而且在室内坐久了，聊着聊着，就自然而然会忍不住打听彼此目前的状况，危险就不请自来。所以，再大的空间也是小的。现在，她的思绪明朗起来：不如找一处临海的场所，一起去看风景？这个念头闪过，她立即便想到了去南山区的人才公园。那可是新公园，很高大上的，市民的好评度很高。面临大海，白天可饱览碧波荡漾的大海，晚上可欣赏璀璨的人间灯火，景致实在迷人。如此花样迭出、变化多样的地方，让丁香目不暇接，一刻也不得闲。这样的去处，才是真正的鬼魅之地！

这样一来，可以让丁香面对美不胜收的景致，没法把注意力集中在聊天儿上。她就不用担心丁香会总是想来问她的近况了。

心动不如行动。周末来临，芦一叶便邀请丁香去人才公园看风景。丁香答应得利索，说，一叶呀，你莫非能掐会算吗？知道我正要找你？

丁香这么开心，让她很意外。怎么了？丁香她是发奖金了吗？别人都牢骚满腹，吐不完的槽，她倒是春风初度，舒畅快活。

两个人约好时间，直接在毗邻深圳湾超级总部基地的人才公园见面。那一日，到了公园，她远远地就看见丁香在招手。午后的阳光下，丁香一袭花裙，花枝招展，犹如风中旗帜，猎猎而动，置身于碧海蓝天之间，衬托得更迷人。她想，看起来丁香过得还是不错的嘛。她向丁香跑去。两个女生来了一个拥抱。

她发现丁香胖了。频繁地出差，好像没有打扰到她的生活，也没有影响到她的兴致。看上去，丁香比以前更开朗，笑得更灿烂。

这么想着，她就问，有什么好消息，可以告诉我？

丁香笑嘻嘻地说，哎呀，你是顺风耳呀？怎么知道我有好消息要说？

真的吗？

你厉害！丁香笑着说，我们找个地方坐下慢慢说。

她问，要不要先到处走走看看？这海边的公园，风景太美了。

丁香说，好呀！

她们一边说话，一边朝着大海的方向走去。这一天，来逛公园的人并不算多。她们走着走着，就说到了正事。然后，丁香提议找个地方坐下来。

人才公园的设计人性化，到处都有可供休息的椅子或台阶，她们找了一条长椅坐下来。长椅是木制的，坐上去不会冻屁股。芦一叶从小黄皮背包里，取出一瓶矿泉水准备递给丁香，却发觉丁香正傻傻地看着她笑。

她问，笑啥？我做错什么了吗？

丁香掩面道，你怎么会有错呢？是我情不自禁地想笑。

她好奇地问，为啥？

丁香就告诉她，她这次去浙江，意外地在杭州遇到了一个深圳人。当然，是一个深圳男人。她听罢，接话说，深圳男人有什么稀奇的吗？因为在杭州遇到深圳男人，你就觉得稀奇？

丁香说，当然不是啦，哎，你不要打岔好不好？还想不想听了？

她说，当然想听，不要被人骗财骗色就好了。

丁香哈哈大笑起来，说，还真是被骗了。

她惊讶地看着丁香说，被人骗财了？

丁香生气了，说，我就这么丑？对男人没有一点吸引力？只能让人骗财？

她连忙安慰丁香说，哪里！我们丁香姐一向不是老少通吃吗？谁说你丑啦！

丁香说，不跟你兜圈子了。告诉你，老子当然没有被人骗财——那自然就是被人骗色了。哈哈。

她好奇地问，你跟那男人上床了？

丁香拍了她一巴掌，骂道，上你个鬼！想哪里去了？我为什么要跟人上床？

她说，那你……就是这意思嘛。

丁香要她靠近，说，坐那么远干吗？我是麻风病人吗？告诉你，你知道我认识了一个什么样的男人吗？

她说，很丑？还是帅？

丁香说，你只会说这两个词吗？就不能往别的方面想一想？

她笑了，说，我笨呗。

丁香说，真会推卸责任。好吧，我不告诉你你也猜不到的。

她说，哎呀，到底什么意思吗？

丁香说，别急！告诉你，我逮到了一个上市公司副总裁。

唉，原来是这么回事。她轻蔑地说，丁香姐，遇见一个老头也能这么兴奋？

丁香一愣，说，谁是老头？

她说，上市公司副总裁，还能年轻？

丁香说，这你就不知道了。深圳上市公司多，科技公司尤多。知道什么叫科技公司吗？知道什么叫科技新贵吗？——指的就是，上市公司的高管们都很年轻！

她说，能有多年轻？

丁香说，也就比我大十来岁。

原来，丁香遇到一个大她十几岁的有钱男人。这算是如意郎君吗？

她这么想着，就逗丁香说，这次去杭州出差，好不容易捡了个老公回来啰。

丁香骂道，什么叫捡啊？她躲闪着说，跟捡差不多。

丁香说，就你作死。

她就说，那祝你开心啊。祝你们白头偕老。

丁香说，什么白头偕老？只能说还凑合。现在刚认识，怎知就能白头偕老？不瞒你说，我这次回来一周多，没有联系你，就是因为我跟他处了几次。他的条件好，却也不是高不可攀。

她起了疑虑，问，这是什么意思？

丁香说，首先，他是离异的，有个女儿在英国读高中。

她有点沮丧。找离异的，有孩子不是很正常吗？再说人家在欧洲念书，不在一起怕什么？

丁香说，麻烦就在这里。他女儿回国后，说不想回欧洲了。

不回欧洲？不回就不回呗。

丁香说，这就有麻烦了。

她问，你跟他的女儿见过面了？

丁香说，见过几次。孩子整天窝在家里不出门，怎么回避得了？

她说，尽量好好相处呗。反正过去都是不认识的人。

丁香却似有千言万语，不知从何说起。后来叹了口气，才说，这男人身体还不太好，病恹恹的。不知是以前工作太拼命了，还是后来享受过了头……总之，状况堪忧。夏天都不敢穿短衣短裤。

她问，什么叫享受过了头啊？

丁香笑着说，有钱人，还不得大吃大喝？吃得好，也受罪。

她说，这是什么歪理？

丁香撇了一下嘴，说，你懂的道理实在是少。

不过，从丁香的话中她似乎也明白了点什么。丁香到底是在嫌弃对方的身体不好呢，还是担心对方有孩子？

她劝丁香说，病了，可以治疗和调理吗？至于女儿，年轻，是不是容易沟通一点呢？你需要耐心。

丁香说，他女儿虽然年轻，也不是省油的灯。有回见我待在她家久了点，特意跑来警告我，不要打她爸爸的财产和房子的主意。她竟然说，有她在我什么也别想抢走！……抢她个仙人板板！我什么时候想过抢她的财产和房子了？

她听了，不禁笑了。现在的年轻人，真够厉害的。她没想到这个年纪的女孩，会有这么多的心机。

不过，反过来站在那女孩的立场，也不是完全没有道理的。她只能受着，在这个社会，做个人好难。

她想鼓励一下丁香，却又无话可说。片刻，她问道，你没有失身吧？

丁香一愣，恼羞成怒地骂道，你什么意思吗？失身很重要吗？

失身不重要吗？

丁香气急败坏地说，我为什么要告诉你？

哼，那就是了。

什么叫那就是了？我是那种女人吗？

哪种女人也要做爱啊。她不紧不慢地回应说。

丁香骂骂咧咧地说，你说什么呀？呸，下流。

我也只是偶尔才想到问一下。你别紧张。

我凭什么不紧张？

不知道过了多久，她听见丁香自言自语说，我们女人，还是要想法子多赚钱才对，想靠别人没有出路。

她想，这才是正道。

丁香说，这个城市很真实。不靠自己，什么也没有。不靠自己，连明天早餐肠粉和茶叶蛋也买不上。

她安慰丁香说，幸好她有一份好工作。

丁香摇头说，好工作谈不上，忙得要死。比过去还忙。唉！没有一家公司是养闲人的。幸好收入比过去高。

她鼓励说，今后会更好的。

丁香说，明天会更好？——你唱歌呢？

她情不自禁地笑了。丁香说得好，还是唱歌吧。一路向前，一路歌唱。丁香的那个男友，如果真的瞻前顾后，不识抬举，就干脆别理睬他了。不找那样的男人做男朋友又如何？

即使他是上市公司的副总裁，那又如何？上市公司的总裁和高管就很了不起吗？这个世界男人多得是，也不缺那一个。

丁香苦笑着说，你的好意我心领了。不过你可知道，我的年纪比你大了许多。你可以等下去，我已经等不起了。

她说，怕什么？最多不结婚罢了。女人不结婚，男人又去哪里找人结婚？只要有这样的决心，我们就可以无所畏惧。

丁香说，哈，一叶，你真是太可爱了。说实话，你的精神我佩服。其实，我知道我也可以尝试着这么做的。可是，你知道吗？一个人懂得置之死地而后生是一回事，敢不敢去做又是另外一回事。我害怕等待，也害怕自绝后路。

她鼓励丁香，说，丁香姐，别怕！说真的，我有时告诫自己，只好好想一件事，那就是，今后要好好爱自己。爱自己，也怜惜自己，不要轻易被那些嚣张的男人轻视和鄙薄。作为女人，我们要好好工作，好好赚钱，好好养活自己。我们要好好地活在这个世上。这个社会，一个女人自己赚钱自己花，也不是太难的事吧。有什么好害怕的呢？我们像男人一样，也受过良好的大学教育，用不着那么委曲求全。

她差点儿又想要宣扬她“月光一族”的消费观了。

她的确比丁香年轻。所以，她可以奉行月光消费原则。她也不怕花光钱。没错，她可以月光，丁香又何尝不可以？

那天，她们在人才公园玩得尽兴。然后，在附近找了一家高级餐馆美美地吃了一顿晚餐。餐馆很清静，服务员说话声音也小，她们享受那样优美的环境和气氛。整个下午和晚餐时分，她和丁香都在谈论各种话题。她们很久没有见面了，所以感觉有说不完的话。下午关于男朋友的话题之后，她们很快便改换了话题。男人不应当占据主要频道。她们还兴致勃勃地专门讨论了服装、美食和旅游。当然，最让她们神往的话题是旅游。世界那么大，我想去看看……

她跟着商姬，跟着沈世泽去了不少地方。他们出去了，又安然回来了。

丁香听了她的故事，不禁羡慕地说，原来你竟然真的留在了我们公司的总部！为什么这么久不联系我？

她吓了一跳。是的，她不合适回答丁香的疑问。而丁香非常好奇，一直在询问她，在总部从事的到底是哪一种工作。其实，她也说不清楚她从事的到底是一份怎样的工作。事实是，她说的每一句话都是真的，可是每一句话听起来都像是认认真真地应付。她告诉丁香，说她的顶头上司是商姬。商姬秘书，这个名字，在整个集团都如雷贯耳，是极有分量的角色。这一点，丁香当然知道，她亦早有耳闻。

那么，一叶，你原来是在跟商姬混啊。

她老老实实地说，呃，是啊。

丁香说，怪不得，你的起点高。

她回答道，也不能这么说。她告诉丁香，说她至今还为自己不知道到底应该做些什么工作而时常诚惶诚恐呢。她绞尽脑汁在想，到底应该为公司多做点什么事情才更安心。

商姬要她通过搜集、阅读等方式，全面了解公司的成长背景、过程和成就，要求她阅读更多有关沈世泽的资料。从这个角度看，她像是文职人员，也算不上多重要。所以，就谈不上起点高了。只是因为安排跟商姬在一起工作，让外人误以为她也属于高级职员。

不，她平时所做的工作，也就是一些日常琐事而已。她故意淡化自己的工作，好让丁香获得心理上的平衡。她对丁香说，这种无聊的活计，你这样的四川大学的高才生，肯定是看不上的。

丁香听到这种话，笑了，说，你太高看我了。

当然了，说到工作岗位，她自然是有岗位的。她的岗位，从某种意义上说，听起来不那么顺耳（不那么好听），她其实还有点自卑呢。你听过“私人行政助理”这样的职务吗？好在商姬曾经说过，听着像私人性质，其实纯属官方性质。

当然，她没好意思告诉丁香，她到底是谁的“私人行政助理”。

她摇头说，我倒是一直觉得自己没有底气。

丁香问，什么叫没有底气？

她说，我一直在问自己，我这到底在打一份什么工啊？

丁香笑了，说，这份工作多好啊，跟着老板走遍祖国大地，从城市到农村，吃香的喝辣的……多好的一份工作！我是太羡慕了。

听丁香这么说，她突然意识到，原来在丁香眼里，她的这份工作竟然变成了一份游山玩水的工作。

真是每个人都有自己出人意料的视角。她不得不服。

丁香的这些特殊想法，也让她警醒起来。她需要更加谨慎。真的，她意识到，自己不该跟丁香说太多。原因是显而易见的：她确实是在为公司高层服务。

正因如此，她应该更加注意，更加小心地保持与周围人群的交往。她要管好自己的嘴。一句话，要学会保密。虽然她也知道，目前的她，似乎没有什么秘密可守。

说到秘密，她突然就想到了一个问题。哦不！确实是一个秘密。那是一个重要的秘密。

由于事关沈世泽的隐私，她还真的需要保守秘密了。

这突如其来的重要责任意识，让她有点不知所措了。

丁香那张妩媚的脸出现一片疑惑。你怎么了？

她回过神来。没什么。

她还不太老练，不善于掩饰自己。

丁香说，你看你，分明是在敷衍我。

她有些惭愧，说，真的没有。刚才就是突然之间，头脑一片空白了。懂了吗？我年轻的时候，经常会这样。

丁香捂嘴笑道，你已经很年轻了，我的一叶小姐。

她感觉自己有点疲劳，有点困了，提议说，丁香姐，咱们回去吧？

丁香说，好。

她们起身准备走，丁香突然问，对了，一叶呀！你现在住在哪里？

老天！今天下午兜了大半天的圈子，现在竟又回到这个她避之唯恐不及的事情上了。为了躲避聊到她的新家，她才挖空心思选择了人才公园。丁香真是人才啊！莫非，询问她住在哪里，是丁香头脑里早已安装好的一个程序？

回避不了。她懊悔地想，现在只有负隅顽抗。

她不会供出蓝天星语。当然，她也不想再去编织一个新的谎言。所以，她只好继续敷衍地说，嗯，我刚才想告诉你什么来着？对了，我困了，咱们聊了这么久——一整个下午！你看你，你吃人参了吗？精神还这么好！太佩服你了，丁香姐……

丁香其实也是疲惫不堪的。当然，与之前风尘仆仆的出差相比，坐在海边，坐在这高档餐馆里享受丰盛的美食，状态好了太多。

她刚与丁香吃完甜品，是吃完甜品，才又闲下来的……哎呀！怎么能让丁香闲下来呢？她明白了问题所在。

在广东，吃完甜品，是告别的好时机。广东女生都是这么做的。所以，她必须赶紧与丁香分开。否则，还不知道会被丁香又问出什么狼狈的问题。

想到这里，她拎起背包，拉着丁香就往外走，嘴里嚷嚷说，哎呀，丁香姐！真是对不起……我忘啦！我们得快点，否则赶不上地铁的晚班车了。

丁香步伐踉跄，跟在后面，匆匆说，我回罗湖，好像确实有点远……

第十八章　迷情书童

周末。安静地待在这舒适宜人的世外桃源，她很惬意。这些天，她买了一些材料，开始布置房间。父亲的画，她偷着留了几幅没有装裱的原画带在身边。因为没有钱装裱，或者即使装裱好了，也不是很方便携带，所以她一直保留着原件。为了能够时时看到母亲，她特意去定制了一只玻璃画框，先将画铺压在画框里面，暂时能够上墙就行。

那是一幅女子冶游图。芦一叶幼时背诵古文甚多，其中有古词曰："白纻春衫杨柳鞭，碧蹄骄马杏花鞯，落英飞絮冶游天。"当年父亲在讲解这首古词的同时，临时想起一幅画来，特寻出此图指其说，一叶，这就是你妈妈。她去看时，那幅冶游图中赤裸女子婀娜多姿，翩翩欲飞。图中春光共花竞发，而图中女人独显妩媚。这幅图虽为裸体画，可是在胴体之外，美妙的神韵摄人心魄，别具神思。因为这个原因，它是一叶愿意拿出来展示的唯一真迹。

她躺在床上，便可瞥见那幅画在墙上。母亲的眼睛，神游物外，一副我欲乘风归去的神态。就是这种舍我而去的姿势与联想，让她常常陷入丧魂失魄的境地。

她来到这家公司就职，能够尽快上手，于方法论角度看，得益于她平时对父母艺术作品的收集，所谓熟能生巧。父亲乃一介狂客，生活散漫，往日里来去无踪。而她只有在收集到的那些绘画作品和照片中，才能寻觅到他们的踪影。所以，在替沈世泽收集文字材料和各种影像资料的过程中，她不用培训便能很快上手，并且无师自通地懂得如何寻找与编排资料，懂得如何分类与汇总所有的收藏。这些，都与她平时的自我训练分不开。

也正因此，她很快就能得到商姬的认可。是啊，商姬的认可很重要。由于商姬的认可，她的工作同时进入了一个相对自由的空间。她可以按照自己的思路，自由地支配时间，随心所欲地去寻找各种来源的资料。这样，她工作时间的安排和工作任务的调配，就有了很大的自主性。

当然，她也有她的困惑。很长时间以来，她一直都没有想清楚，为什么这家公司要设立一个专门的职位，来完成这工作？有时她会去想，像她这样的工作，到底是一种怎样类型的工作？很多次了，她欲深究而始终无法明白。

某日，她偶然想到，自己的这份工作，是不是很像古代的书童呢？古代的书童，又称作跟班、小厮，基本上与主人（书生）同性别。因为相同的性别，所以古时的小跟班或小厮还有一项贴身功能，就是服侍主人，譬如，替主人整理书籍、笔墨，陪读，照顾主人的生活起居，等等。而她完全不同的是，她是女生，并且她的年纪也不小了。鉴于男女授受不亲的原则，她也不可能去承担那些特殊的额外工作。当然，即使不考虑男女关系，她也不乐意去做那些贴身服务。她才不是那样的女人呢。这么一想，她就情不自禁地坏笑起来。哈哈，说到跟班、女跟班、女小厮……若有可能，她倒是很乐意干这种活计的呢。她曾经在网上读过，有些国家或地区，的确有人专门从事这项职业。她很乐意去做那些名门闺秀的贴身随从。若她们够有趣，那就更妙。可惜她不懂武术，亦不会骑马射击，否则的话，她还很愿意兼任她们的贴身保镖。哈哈，这么胡乱想下去，是不是过于梦幻了？完全的超现实主义。这不就是在率性去杜撰一部剧情极具穿越感的奇幻剧本吗？

可惜，她的领导是现代男人，且是一个年纪比她大不少的男人。如此说来，真是名不正言不顺啊。不过，早知道在现代社会里居然还有这样一门职业，她以前倒是应该专门去寻找一下这样的就业机会。

这么自我调侃了一番，芦一叶终于感觉自己有点名正言顺了。哈，原来，一直让她心理不适的原因在这里呢。没错！私人行政助理，这是多么堂而皇之的工作职位啊。现在，她终于找到了一个堂堂正正的理由，无需再困扰、怀疑自己了。由于这么一种独特的思维游戏，她竟然在不经意间就清除了堆积在自己心理上的一个重要障碍。现在，她对自己说，你其实可以定位自己是新式书童。新时代的新书童，哈哈，说真的，她倒是蛮喜欢“书童”这个古怪的称谓的。当然，这样的想法不能随便与别人说，否则必定会引起别人色情的猜测和非议。她不想让自己置身于无聊的风口浪尖。

现在，她似乎完全清楚了自己的身份与地位。这种自我证明，让她自己也觉得好笑。一个人，一旦想通了曾经困扰自己的问题，那么，就没有什么可以让自己有压力的了。她觉得身心俱佳，整个身子仿佛轻飘飘的，上升，飘荡……啊，没错！她有一种想要飞翔的感觉。

她猛地想起，陪丁香应试的情形。哈，隐身，飞翔……

一个人如果拥有梦想，其实是可以实现的。

对了，这里是30楼，是楼宇的第30层。若从这里飞翔出去，会变成什么呢？她含笑眺望着窗外。窗外远至无穷处，只有蓝色和白色了，那就是庄子所描绘的，天之苍苍，其正色邪？其远而无所至极邪……当然，还有被她戏谑地称为“风的形状”的流云。从那些云层或云彩的间隙中飘过去，穿越过去，会抵达什么地方？

假设途中不会坠落成为一颗雨滴、一粒种子……她能够飞过辽阔的太平洋吗？

这样的畅想，是不是相当任性啊？她惬意地想。

这个周一，上班的时候，她终于等到了老板回来。不用说，她指的是沈世泽回来了。他到底去了哪里呢？不知道。她对于他的行踪，一向是一无所知的。老板的隐私，是不适合去打听的。所以她什么话也没有多说。只是，这一次，沈世泽很奇怪，他面容疲惫，神色沉默，话语也不多。这一次，却是头一回要芦一叶去替他冲一杯热咖啡来。

本来，这样的工作，在公司里是有专人替他服务的。可是，他却心不在焉地点名要芦一叶去替他冲。当然，芦一叶也懂得应该怎么做。她很快便替他冲了一杯散发着浓郁香气的咖啡，应该是他所喜欢的咖啡味道。她知道的，他喝咖啡不喜欢放糖。

喝了几口热咖啡，他紧张的神态终于缓和下来了，重又恢复了谦谦君子的风范。他亲切地询问芦一叶最近如何，芦一叶告诉他，以她的眼光来看，公司里的一切好像都很正常呢。他一听这话就笑了起来，说，他问的不是公司的情况，公司的情况，该知道的他都已知道了；不想知道的，他也无须特意去了解。

她惊讶地说，这么说，你是想问我的情况吗？他笑了，说，你就没有什么想要告诉我的吗？她想了想，才说，好像真的没有哦，我不知道你想了解我什么。他随意地说，想了解一下，你这几天过得怎样啊？

她蓦地想起了在香樟村的经历。不，应该是在香樟镇晚宴时的经历。她又忐忑不安起来。难道现在能够不分青红皂白地就向他透露他一生中最重要的秘密吗？看他刚刚才从疲惫中恢复过来，他的脸色至今没有恢复正常的色泽，如果选择在这个时候告诉他，对他而言，岂不是最大的打击？她怎么忍心这样对待他呢？

在她的心里，很奇怪地划过一道情绪的波澜。她忽然觉得自己有些心疼他了。不，也许是怜悯？可是又那么温暖，她总想替他掩饰什么。在偶尔出现的某一个瞬间，她会告诫自己，不，不要告诉他事情的真相，不要说出来，就让他一个人活在真相之外吧。倘若他们（香樟村的那些人）——不，倘若他选择不再去香樟村，他就什么也不会知道。与香樟村隔绝开来，是他今后生活的最好选择。

可是，从她所知道的情形来看，他似乎选择了在香樟村建学校，幸亏乡村里学龄学生太少了，否则，他必定要回去看他所建的学校。她知道，学校最后可能建在香樟镇，最好是能够建在香樟县。越往高处走，知悉他秘密的人就越少。

还有一个麻烦是，不只是学校，他还要回去建养老院。这是那天商姬告诉她的。建养老院，风险就更大。因为有可能知道他秘密的人，年纪都大了，他们都开始老了。或许，将来全都挤在养老院呢。秘密在养老院狭小的地域流传，变成养老院的主流娱乐头条，那才是一件麻烦的事。那将是他一生中一颗最无聊又最为莫名其妙的定时炸弹。她不希望他被那颗人言可畏的世俗炸弹炸得粉身碎骨。

这么去想，好人是很可能没有好报的。她有点害怕了。

这时，沈世泽正微笑地看着她。他在期待她的回答。可是，这个时候，她能够回答什么呢？难道说，不，真的没有什么呀！每天都很无聊地活着呢。

这样的态度，还不够积极。倘若他听了，应该会很吃惊，会停止笑容，问她，怎么会无聊呢？有谁欺负你了吗？她应该有什么反应？她是不是应该吃惊他为何会这样问她？她说，当然没有啊，怎么可能会有人欺负我呢？他立即就笑了，露出白皙的牙齿，狡黠地说，哈，我知道了，是你自己不好好工作。她腼腆地一笑，说，怎么会？我每天都很努力在工作。他疲惫地说，这个我知道的，商姬也是这样告诉我的。

接下来，他应该告诉自己这几天……不，应该是这几周的行踪吧。

当她陷入孤独的幻想时，真切地听见了沈世泽的声音。啊！他真的在跟自己说着最近的行踪呢。她有些吃惊。她听见他说，他利用这大半个月的时间，与商姬，还有几位合作伙伴一起走访了好几个省份。譬如，他又去了江西省的南昌，当然也去了本省的广州市，以及粤西和粤北地区。还有毗邻的省份广西、湖南与更远的四川。还去了雨城雅安，那里是成都平原向青藏高原的过渡地带，因“西蜀天漏”而得名。当然，去的主要是农村地区。他走得有些急促、匆忙，所以一路上非常辛苦。她听了，大吃一惊，马上问他，你去那么远，还去了那么多的地方，干什么呢？他告诉她，他和几位合伙人正在策划一件重要的工作。不完全是刚开始的工作。其中有些项目，去西南诸省是早在几年前就已确定了的。现在应该算是继续推进。他们想在这些省份的部分农村地区，选择一些条件合适的城镇或乡村，协助当地政府建立一整套的养老机构。服务人民，造福乡村。

她听了，好奇地问道，这样的事，为什么不叫我一起去？我是你的小书童啊。他听了很意外，问，什么叫书童？她狡黠一笑，说，是我自己瞎想的。在古代，有钱的书生都有随身跟随的小厮，或者叫跟班，帮着打理杂活。因为他跟随的人，都是有文化的人，所以才叫“书童”。嘿嘿，连她自己，都不由得笑了。

她觉得自己真的变了。这么一个年轻的女孩子，居然变得大胆起来。她变成了一个想什么，就敢说什么的人了，哈，真够大大咧咧的。

沈世泽听了她的这些话，受到感染，好奇地问，竟然有这种职业吗？嘿，我从美国回来的时间也够长了，怎么没有听说过这种事？芦一叶听他又说起美国，就问他是不是美国人。他点头说是。她就说，这么说，原来你是外国人？我还以为，你只是在外国留学归来呢。他笑了起来，说你要这么认为也是可以的。她就有点警惕地看着他，说，我要跟外国人保持距离。他笑道，我们不是一直都在保持距离吗？她固执地说，不，我说的还不只是男女间的距离，我说的是中国人与外国人之间的距离。他这么一听，就严肃起来了，告诉她，他本来就是中国人，不过是很早就加入了美国国籍罢了。这些年来，他回国工作，看到祖国的巨大变化，看到祖国的巨大活力和希望。他有一个愿望，那也正是他母亲的愿望，就是一定要回归祖国。他母亲晚年固执地说，一个中国人绝不能放弃自己的祖国。而他，回来之后，也就不想走了。这是一种很奇妙的心路历程。

她迟疑地看着他，问，不想走？这是什么意思呢？

他告诉她，不想走就是想回来嘛。母亲在美国去世，这样，在美国他再也没有一个亲人了。在很长的一段时间里，他一直非常孤独和忧伤。后来，他经常想起母亲的遗愿，慢慢地就开始起心动念，产生了回国的念头。他问，怎么了，你不欢迎我回来吗？他开玩笑地说。

她说，这得看你自己啊。真想回来，也没有人能够拦得住你。不过，我很好奇，你为什么想回来呢？在中国，即使在目前，仍然还有很多人想去美国呢。如果去不了美国，甚至连加拿大、澳大利亚，或者欧洲的其他小国，也有很多人想去。对于有些人来说，离开中国就是最大的心愿。

她非常自然地这么说着，她也奇怪自己的想法和愿望，为什么会如此清晰、明确和坚定，而她说话的声音，又为什么会如此冷静。

他说，既然你认为有那么多人都想出国，那你想过出国吗？

她说，我当然没有想过。我不想出国。我的家在这里。我妈妈安葬在这个国家，我父亲也仍然在这个国家，虽然我还找不到他。但是，他总归在这个国家的某个省、某个城市或山区，总之他一定会在某个地方。我仍然相信他会回来找我的。所以，我要在这里等着他，陪他老去。

他听了她的这些话，沉默下来，眼睛像被雾气笼罩着。她看了，忽然有点后悔自己说得太多了。其实，她并不想煽动情绪，更没想过指责别人。她只是说自己所想到的那些事情而已。压抑自己的事，她已经做得够多了。她不愿意再沉重地活着，她想活得轻松些。

沈世泽低下头，好一会儿才抬起来。她发现，这时，他的眼睛又变得清澈和纯净起来。

现在，她听见了他的声音。她听见了他在说，小芦，你是个好人，是个好女孩。这些，现在我都知道了。下次我会带着你的，呵，小书童。

她有些不好意思了。她想找一个词来替自己圆场。她想找一个调皮又有趣的词。她突然想起了什么，说，当然啊，你必须带着我！你这么一个大领导……我就算不是书童，谁叫你让我做你的私人行政助理呢？

说完这番话，她瞥了他一眼。这时她留意到，他微微一愣，反倒是自己的脸颊红了，她有点尴尬。啊，是不是自己又说错了话？

沈世泽也乐了，说，有这样的事？那我是不是需要替你争取一个新的岗位？哈哈，我们公司历史上还从来没有这么一个新岗位呢，芦书童？他不禁笑了起来。

她忸怩地说，人家是开玩笑啦，沈董您别当真。

下午快下班时，她意外地接到了沈世泽的电话。沈世泽约她吃晚饭。他说他最近这些天，去了好几个省份，每天都是陪别人吃饭，或者别人陪他吃，他不要那种客客气气的正式吃饭了。他想要轻轻松松地吃一次。他问她能否陪他吃一次。

轻轻松松地吃一次？当然可以了。他想吃什么菜呢？以他上海人的出身，身上流着江浙人的血……所以，要是不选杭帮菜，那么，就应该选择上海菜了？

他轻轻一笑，说，置身于广东嘛，当然是首选粤菜了。不过，其他地方的菜系也是可以的。譬如淮扬菜、川菜、湘菜、东北菜……或者，其他省份的菜式，也都是可以的。要不，还是听你安排比较好？

嘻嘻，真的想听我的吗？

当然啊。

这个晚上，她抱着一种恶作剧的心态，带他去吃了一次路边摊，麻辣烫配冻啤酒。冻是广东人的说法，与其他省份的冰啤酒的冰字是一个意思，就是被冰镇过的啤酒。这是底层年轻人爱吃的东西。当然，所谓爱吃，只是因为钱包不够鼓。唯一可惜的是，深圳曾出产过一种甚为有名的金威啤酒，极受欢迎，现在却已绝迹。据说已成为深圳啤酒爱好者的痛点。她替他点了本地宝安产的青岛啤酒。品牌虽然与山东的青岛啤酒一样，商标也一样，但是品质大不一样。离开了青岛本地特殊水质的酿制，这种廉价的外省啤酒，任你怎么喝，也喝不出优质醇厚的味道。

这种长驱直入、痛快淋漓而又罔顾后果的惊险行为，由于沈世泽的好奇和大度，竟收到意想不到的效果。她遇到的恰好是像沈先生这样的男人：因为很少到这种场所“厮混”，反而处处觉得新鲜、有趣，甚至刺激。设想一下吧，倘若他天生就讨厌这种下里巴人的应酬，又该如何收场？街边一方小桌，两个陌生的男女，在一片热气腾腾的烟雾缭绕中推杯换盏。一签肉、一串菜，你递我送，别具滋味，喝得如此痛快，如此有意思。

沈世泽吃惯了西餐的嘴被麻辣烫惨无人道地蹂躏，应接不暇。有一首歌是这么唱的：阿根廷，别为我哭泣……他并没有为谁哭泣，却被辣得啧啧有声，涕泪横流……而她呢，一番别样的嬉闹，加上清新脱俗的娇嗔，主动承担了强力调味品的谄媚挑衅功能。美女佳肴，世俗烟火，集于一隅。有鉴于此，一种毕恭毕敬的上下级关系，被悄然僭越。

玩到午夜，两人尽兴而返。此时，她已晋级，晋升成为他的最新饭友，以及亲昵的女伴。

而她自己也很开心。只是略施小计，她便得逞了。这晚最大的收获就是，她终于不用再躲避他了。

现在，她可以在他跟前自由自在，轻松相处，这也是一种僭逆的相处。在过去，她的目光是仰视的，是谨慎的，有时甚至是畏缩的。而现在，她喜欢自己可以平视他，喜欢自己可以自在地感受他的温情，她还喜欢自己能够大胆地用含情脉脉的目光与笑容去感知他、亲近他、抚摸他，甚至调戏他……虽然，他对她而言仍是巨大的不可撼动的存在，她对他仍然不乏深挚的崇拜和敬佩，但是却也平添了最新颖的动人元素：爱慕与暧昧。

她是一个晚熟的女生。到今日为止，她从未跟男人正经谈过恋爱。所以，她的表现很迟钝、很听话、很守规矩。她经常有些手足无措，经常有些兴奋莽撞，经常有些懵懵懂懂……

而从今日起，所有的一切，都不足为凭了。

当然，此时的她还不太明白，亦不太懂得：在爱情中畏惧男人、躲避男人、拒绝男人固为大敌，而像烟花一样燃烧自己、绽放自己，也是女人走向幸福的最大冒险。

她就这样盲目而又热烈地坠落在自己无意设下的鲜花陷阱里。

第十九章　春色葱郁的季节

要不，怎么会有人说，爱情是一种艺术呢。所谓艺术，就是美好的事物，值得创造和欣赏。可是，她不清楚人的情爱升温如此迅猛。她不会想到，一顿普通平常却饶有深意的麻辣烫，会把另外一人像紧紧拥抱那样，揽入怀中。因为那顿麻辣烫，她不害怕他了，这是值得庆幸的事。可是，同是那顿麻辣烫，她义无反顾地爱上了他，这才是最让她忧心的。在无人之时，她能够感觉到自己的失控。唉，这样的经历，对情场老手来说，如履平地。而对她这样单纯的女生而言，却变成了一种唐突与冒进。

挣扎必然导致痛苦。而躲避呢？却被她嗤之以鼻。两者，她认为皆不可取。她不愿挣扎，亦不肯躲避。试想一下，若勇敢面对呢？又似乎失去了对手。至少，他没有正面出现回应她。所以，在她看来，他的倏然缺位，才让她难过。她的世界，是简单的色调，如果不是轰轰烈烈的红色，她便选择冷漠拒绝的黑色或白色。要不打道回府，要不勇往直前。纵然硝烟弥漫，她期待自己能够像战士那样现身于疆场。

而沈世泽，因为年纪，因为先天的成熟，把自己的情感收拾熨帖，从容，而且优雅。他像没事儿人似的，不会让自己出现在对决之场。他不会让自己陷于是非之地。所以，他的冷静与距离，都让她生气、彷徨。可是，却又无可奈何。人未至，情已炽。所有的投入与倾情，皆只为了一次璀璨的盛开。

这是一个单纯女生，最冒失又无奈的一次出场。

因为无法用言语表白，她只能让目光变得热辣，犹如眼睛里面有火。因为无法放肆，她只能让行为变得突兀，像是满含着不甘。他是有身份的男人，而她也是有教养的女生。左思右想，她才按捺住了自己活跃的骚动与渴望。作为著名画家和著名模特的女儿，她从来不缺乏追慕者的认同与追逐。良好的家教、丰富的学识，也让她总是一帆风顺。这样一个女孩儿，如果平地起风波，那一定是一场飓风带来的巨澜。

平时，她有意无意地压制着自己。是偶然的冲动，才让她看清了自己的心。那隐隐泛起的悸动，像冬眠的小蛇终于苏醒。她不可抑制地阔别沉睡，扭动身体要去寻找属于自己生命的世界。

幸亏后来，他终于对她展露了笑靥，释放了应有的善意。这才让她紧绷的心宽慰下来。他的温和与优雅是吸引她的源头，也是伤害她的利器。她感受着他的温良与好意，也在猜度他，是否也经历了诸多的不安与挣扎，才知趣地选择了妥协与接受？

不管怎样，在她看来，这都是一个委婉的标志。因为，他开始将他手头正在进行的，或许是他自己视为最重要的工作，真的交由她来做了。最近，他不是和合作伙伴去了五六个省份，才刚刚回到深圳嘛，而那些事情，便是他的当务之急，是正在进行的重要工作。事实上，其中几个省份的项目，他早在几年前就开始行动。专项基金、投资、管理，所有工作的重点，是协助当地政府创办农村学校和农村养老院，并且已取得非常好的成果。这次他想让几个省份的资助项目之间互相沟通、互通有无、互相学习和支持。这项宏大的事业，需要人们团结一致，共同完成。这一天，她被叫到了他的办公室。他对她说，你看看这些省份的项目和资料，好好了解和熟悉。他赋予她重任。他说，如果愿意，她可以参与进来。公司有一个专门的部门和一支专业的团队一直在从事这项事业。她听了非常惊讶，深受鼓舞。最令她开心的是，她又可以跟他一起并肩工作了，可以跟随他一起去做一些有价值的事、有意义的事。他说得对，这是中国人自古至今千百年来生生不息的伟大社会理想，是人类社会在自身建设、自我循环以及幸福追求方面所肩负的一项伟大使命。

那天，她走进了他的办公室。像上次一样，他不经意地又让她去替他冲了一杯热咖啡。他好像已忘了这事本该由公司给他专门配置的其他工作人员来做。他一再如此，是不是并不想让其他女生出现在他与她共处一室的空间里呢？她莫名其妙地胡思乱想着、快乐着，同时也有意或无意地哼起了小曲。她的哼曲，吸引了他的好奇与关注。他望着她，莞尔一笑。而她伸了伸舌头，笑着乖巧地坐下来。她很愿意听他讲在那几个省份发生的事情。那天，他非常兴奋，用了一种缓慢的语调来谈论他的宏图大志、宏大构想与抱负，还有他想要承担的社会责任。她当然听懂了，他想做一些事情，一些大事。一个人赚了钱，特别是赚了很多钱，从社会攫取了那么多的财富，更应该去回报整个社会。这似乎是他此时此刻的想法。总之，听着他的话，她有一种奇怪的感觉，那就是，无论谈什么话题、讨论什么设想，他都会提起母亲。而若有别人在场，他绝对不会这么说。在她看来，这个男人一定受到了他母亲很深的影响。

她很好奇，就问他，你母亲，到底是一个怎样的人呢？

他听了这话，就笑了起来。怎么说呢？一个人，最难表述的，就是他的母亲到底是一个怎样的人。对于他来说，母亲为了他受了很多苦。当然，母亲年轻时代作为知识青年下放农村，她吃了很多苦，受了很多罪。后来，她终于回到了上海，先是在街道办的小工厂谋生，就是糊纸盒那种非常落后与简陋的手工活。可想而知，那赚不了什么钱。后来，她执意要出国。开始于二十世纪七十年代末期的改革开放，给中国人出国留学和探亲，带来了很多新的机会。他的母亲也通过家族的关系，找到一个出国的机会。那时候真是辛苦。在美国，他的母亲一边在语言学校学习，一边在中国人开的餐馆打工谋生。后来，靠嫁给一名匈牙利裔的美国老男人，才获得了美国国籍。当然，那位匈牙利老男人是个好人，非常善待他的母亲，对少时的他也视如己出。可惜，没过多少年，一场车祸就夺走了他的生命。后来，他的母亲才勉强在美国站稳了脚跟。

至于他自己，他从小就非常听母亲的话，用心学习，功课都非常好。他在美国读小学后半段、中学，后来又上了美国的大学，他毕业于著名的斯坦福大学商学院。这个消息，让她不胜惊讶，原来他这么厉害啊。她老老实实地听他叙述。后来，大学毕业后，他去了一家美国的大基金公司，从事资本市场方面的工作。再后来呢？再后来，当然是事业成功，他准备携母亲回国。可是，在准备回国前，母亲一病不起，最终饮恨葬于纽约。他后来只身回国，创办了现在这家公司，越做越大。他笑着对她说，后来，就遇见了你。

自那以后，她很乐意上班。她常常是公司里最早上班的人之一。她很早就做好准备，等他来就替他泡一杯香喷喷的热咖啡。这慢慢地成了她的标配工作。而她自己，也变得更加好学、更加勤奋，她找来那几个省份的相关资料，上网搜集最新政策，用心研究，提出不同的意见供他参考。

至此，她才真正成了他的私人行政助理。

大约过了好些天，下午时分，沈世泽走到她的办公室来看她。他与她就工作上的事情，做了一些简单沟通。然后，笑着对她说，我们是不是已经有很长时间没有去吃麻辣烫了？她诧异地看着他，乐不可支，说，你还想吃那种东西吗？上次辣得你说不出话来，涕泪横流，硬是被迫闭嘴沉默了很多天呢。他呵呵笑着，说，有些事情，痛过了才知道伤害之深呢。而伤害之深以后，才知道那是最好的吸引。

他说自那以后，他才开始不惧怕吃辣椒和花椒，到了现在，有时候连大蒜也敢生吃了。

她听了，哈哈大笑起来。他也在笑。这个时候，她就在想，是啊，有时候，有些事就是这样的，你不经历，就不会有新的发现。而没有发现的人生，是无聊的人生。

她内心有一种冲动，想对他说，是我让你发现了自己。当然，理智让她用笑容掩饰了自己。

沈世泽像是一时兴起，关心起她的日常起居来了。他很有兴致地问，你搬家之后，还没去看过你住的地方呢。那地方怎么样？住得习惯吗？她告诉他，住得习惯啊，她现在可喜欢她住的那个地方呢。现在，于她而言，每天有两个地方，都是坐下来后，腿就不舍得挪动的地方：一个是在公司的办公室，另一个就是家里。

真的吗？面对她这样别出心裁的表达，沈世泽被吸引了。他好奇地问道，噢，真的是这样吗？你是什么星座的？她很惊奇他对这些东西感兴趣，说，我是什么星座的？你也相信这些东西吗？沈世泽笑着告诉她，公司里那些年轻女孩子，不是每天都在讨论各种星座、时辰、运气吗？她们既然那么兴致勃勃，你也与她们一样是同龄人，难道不也喜欢讨论那些神秘的东西吗？她听了就笑着说，哎呀！你的意思，不就是说，我喜欢八卦呗？他笑眯眯地说，从来没有听过你八卦呀！她说，什么呀？你连那些女孩子的话，也去偷听吗？他连忙替自己喊冤，堂堂一个男人，他怎么会去偷听女孩聊天儿呢？是那些女孩子在讨论那些话题的时候，完全没有顾忌，肆意而为，想说什么便说什么。这样，有些说法就自然而然地随风飘到了他的耳朵里了。她笑他，飘过来？哈，你是顺风耳吗？他故意问，什么是顺风耳？她故作鄙夷地对他说，顺风耳都不知道？你看过中国古典小说《西游记》吗？那里面，就既有千里眼，也有顺风耳啊，意思就是，眼睛和耳朵都特别好使的人！你若是顺风耳，那就不能算你在偷听了。那是人家的声音，硬要跑进你的耳朵里。我不怪你。

他听罢，哈哈大笑起来，告诉她，他喜欢她的说法，是别人的声音硬要跑过来的。他才是那个委屈的无辜者，是那个无辜的受益者。

他们在蓝天星语大楼跟前停下来。沈世泽抬头看大厦的高度，然后说，这大厦的名字，听着很美。她挑逗他说，事实上，上去更美。他再次朝上看了看，摇头说，不了，这次就不上去了，他知道她住在这样的地方就好了。这个地方，看上去不会差，他就放心了。他对她说，你还是带我去吃点你们女孩子喜欢吃的东西吧。我的生活里，缺少这些新鲜和花样。她故意逗弄他说，我们女生，为了身材，一般都吃得很少哦。我担心你吃不饱。他一听愣住了，摇头说，不对，上次的麻辣烫，你吃得还少吗？她说，麻辣烫又不一样了。你知道什么叫麻辣烫吗？又麻又辣，还烫！怎么劲爆怎么爽！怎能不胃口大开啊？当然要吃得多了。可是，若是吃西餐，我们女生喜欢摆谱，每种只吃一点点，连甜品都吃得小心翼翼的。他好奇地问，为什么？她忍住笑说，当然是因为没钱。他也笑了，说，真喜欢吃那些东西？那今天放开肚子吃，看能吃得了多少？

结果，沈世泽并没有如愿。她带他去吃的东西，当然不会是昂贵的西餐。跟他在一起，她只想打破他一贯的冷静与矜持，她想要他脱下那一层优雅与平和的面纱来。一句话，她想要他也嗨起来。所以，她带他去吃火锅，而且是四川火锅。当然，深圳没有衢州菜，否则她首选的应该是衢州菜。至于火锅，尤其是四川火锅早已火遍全国。过去丁香经常邀请她一起去吃。因此，这次她选了一家成都火锅店。

他驻足在火锅店门口，看着她说，你确定去这里？

她说，好不好？

他看了看店面，点了点头。

她介绍说，这家火锅店很有名气。你放心吧，他们家精选的食材材质优良。我们以前，每次进来都有点忐忑，现在不怕了。

他问，为什么？

她笑着说，因为没钱啊，他们家贵得要死。

他笑着想去找菜谱，却发现没有菜谱。她说，在这里呢。她指着桌子一角，那上面贴着一方黑色的二维码。你用手机扫一扫，就能够查到你想要的一切菜品了。

这些事情，对于他来说，是不需要自己动手的。现在听了她的话，他很乐意按照她的话去做。

这时走来一位年轻的姑娘，是服务员，对他说，先生，如果加关注，还可以免掉 68 元的锅底费。

这么优惠？他的脸上露出不相信的样子，又看了她一眼。她不是埋怨这里很昂贵吗？

这个晚上，她一直在笑。

准备开吃的时候，她走过来站在他的身后，温柔而细心地替他系上店里自备的红黑相间的围裙。这是店家的贴心服务措施之一，为了避免客人被油渍溅到。然后，替他涮羊肉、涮毛肚、涮鸭肠……鸭血不好夹起来，她便替他盛在小碗里。当然，最重要的是她也陪他喝酒。

这个晚上，她特别放松。与吃路边摊相比，那次路边摊虽然令人印象深刻，但是却不如这次温馨、自在而又让人迷恋。她发现，这才是四川人的过人之处。试着想一想，围着吃一锅热气腾腾的火锅，周围各种新鲜美食云集，还提供细致周到的服务，是不是比吃什么都让人熨帖、温暖而又安心呢？

还有，火锅“自己动手，丰衣足食”的自助概念，在整个吃喝过程中，能得到特别充分的体现。换言之，吃火锅不仅能将自己的食欲勾出来，还能将自己身体的各部分，譬如，自己的肢体和各种器官的功能都充分调动起来。用一句时髦的话来说就是真正的全情投入了。

在这样的时刻，她想起了丁香。是丁香热情推荐火锅，她才对火锅有了这样的认识。沈世泽也吃得很开心。在她看来，沈世泽吃火锅，高兴归高兴，动作却过于“温柔”，像女孩子们吃西餐。也许是因为有热汤，他缩手缩脚。有时青笋或豆腐掉进锅里，火锅的汤差一点溅到脸上来。他也不恼怒，只是嘿嘿地笑，擦一擦，重新来。他的一切举止，都让人心生怜爱。

有时，她会将一叠纸巾递给他。他接过纸巾，诧异地看着她。她笑着做了一个示意的动作。他便从中抽了一张，随便擦了擦脸。她笑着说，不是脸，是额头。

他又擦了擦额头。

这顿饭，他吃得紧张，局促，顾此失彼，节奏全乱。不是不会吃火锅，而是因为与一个年轻美貌的女生在一起吃火锅。哈哈，是与一位心怀叵测、存心捣乱的女生一起吃火锅呀……因为这些，他变得黔驴技穷，捉襟见肘，穷于应付……

饭后，他终于可以好好说话了。他告诉她，你知道吗？商姬病了，最近正在治疗和休息。她听了，有点吃惊地说，怪不得！好几天都没有见到商姬大姐了，还以为商大姐又带着什么任务出差去了。

他说，幸好，商姬的病情还算好，不是特别糟糕。这两天，一叶，你去看看她。她答应了。

最近有一个安排，他准备近期出国一趟，去处理一些私人事务。他说由于商姬正在患病不能出行，所以各项出行的准备事务，诸如订机票、酒店和其他的工作，都要由她单独来办理。她要早做准备。最后他告诉她，你也一起去。

她有些诧异。我也去？

他淡淡地说，你没有去过美国吧？这次，主要是去处理在美国的一些扫尾事务。你陪我过去吧。

对了。她想起来了，他在美国还有一个家。

这次火锅饭局后，她发现，沈世泽经常会来与她相会。他会开车来她住的地方蓝天星语接她，或者步行过来与她见面。通常，都是要她陪同他一起去吃饭。他是一个奇怪的人，如果让他自己单独吃饭，那么，他甚至可以去简单吃上一顿麦当劳或肯德基。有时候，公司里的人会看见他独自坐在陕西人开的面馆里吃饺子、烙饼或炸酱面。他是一个喜欢独处的男人，遇上她以后，他才多了一个吃饭的伙伴或饭友。当然，即使到了蓝天星语下面，他也有一个怪癖，就是决不会上楼来找她，更不会擅自进入她的住处。他真是一个有教养的绅士。每次过来，他都在楼下的停车场等她，步行的时候，他会边打电话边约她下楼来。他似乎一定要与这座美丽神秘的大厦保持安全的距离。他来约她吃饭，一般以晚餐为主。当然，后来她也没有再去搞恶作剧了。她的内心渐渐平静下来，再没有怀着对有钱人的恶意或者调侃之意。她贴心地按自己的判断，尽心尽力去寻找他可能喜欢的西餐厅或粤菜馆，她知道他喜欢粤菜。当然，她也特别用心去寻找上海菜馆或江浙菜系，陪他一起去吃。这样的日子过了快两个月，确定的美国之行，差不多也诸事俱备，就要启程了。

因为沈世泽的突然出现，她的生活确实发生了变化。这种变化，导致她后来有意减少了与丁香的联系，遇事只用电话联系。她们曾经是好友，甚至有一段时间是密友，过去常有约会。但现在情况不同了，事情正在发生变化。与丁香的见面必须减少。她没有那么多的闲暇时光了。最近她常提醒自己，要尽量不主动与丁香联系。如此一来，与丁香的电话就更少了。后来，丁香不知何故居然莫名其妙地生气了，不知好歹地怼她。她也曾好意哄过丁香。丁香诘问她，说，你咋不问问自己是什么原因？她也没法解释。这样，两人的友谊像阴跌的股票，每况愈下。后来，她隐隐感觉不妥，不管怎样，丁香也不是坏人呀，她想找机会弥补这个缺憾。

其实，原本就是什么也没有发生啊。不就是暂时还没有时间与丁香见面吗？

在深圳，大家都忙。几次三番之后，她也想问自己，丁香有必要生气吗？在深圳，大家若有闲就见个面，若没空就少点联系，这是再正常不过的。所以，丁香生哪门子的气呢？活了一把年纪，连这点道理都不懂了吗？

她只是减少了与丁香的联系，丁香就来兴师问罪。她做了初一，丁香马上就做十五。唉，这样做，是不是太过分了？唉，管她呢，那以后，她也懒得给丁香打电话了，甚至懒得接丁香的电话。她是不是也在有意无意地想要回避丁香呢？这个暂且不论，可是她感到孤单、感到寂寞却是真切的。在深圳，她的朋友本来就少。这时她想起了刘莉。分别后，刘莉曾来过电话，邀请她参加婚礼。那会儿，她正好在上海，赶不回深圳。据说刘莉后来嫁了一个本地青年，深圳龙华的一户本地人家。刘莉现在嫁的男人，家在龙华靠近深圳北站的一个村子，忘了问叫什么名称。深圳撤除二线关后，作为深圳新交通枢纽中心的深圳北站，正好地处他们家附近。据说到深圳北站的直线距离不到两公里。那男人家里有三栋八层高的小产权房，每年出租收益丰厚，算得上是家财万贯的新土豪。这么看，刘莉算是嫁对人啰。上个月，她想找刘莉聚聚，结果刘莉已躺在医院生孩子了，电话是她的老公接的。所以说，年轻女人在深圳的命运和变化总是出人意料。

而对于她来说，深圳虽然是年轻的城市，但也是寂寞的城市。

遇到沈世泽这么个古怪的男人，是她这辈子从未遭遇、从未想到过的事。未来向何处去？她不知道。可是，与他相交往的这种经历，若以后讲给别人听，怕也不会有人相信。你看，她莫名其妙地被他的公司招进来。他又对她那么好。她有点担心，却又不知道应该担心什么。她有点害怕，却又不知道应该害怕什么。现在，她跟随他上班，陪他吃饭，陪他四处旅行（这是丁香说的），而她并不需要在他的公司里做太多的工作，更不必像丁香那样，肩负数不清的业务重担，甚至需要跨城跨省跨地区去拓展……唉！世上怎么会有这种好事存在呢？

得知要去美国的消息后，她第一个想告诉的人，就是丁香。在这个城市，她没有什么合适的人可以分享，而丁香才是她愈相处愈惬意的新朋友。这是她偶尔意识到的。

在这个过程中，她还意外地发现自己正在过着一种像是变形了的生活。怎么说呢？她觉得，这种生活，因为拥有与别人拉开距离的生活品质，是不是就必须有意识地去主动限制乃至屏蔽他人的擅自闯入与好奇探知？她是否必须主动与他人建立起某种人际关系的防火墙？

这么想着，她头皮发麻，不觉有些害怕。当然，她也不清楚具体的界线在哪里。她害怕别人质疑的眼神。

倘若有人质疑的话，她会不会越辩解越无奈？或者说，会越描越黑？

真的，她一直无法正确评估自己现在的生活状况。有时她会担心，她现有的生活，会不会因为某种意外而改变呢？而她，还不想失去现在这种生活。

因为，她好不容易才让自己的生活趋于稳定。

这难道就是为什么对待丁香总是左右为难的缘故吗？事实上，她的心里是很郁闷的。她担心丁香会成为一个搅局者吗？当然，若以丁香泼辣、大胆，又喜欢捣乱的个性而论，她的确应该抱有这样的疑虑。而且很多时候，她会产生这样的疑问，她怀疑自己的生活，会不会因为与众不同而不够正常与真实？这么一想，她就胆怯了。

当然，强迫自己思考生活，审视现实，她才发觉她的生活和现实也没什么了不起的。跟大多数的姑娘相比，毫无二致。说起来，无非是陪老板多吃了几次饭而已。况且，这个老板令人惊叹，他从无非分之心，且总是严于律己。如果把他这么一个老板（男人），与“见不得人的勾当”这样的词语联系在一起，是对人家的侮辱。

所以，现在情况正好反过来了，像她，居然能够保有对他的怜悯与同情。某种时候，她发觉自己竟然莫名其妙地站在某种道德的制高点上俯瞰他。这太过分了。每逢这个时候，她就陷入了深深的困惑和难堪之中。她变成了一个无法甄别事实的人，变成了一个无法确认真相的人，同时，也变成了一个无法面对自己的人。她找不到自己的位置。她感叹自己，到底是因为年纪太小，经历和阅历都太少呢，还是因为自己不够聪明，智力不够，才导致她如此缺乏自信，缺乏思考力，缺乏洞察力，让她无法看清楚生活背后的真实面貌，让她无法看清人生经历给她所带来的种种混乱与迷惘？

在去美国之前，她抓紧时间，在每天上班下班的同时偷偷学习英语，不过进展不大。她蜷卧在家，百无聊赖。最近有些莫名其妙，她居然不那么热衷于吃西点了，她开始怀念起家乡的美食。衢州烤饼香而不腻、外酥里嫩。纸皮馄饨皮薄如纸，只需在沸水中过十秒钟就得捞上来。还有用香料和中药配制的“三头一掌”，经典的吃法是，“兔头吃脑，鸭头吮骨，鸭掌吃皮”，当然，还有一头便是鱼头。唉，这些家乡的美食在深圳通通吃不到。后来，她喜欢上了浙派的绿茶和点心。优雅是一种生活方式。虽然闷闷不乐，她却愿意一直以此来要求自己、强迫自己。她要提升自己。后来在与沈世泽工作的过程中，她看见沈世泽更喜欢说笑了。这也是他的变化之一，是他性情放松的反映。沈世泽说，看你每天学英语，若把你扔在纽约的大街上，你能够凭借自己的英语水平而不迷路吗？哈，他倒是有趣啊，可这是什么意思啊？她记得当时她的回答是，怕什么呀，在纽约迷路了，她就一直朝东走下去，总有一天会走到中国的。他听了睁大眼睛，露出迷茫与不解的神情。一直走？他问她。嗯。她回答说，没错，一直走。不是说中国在东方吗？一直朝东走，最后总能到达中国的呀。最多绕地球一圈，也就回来了。她这种别出心裁的思维和回答的方式，居然把沈世泽逗得哈哈大笑。

后来，她也经常利用工作之便与商姬聊天儿，终于明白了沈世泽为何如此有钱。风起于青蘋之末。她得知，这个男人早年发迹于其从事的证券投资事业。他是投资领域的天才。怎么说呢？似乎有一种说法，提到他在美国学习证券、投资，成了像巴菲特那样天赋异禀的杰出人物。总之，他的证券投资做得相当好。有一次，她直率地问他，您到底从事什么工作？他就问她，你知道桥水基金吗？知道投资大鳄索罗斯吗？她摇摇头说不知道。他又问她，你知道吉姆·罗杰斯吗？她依然摇头。后来，她去查阅了这些人的资料，才发现这些人都是证券投资领域的顶级大师，系中国人所谓的人中龙凤。怪不得她经常看到，他总是长时间独自待在自己的办公室里。后来她知道了，他的办公室后面连着一个更大的工作室，里面电脑密布。他经常工作到深夜。她一直怀疑，这个男人是一个丧心病狂的工作狂。后来才搞清楚了，原来那间大工作室，汇聚了这个世界所有的证券消息：美国股市、欧洲股市、日本股市、南美股市……每天开盘交易，涨了跌了，此起彼伏……这个地球的时差，令他的工作跨越了昼夜的交替……

为了应付世界资本市场那些看不见的手，他需要全情投入，需要深入观察、思考和研究。他需要掌握的东西太多，需要面对的东西太多，需要判断的东西太多。怪不得他的脸色苍白、疲惫，仿佛永远在思索。过去她纳闷儿，不知为何他总是如此辛苦和劳累。有段时间，她以女性的敏感和温存，关注他的工作和健康状况。然而直到现在，她才明白这个世界原来是这样的：有的人整天游手好闲，有的人却永远分身乏术。

第二十章　赴　美

启程去美国是在十一月。

她跟着沈世泽，经深圳湾口岸出境。他们要从那里直抵香港国际机场。两个半小时后，飞机起飞横穿太平洋。在机舱里，她靠着小窗口，像只懒猫般出神地观看着下面浩瀚的太平洋。飞机是宽大的，仿佛一动不动。大朵大朵形状各异的云彩，偶尔出现在机舱下面。

到达纽约是第二天下午了。这一路，或许是由于路途遥远，芦一叶产生了强烈的晕机反应。后来，沈世泽给了她两粒安定片，吃了以后，她又昏睡了一路。临下飞机，她仍是恍恍惚惚的，走路东倒西歪，几乎站不稳。她用力拍打着自己的脸，好让自己能够尽快清醒过来，她要找到站在美国土地上的感觉。

当然，这是异国的机场，她感到一种陌生感袭来，空气有些寒冷。朝远处望去，到处干净、空旷、通透。

在肯尼迪国际机场，她的电话刚打开就突然响了起来，这是踏上美国土地后接到的第一通电话。她看了看，是丁香打来的。她犹豫了一下，要不要接？离开深圳时，她一直未与丁香联系。她要出国的事，丁香当然也不知道。不，她原本是想告诉她的。由于丁香的倔强，她未能如愿。如今她已经置身国外，该怎么跟丁香说呢？她没有想好怎么跟丁香说，所以一直犹豫着。

沈世泽微笑着，问，怎么不接电话？

她听见他的声音，就挂掉了电话。

她说，不想接。

刚才她是犹豫的。因为有人问了，她才能在最后的那个时刻下定决心。当然，她发现沈先生有点疑惑地看着自己。她担心他怀疑自己有什么秘密，就补充说，是我过去的室友丁香，她从深圳打来的电话。

她没有料到，在纽约也会有人接机。

肯尼迪机场的出口处，接机的人是个健硕的男性黑人，年约四十多岁，短发鬈曲，厚嘴唇。这人天性活泼，身姿矫健，几个箭步，就来到他们身边，接过他们手中的行李。

沈世泽在旅行途中喜欢戴墨镜。这会儿，沈世泽与这个黑人站在一起，一个是墨镜，一个是满口的白牙，形成鲜明的对比。

沈世泽回头对她说，他是奥拉朱旺。这位是芦一叶小姐。

黑人大声说，你好！芦一叶小姐。

她打量着这位奥拉朱旺。奥拉朱旺？这不是美国的一位篮球明星的名字吗？在来美国前，芦一叶做过一些功课。她了解到沈世泽少年时喜欢篮球运动，所以，还特意去找了美国职业篮球联赛的视频来看，因此熟悉了不少超级明星。

黑人一顿，龇牙笑道，我不是篮球明星。

她挝耳揉腮，用简单的英语问道，你、你是尼日利亚人吗？

如果他是尼日利亚人，那么，他自然就知道奥拉朱旺是谁了。这是她的推理和逻辑。可是，那位冒名的奥拉朱旺（哈，当然不是，人家也可以叫奥拉朱旺），像是有点听懂了她的意思。他重复了一句，尼日利亚？不，不是的。我是牙买加人。那位奥拉朱旺说。这让她有些惋惜，然后，她笑着对沈世泽说，你不觉得他就是那位伟大的篮球明星“奥拉朱旺”吗？

沈世泽也笑了，问道，没听说奥拉朱旺打过篮球啊。

她对沈世泽说，我说的那个奥拉朱旺，是另一个奥拉朱旺——他是美国职业篮球联赛运动员呀。你不是喜欢篮球吗？你应该知道的呀，那位奥拉朱旺是 NBA 最伟大的中锋之一呀！

沈世泽笑着说，他有一个绰号，叫“大梦”。

这下，轮到她吃惊了，说，你看！你都知道，就是想逗我玩。

沈世泽问，那么，你又是怎么知道那位篮球明星的？你让我感到吃惊。

她诡异一笑，然后告诉了他，自己刚来深圳时最初的经历。那一年，她从老家来到深圳，起初在宝安一家公司做文员。那会儿，公司有一支青工篮球队，她曾经认识其中的一位队员（她不好意思说那位高大的篮球队员曾暗恋过她）。那时每逢赛毕，那些篮球队员就要聚餐吃宵夜。有一次，他们来邀她去吃宵夜，她不肯单独去，他们就又邀了公司里的其他女同事。那些天，她经常听到他们谈论各种篮球赛。她就是那时才听到 NBA 这个名称的。不过没过多久，她就来罗湖这边工作了。

而事实上，她隐瞒了一些事实。主要是，那些公司里的篮球队员并没有谈论什么 NBA 球队。关于 NBA 的极其有限的知识，是她自己搜集来的。她当然不会告诉沈先生，她是为了他才去搜集那些资料的。

现在，她怀着轻松的心情，随着汽车的飞速前进，来到了纽约市区。她侧脸贴着车窗，看着窗外飞逝的街景，感觉自己像是走进了好莱坞的电影。是啊！以前，她只在电影里看过北美的这个大都市纽约。可是此刻，纽约却像扑进了她的怀抱。高大的楼宇，红绿灯，潮水般的人群，街道两旁的各种商店、超市和咖啡馆，还有耸立的广告牌……或许是因为下过雨，纽约街道的路面是湿漉漉的，而空中到处弥漫着潮湿的味道。

她欢欣地说，啊，这就是美国吗？

奥拉朱旺说，这里是纽约。

她笑了，说，我知道是纽约。

他笑了，问，你知道纽约吗？你知道美国？

她想了想，说，我知道得不够多。只看过“五月花号”的故事。

当年，英国的一艘木帆船，载着 102 个英国人，漂洋过海，来到了美国。这算是美国的前身吗？

奥拉朱旺说，不是印第安人才是美国的原住民吗？

她有点尴尬地说，是的，印第安人才应该是美国的主人。那些英国人，为了躲避英国的宗教歧视和迫害，跑到美国来了。可是一上岸，他们就残杀了很多当地的印第安人。

奥拉朱旺说，你说得对。

她停了一会儿，然后又说，我读过一首诗，是这样写的：

他从天空抓到雷电，从专制统治者手中夺回权力。

她问奥拉朱旺，你知道是谁写的吗？奥拉朱旺有点好奇，摇摇头说，不，我不知道。那么，这是谁写的诗呢？

连沈先生也睁开了闭目养神的眼睛，好奇地听着他们的对话。

事实上，她最近看了一些关于美国的书籍。有一天，刚好就读到了它。她看了才知道，原来这首诗是大名鼎鼎的本杰明·富兰克林写的。

过去，她只知道富兰克林是发明家，不知道他还会写诗。她更不知道，他还是美国的开国元勋。

她问，为什么百多年来，全世界各地的人都想到美国来呢？

奥拉朱旺说，你说呢？

她说，美国好呗。人们都想去好地方。

那黑人没有说话。过了一会儿，才说，你知道美国梦吗？有人来，是因为这个国家曾经有一个梦，是所有的人都想要的梦。它的名字叫作美国梦。

她问，那么，你也是因为这个原因来到美国的吗？

奥拉朱旺摇摇头说，我没有那么好的运气。他说，他的祖先早在一百五十多年前就被欧洲的白人贩卖到美国来了，是来自非洲大陆的黑人奴隶。不过，他本人是在美国出生的，也是在美国长大的。

他们下榻的酒店，据说就在纽约中央公园附近。她只知道，那是一幢高级公寓。她抵达纽约的时间，还相当短，还不能分辨具体的位置，也不清楚这幢建筑物周边的环境。

次日上午，她跟随沈世泽出门。早上的纽约，晨风清凉。沈世泽说要去华尔街办事。那儿是他告别学子生涯，初次踏入美国金融界的地方。

沈先生穿了件墨绿色的绸缎薄棉袄，配黑裤。这身打扮，有别于他平时的打扮。过去那些年，他在美国的生活和工作是怎样的？她有些好奇。

今天，她穿了件绛紫色上衣，优雅、沉静，是典型的江南风格。两人这次来纽约，不约而同选了中国传统风格的服装。她看着沈世泽，感觉自己与他，好像正在形成某种默契。

地铁出口的附近，有一个亚裔的中年男人在那里拉小提琴。那人蓄了黑胡子。她不知道，那人到底是哪国人。小提琴在他灵巧的手指下面，颤抖着流淌出一支忧郁深情的曲子。路边的行人匆匆而过，无人停下。偶尔，才有人转过头去瞄一眼。

大约相隔二十米远，树下的一条长椅上，有一个乞丐正躺在那里睡觉。那是个黑人，皮肉松弛，浑身有点脏。

附近的路边，有间报刊亭。沈先生停了下来。她看见他顺手买了一份《纽约时报》，然后翻开来看。

美国俄亥俄州又发生了一起校园枪击事件。据说，凶手是一个白人青年，报纸写道，他是“一个非常孤僻、非常冷漠的人”。

在国内的时候，她就经常看到各种关于美国街头或校园的枪击事件。如果在平时，这些消息，见惯不惊，几乎被视为老生常谈。可是今天，走在纽约的街头，再次听到此类消息的时候，她有一种身临其境的恐怖感觉，仿佛危险像一头咆哮的猛兽，正潜伏在不远处环伺着猎物，令人头皮发麻，感到危机四伏。

他们来到一条毫不起眼的小街。四周高楼林立。沈先生说，那里，就是华尔街。他告诉她，过去许多年，他一直在华尔街工作，那里有全球最大的金融市场。然后，他又若有所思地告诉她许多交易内幕。在那里，美元瞬间变成欧元、日元、人民币，或者别的什么币种。在相当短的时间内，那些货币，通过电脑的高速撮合，会以难以置信的方式和速度，瞬息万变。交易的结果，正如我们所见，形成了财富高速运转的流动方式。这一套玩法，看起来像游戏吧？对的，这就是我们世界里最重要的游戏：金融游戏。你相信吗？

如此斑斓的盛况和图景，她在电视上看到过。当然，她只是一个门外汉，她完全不明白它们背后的运作机制。

沈先生告诉她，这个世界上有很多的人就靠这样的变化（交易）赚钱。当然，也有人亏钱。赚与亏，全在顷刻之间。有人因此灰飞烟灭，有人因此一夜暴富。

关于华尔街，她所知甚少，只看过一点专业书籍的介绍。不过，她至今仍然记得，有人这样写道，这条天下闻名的华尔街，在美国的名声曾经很不好，它甚至是美国人诅咒的对象。美国建国到现在，发展已有两百多年的历史了，曾几何时，华尔街的巨头取代了洛克菲勒和福特，金融美国也取代了农业美国与工业美国。

她记得有一种说法，更为触目惊心。那就是，有人认为华尔街其实是美国的金融家们设计出来的用来掠夺广大民众财富的游戏场。那些人发明了这种游戏，名字好听又时髦，还美其名曰：金融创新。没错！他们以创新的名义，想用合法的方式从民众的口袋里掏钱。不，更准确的说法是抢钱。这种卑鄙的做法，直到今天，仍然让那些相信只要努力就能成功的美国人深感愤怒和绝望。

甚至还有人指出，这正是美国社会最神奇和最荒唐的地方。

沈先生说，对啊，核心就是交易。交易带来变化。在金融市场，只要有变化就可能赚钱或赔钱。这是资本主义世界最重要的法则之一。因为世界存在这样的机制，所以，才有人会铤而走险。因为存在这样的机制，才有更多的人奢望通过这样的方式实现自己的梦想，从而改变自己的命运。

这是充满机遇的世界，也是充满荒谬感的世界。这是疯狂的世界，也是前赴后继奔赴疯狂的世界。现在，她开始有那么一点点明白了。现在，她学到一个令人惊恐又渴望的词：变化。变化就是财富，变化就是人生。

看着安静地行走在她身旁的沈先生，她恍然大悟。老天，这就是他从事的工作吗？他说他的工作面对的是瞬息万变的世界。哦，变化……她突然意识到，虽然这个世界一直在变化，可是有一种东西是永远不会变的，那就是我们的出身、我们的种族，还有我们的血脉。她依稀看到，他好像正在变与不变的深渊之间徘徊。

不，也许他已经超越了这条深渊？也许他已经弥合或者摆脱了那条鸿沟带来的威胁和危险？

她看到了他的脸。

现在，他的脸仍然清晰，眼神仍然坚毅，只是仿佛又增添了些忧伤。

第二十一章　故乡（三）

第二天，她跟着沈先生去逛了联合国大厦，然后，又跟他去看了纽约中央火车站。下午，他们来到了纽约时报广场。据说，这个广场因《纽约时报》而得名，开始叫的是全称：纽约时报广场。后来为了图省事，干脆就叫时代广场了。站在车水马龙的大街上，她朝四周望去，周围仍旧是人如潮涌。这地方，真是一个逛不完的城区。

沈世泽指着前面的路口，凝神注视着，然后告诉她，此地还有另外一个名称，叫作“世界的十字路口”。

她问，为什么呢？

他笑道，也许意思是，从这里出发，你想去哪里都行吧。

她听了大笑起来。这不是白说了吗？若以你脚下的土地为中心，你站在任何一块地方，不都可以这么说吗？——你想去哪里都可以。

当然，一种说法的形成，肯定不是一蹴而就的。既然这里早就被认为是“世界的十字路口”，那么好吧，姑且信之，就当它是十字路口吧。那么，我们现在想要去哪里呢？

他们拦了一辆出租车，汽车驶向一座长长的大桥。大桥气势宏伟，巨大的吊索向后面退去。沈世泽告诉她，这就是布鲁克林大桥。车子过了河上的桥，疾驰拐入布鲁克林区。布鲁克林这个地区，在美国独立前是只有几个荷兰移民居住的小村庄。后来，世界各地游民大量涌入，黑人和墨西哥人尤多，于是布鲁克林成了黑人的主要聚居区之一。在历史上，这里曾经是美国犯罪率最高的地区。沈世泽告诉她，他小时候生活在这里，也经常跟人打架，手、脚和脸都曾受过伤。后来环境得到治理，街区发展和治安状况也有了很大的改善。布鲁克林地区，许多年来，甚至还出了许多名人。沈世泽说，像她喜欢的电影导演伍迪·艾伦，就是在这里长大的。

伍迪·艾伦？真的吗？

是啊。

你小时候就住在这里？

嗯。他回答说。

小时候，他就住在这片街区，和他的母亲在一起。

汽车仍然在奔驰。她抬头望去，这里的街区像棋盘，商业大街两边分出许多街巷。绿荫掩映中，有些街巷闪着童话般楼房的彩色尖顶。

汽车转过街角，芦一叶忽又看到了另外一番风景。那些欧式风格的住宅，院子里精心种植着各色花草，远看犹如色彩斑斓的油画。

她好奇地想，当年来纽约时，沈世泽年纪应该还小，而他的母亲又不怎么懂英语，他们的生活，应该过得很艰辛吧。

出租车仍然没有停下来。这意味着，他家不是住在这片地区。汽车在动。拐弯。变道。过了许久，才终于到了。他们在一栋陈旧的楼房附近停了下来。

阳光很明亮。现在，身边的这幢旧建筑把她吸引住了。她抬头去看，这幢大楼方方正正，远看有几分像一只大纸盒。墙壁的表层陈旧斑驳，颇有些年代感。

大楼门口附近，有几个不同肤色的幼童在玩耍。风从巷子那边穿过来，有些阴冷、湿润。她跟着沈世泽走进了大楼。

电梯很旧，可是还算干净。他们来到六楼，对了，这里六楼就是最高层了。过道里有些阴暗，还有些发霉的味道。她跟着他，在一扇门前停了下来。

她暗想，莫非这里就是他过去的家？

那是一间老式房子，里面其实不大，摆设着厚实的橡木桌椅。靠墙立着一个笨重的橡木柜，旁边则停了一辆生锈的旧自行车。他走到另一间房的跟前，门没有锁。他推开了门，里面是一间卧室，家具搬空了，整个房间只剩下一个铁制的床架，还有几件简单的物品。与他在深圳居住的大别墅相比，这里肯定显得相当寒酸。她这么没来由地想着，情不自禁地微笑起来。

你笑什么？

他没有回头，问了一声。

她说没笑什么。她只是有点开心。因为，他愿意带她来这样的地方，她预感到了一种不同寻常的东西。她到处去看。这里，毫无疑问，就是他的家了。他嘴上不说，她也能够猜得出来。当然，这个家在某种程度上已然相当陈旧了。不，不需要跟深圳比较，即使跟上海的石库门相比，也是另一个层次。

沈世泽一边用眼睛打量着他的房子，一边告诉她，他与母亲初来美国的时候，过得相当拮据。这不算是第一次居住的地方。在美国，他跟着母亲，搬了无数次家。

她这么听着，心中升起诸多的感慨。想起自己刚到深圳的时候，住在关外的宝安，后来，又住在龙华的出租屋里。再后来，她还在布吉有过短暂的居住经历。直到两年前，她才搬到罗湖的湖贝。没过多长时间，她才跟丁香挤着住在了一起。那就是黄贝岭。那些漂泊的日子，每天每夜，她都被一种浓重孤寂的漂泊感包围着，被一种动荡不安的危机感围困着。每当交房租时，便是心情特别不爽的时候。即使在那样的情况下，她也曾想过不如努力挣钱，尽快买下一套房，哪怕只是套小房子也好。那样，就不用每个月交房租了。每次交房租都是一次自我折磨。所以，她就想，为什么中国女人那么想买房子呢？看看人家，沈世泽的母亲，即使到了美国，也想买上一套属于自己的房子。

沈世泽看着她，说，你怎么知道这是我母亲买的？

她说，我是女人，或许女人都想有一个家吧。

沈世泽没有说话。

当她走向那些衣柜时，她看到自行车的对面还有一台缝纫机。掀开绒布罩，竟是一台老式缝纫机，上面嵌着一只蝴蝶。哦，蝴蝶牌缝纫机？中国产的？这种老式机器，即使在今天的中国，也可能早已绝迹了。唉，都说上海女人精于女红，看来，他母亲一定是个中翘楚。她因爱惜此物，才一直保留着它。

他说，这是我母亲的东西。她年轻时喜欢自己缝制衣裤，还能编织毛衣、绒帽。

呃，猜到了。

她想说话，却发现自己的声音有点哽咽了。她被感动了。

哦，她是一个善感的女生吗？当丁香自夸说会做裙子和内衣时，她也没有多少感动。丁香制作衣裳，只是把一块薄薄的布料，稍稍剪裁搭配，然后缝合而成，穿在身上飘动不已，说那就是夏天的裙子。那时候的她，只会嘲笑丁香。而现在，她看到这台年代远比自己年纪还大得多的笨重机器时，却感动得想哭泣。

另一间房的中央摆了一张中式木床，那是他母亲居住的闺阃之所。床沿垂着花边床幔，一只雕花木柜上面，赫然摆着一位中年美妇的黑白相片。虽然是在美国，她却穿了一件宛如民国年代的合身的旗袍，显得丰腴迷人。

她突然想起，在上海的时候，他也专门让人替她定制了一件漂亮的旗袍。当时她是那么惊诧和羞怯。她记得那间豪华的酒店，记得那件旗袍静静躺在床上的情形。噢，老天！原来这个男人喜爱旗袍是缘于母亲的深远影响。

不过，他母亲穿旗袍的模样确实好看。

她在那幅照片跟前站立良久，心中百感交集。沈世泽走来，拉开柜子上的抽屉，里面存放着少许信札和杂物，几张泛黄的旧照片散乱叠放在一起。这都是他母亲早年下放到江西农村时拍摄的照片。

那个年代所有照片都是黑白的，清一色的灰白色调，照片质量也不怎么好。与现在的照片不同，过去照片的四边，剪有整齐的花纹。由于年代久远，照片早已褪色泛黄了。据说在那个年代，倘若想要彩色照片，需要照相馆的照相师用毛笔一笔一画描绘出色彩来。

照片上的女人很羞涩，身穿一件洗得发白的浅蓝色旧衣。可是，她的眼睛却那么美，像秋天般纯净。

她意识到这个女人是谁了。是她吗？这般年轻、单纯、美丽，怎么可能是他的母亲？

这时她又看到一张照片，陈旧的皱褶像被揉搓过。这张旧照不仅颠覆了她的认知，还亵渎了她刚刚建立起的美好想象。照片上的女人，跟一个年纪比她大很多的男人合影。他们共坐一条木凳。她胆怯、倔强，小脸愁云密布。本来合影应该亲密无间，可她的身子却向外倾着，像是十二分不情愿。

照片印着“为人民服务”的字样，还印了一个“囍”字。

囍？这不是中国人特有的喜庆文字吗？单看字形，囍字像极了有缘人的相偎相依。这个字的本意，是为了寄托祝福……这确定是结婚照吗？她满心狐疑地想。

为什么这么别扭？

女人的容貌……不，她不需要去看沈世泽，可以确定，这个女人就是他的母亲。

那个男人呢？既然是结婚照，那么那个男人，应该就是他的父亲。

蓦地，她想起了香樟镇的谣言……这时竟然想到那件事，真是太不合时宜了。她心里乱糟糟的。

她想回避他，不想让他看出自己的慌乱和难过。

现在，她才明白，拥有他人的秘密真是一种难言的痛苦。

假如没有香樟村之行，假如没有那个疯狂的酒夜，假如没有那个让她获悉秘密的晚上……现在的她，应该会很开心地缠着他说话。她会催促他，好好聊一聊他的父亲和母亲，她想知道他们家的所有故事……

而现在，她失去了这样的机会。

她走进另一间房。在那里，她热泪盈眶。她不敢相信，他的母亲会与一个愚钝的老男人结婚。她为什么要嫁给那个老得可以做她父亲的老男人？

她的脑海浮现香樟村那甘姓小伙的狡辩模样……她还记得那小伙子说过的那些话……

她又回到了那间房间。他的母亲还有那个男人，仍然别扭地坐着。她发现，照片上他母亲的肚子似乎有点隆起，难道她怀孕了？

哦，是由于怀孕才不得不嫁给那个男人吗？她突然觉得，他母亲太可怜了。

他走了过来，问，你在看什么呢？

啊？你母亲真美……她慌乱地说。接着，她却哭了起来。

他有些吃惊地看着她。

她扭过头去，努力抑制自己的哭泣。

她哽咽地说，倘若你妈妈……还活着该有多好啊。

他点了点头，没有说话。

第二十二章　纽约之殇

那天初到纽约，刚住进这幢高级公寓，她还不清楚这奢华的住所为何物。沈世泽也没有跟她说什么。她懵懵懂懂地以为这只是一家豪华酒店。可是，当次日天黑他们重新回到这里，芦一叶才发现事有蹊跷。她看见这居住之地，居然在大门口镶了一块匾额：沈宅。哎呀，沈宅？宛如旧时代中国的豪宅深院。那种场景，她只在唯美的电影里看到过。她吃惊得睁大了眼睛，以为自己看错了字。这可是身在国外哦，怎么会有如此显眼的中文匾额高挂于门楣之上呢？在那遒劲的中文字体的下面，还镶了一行英文。沈世泽看她发呆，就说这里是一幢酒店式管理的高级公寓，门额上的这个名称是他母亲特意要他取的名字。字是用篆体写的，这是中国古老的文字，并且也是最纯粹的中国风格的文字。它的存在，想要以不言自明的方式，表明他们自何处而来。古老的国度，古老的文字。她喜欢。当然，很可惜，在他们搬进来住了没有多久，母亲便不幸去世了。

这其实是为了圆母亲的故乡幽梦才购买的寓所。大厅很大，周围房间众多，到处都是房门，并且装修也都相当豪华。她仿佛走进了一座迷宫。她只记得，昨晚住在离他有几间房间距离的另一间房间。

房内该有的生活用品，一应俱全。而最让她感到亲切的，是到处放置着不同成色的中国瓷器和家私。那些或精美或拙朴的古瓷器，像在博物馆里那样，被置于精致的玻璃盒里，由柔和的灯光照耀着，闪烁迷人的光色，透出幽幽的古韵。她猜想那些古代瓷器肯定价值连城。而且，看着那些古瓷，她会觉得自己仿佛回到了中国，仿佛置身于国内的某家博物馆。

整个屋子里，气温调试在宜人的区间。穿着薄薄的衬衣，感觉很舒适。

在盥洗室梳洗完毕，芦一叶躺在松软舒适的大床上，辗转反侧，无法入睡。今天她对沈世泽又多了一分了解，更多了一分亲切与思念。思寻再三，横竖睡不着，她决定起身到客厅去找沈世泽聊天儿。

而沈世泽呢，正在客厅用电脑上网。从背影看很忙碌的样子，他正俯身在屏幕前，快速阅读着各种新闻和资讯。同时敲打着键盘，像在写着电子邮件。

偌大的客厅，显得有些空旷。她悄悄地溜到沙发区，轻手轻脚地坐下来，然后向沈世泽做了一个手势，告诉他，自己过来了。

她怕吓着他了。

不知道忙碌了多久，沈世泽终于站了起来。走过来，她替他倒了一杯已经打开的红酒。玻璃杯里，荡漾着梦幻般的光影。她知道，他除了咖啡、茶，还喜欢喝点红酒。

她有很多好奇的话想问他。

她说，你为什么不喜欢住酒店？

他说，啊？这不算问题吧？住酒店是有必要才住。不存在喜欢还是不喜欢。否则，你住到哪里去？

她的本意，是想了解他为什么要买这样昂贵的住宅。当然，她又不想直接问他。所以，这思绪才显得七零八落的，挨不着边。

她打量着四周，又说，可是，这里的布置很像酒店。

他笑了起来。

他回答说，你说得对。所以话说回来，倘若出门，我已习惯了住在全世界各地的酒店里。

她说，可是，你在布鲁克林有家。为什么不住那边？

他又笑了起来，然后看着她，对的，白天他带她去过布鲁克林。那儿的确有他的家。这是不言而喻的。她看着他，猜想他会怎样回答自己。住宅太旧？没有打扫卫生，不够干净？当然，他的回答出乎她的意料。

他告诉她，白天他们一起去的是他在纽约的家，是他从小与母亲真正住过的家。那里的每一寸空间，都还残留着母亲的气息；那里的每一方土地，都还残留着他少时的回忆。他曾经尝试将那里改造成一个中式的家，后来，才发现自己错了。他与母亲住在布鲁克林，本来就是身处美国，又为什么要改成中式的家呢？母亲是中国人，他是中国人，这就足够了。母亲活着时，因为热爱大都市生活，所以一直非常渴望能够在市区拥有一处住宅。而这样的想法，只有他才知道。他知道，她真正渴望的其实是能够拥有一幢可以与上海的小洋楼媲美的宅子。但是，这里是美国，如果要在市区寻找那样的住宅，难度就大多了。郊区倒是有不少那样的豪宅区，可是他的母亲最喜欢的是热闹的环境，是热闹的市区。这就是他买了这处房子的原因。至于布鲁克林的房子，他打算这次卖掉它。

她朝富丽堂皇的大客厅扫视了一番。室内空调的温度，不冷不热，恰到好处，空气里飘荡着温暖舒适的香气。当然，正如她看到的，这里仍是酒店的客厅，而不是家里的客厅。这里的一切，空气中的每一个分子，全都散发出高档酒店的气息。

他好像说了一句话，她并没有完全听清楚。可是，却让她诧异又感动。她能够懂他的意思。他想说的是，母亲不在了，所有的住所，就都变成了像酒店那样的所在……

这是她潜意识里的一次翻译，是她与他隔空进行的一种无须声音传递的表达。人和人的关系到了某种亲昵的境界，好像就不需要语言了。

她喜欢他的感性，又抗拒他的冷静。对于她来说，小时候她也与父母亲有过在一起的生活，那是她一生中不算太长的美好时光。随着她中学毕业，后来又上了大学……妈妈去世后，父亲出走……最终，她似乎也失去了家的概念。所以，关于家，她也只有非常短暂而温馨的，甚至是片段的记忆。

沈世泽说，我住酒店的日子实在是太多了，我的生活就是酒店生活。所以，我干脆将家装修成了酒店的模样。

她说，这就是你将住房装修成酒店模样的理由吗？

她抬头去看花瓶对面，那里有一片巨大的窗幔。她知道，在那花团锦簇的窗幔后面，是巨大气派的落地大窗户。现在窗幔垂下来了，它将室内与室外分隔成了两个完全不同的世界。她很好奇，在那华丽窗幔的背后，藏着一幅怎样神奇的风景呢？若将它拉开，她会看到怎样的世界？

那里，会是曼哈顿的夜空吗？

她突然想起最初在沈世泽的办公室里看到的那本奇书。她还记得那本美国人写的书。后来她自己也去偷偷地找来看了。那个所谓的“暗淡蓝点”，其实是人类从距离地球64亿公里之外拍摄的地球。一个特别小的圆点。唉，从宇宙的角度看，孤独的地球实在是太渺小了。那本书，她初时不经意，后来越读越惊心动魄，她无比悲伤和害怕，感到一种深深的荒谬与绝望感环裹着自己，让她无法喘息……

还有，在遥远的战国时代，齐国人甘德和魏国人石申两人所著的《甘石星经》……

此刻，她见沈世泽起身，走向了窗幔。她惊讶地看着他，哎呀，这个男人啊……莫非，他读懂了我高速运转的脑电波？他读懂了我关于渺小地球的失落和沮丧的心情？

然后，她怔怔的，又看到了他奇怪的举止动作。他走了过去，抬头看了看，然后伸手将那巨大而沉重的帷幔徐徐拉开。

帷幔颤抖了一下，仿佛演员出场前，豪华的燕尾服的摆动。然后，自动运行。接着，一幅豪迈动人的壮丽美景缓缓呈现在眼前：巨大的黑色帷幔后面，出现的是同样巨大的黑暗天空。

她看见一幅奇妙的景象：一空星雨，倾泻而下，疯狂而肆意，简直像极了中国的大写意画。你看，那种流动的急速光影，喷涌的生命潮奔，跃然天幕的抽象意念……黑暗的底色下面，是什么呢？是混沌的城街，还是芸芸众生？是万家的灯火，还是五光十色的街区与车流？

噢，在这华美的时刻，世界呈现出了奇妙的景象。一切的一切，真实到了虚假的程度。一切的一切，又虚假成了一戳即破的幻境。唉！为什么我们面对的世界，总是给人这样惊叹的印象？这还是我们每天面对的那个庸俗躁动的人间俗世吗？

她感觉到有一只手臂搭在自己的肩膀上面。耳畔，响起了轻微的呼吸声。她回过头去，看见沈世泽正温柔地站在自己身旁，轻轻将她的身体推向前方，好让她看得更加清楚。他第一次离自己那么近、那么近距离，贴着她的呼吸而立。而这种情形，又让她想起在上海的时候，那个疯狂的夜晚，想起那个火光熊熊的豪华大酒店，后来，还想起那些吃麻辣烫的夜晚……她的眼前光与影在变幻着，而她在一动不动地感知着他……

当然，他没有什么表示，他仿佛一尊塑像。此刻，她真的很想一头栽进他的怀里。可是，她又不敢。在深圳，那些痴迷的热气腾腾的火锅之夜……她是纯洁快乐的左家娇女，又怎能将自己转瞬之间变成放荡的女孩？既然在深圳，她都能够收敛自己的放纵，为何到了美国反而要虎口探险？不，她不是疯狂的女生，既然没有前科，她又何必自投罗网？

她悄悄地移开了脚步。他像是读懂她的想法，走去端了一杯茶来。红酒虽然好喝，但是在美国喝中国茶，别有一番滋味在心头。他是这样的意思吗？

她喜欢这样的感觉。有点儿亲密，又有点儿距离。并且，不需过多的言辞，在保持距离的同时，又无比贴近。她喜欢这种追随一个人的感觉。是不是离中国远了，有中国人的地方就变成了家？

在这样的恍惚之中，她陷入了沉思。然后，不知过了多久，她才听见沈世泽的问话。他好像在问她，芦一叶，你还记得我们在上海遇到的那位顾老师吗？

哦，知道。她知道。他刚才说到的，不就是那位富态的白发老妇吗？顾老师……她想起在上海的那个雨天，在石库门的街边，灰蒙蒙的天空……她记得那些盘旋飞翔的雨燕。在细雨中，那位顾老师蹒跚而来。

小红伞。端庄的丝绸衣裳。优雅的笑容。苍老的脸庞。

窗外星光璀璨。他的声音仍旧在传递过来。他说，那天，她说她有个女儿也在美国，你还记得吗？他坐下来，继续说，她的女儿就在纽约。当时，她给我留了她女儿的联系电话和地址。

她转过身子来，问道，你打算去找她吗？

出门前顾老师有件东西，托我带给她的女儿。

哦？

他说，来，这边坐。

她乖巧地听从，去他指定的地方坐下来。现在，她跟沈世泽处于面对面的位置。她可以大大方方地正面凝视他了。嘻嘻，只要胆子大一点就好了，只要脸皮厚一点就好了。她下意识地感觉到，这好像也是他喜欢的对坐式。

他问得很突兀。

喜欢美国吗？

喜欢美国吗？这样的问题，她该如何回答才好？不，她不能说她不喜欢美国。可是，平心而论，对于美国，她居然也没有想象中的那么喜欢。不过，这样的回答，会不会让他感到不高兴呢？

而且，她对美国也还没有太多的了解。她只从云层之上飞过美国的天空，只在汽车的轮子上走过美国的街巷，她只是在有限的区域范围，与美国的土壤与城市有过短暂的接触。她也只与他一起去过布鲁克林他过去的家。她当然记得汽车飞奔过布鲁克林大桥的情形。她也还记得布鲁克林寒风中的那幢旧大厦，他的旧居，他童年时代有别于上海的另一个小小乐园。她还记得他家里放置已久的中国生产的蝴蝶牌缝纫机和旧自行车。她还记得那座陈旧楼宇附近嬉闹的黑人和白人小孩。喔，还有什么呢？不不，那些都不算什么，她期待的东西，她喜欢的美国，会是什么样的呢？

还有什么？照片？家庭影集？一个家庭的记忆？她当然记得沈世泽的母亲。那个知青时代的年轻小姑娘，一个青春岁月倏忽而逝的少女。或者是，到了赴美时期，早已变成平静憔悴的中年妇人？后来，或许是生活条件好多了，又变成一位风姿绰约的优雅女性，一位始终惦记着大洋彼岸那个遥远故乡的忧伤女人……

他说，他的母亲到了晚年，一直想要回到上海。她不愿意客死他乡。不，她不愿意去回想他的母亲。都过去了。古人是怎么写的？往者不可谏，来者犹可追。可是，事实上，她的母亲，是来者亦不可追。因为生命已陨落，何以再论来者呢？而在她，她虽然年轻，却仿佛也已没有什么值得去期待和追寻的了。

她没有期待，并不意味着沈世泽无话可说。或许，他已经是深思熟虑后才下的决心。否则，他不会告诉她那么多东西。虽然有些迷惘，可是他仍然试探着来询问她，你真的没有看出什么端倪吗？

这样，她就有些犹豫了。过去，她仗着心直口快，总是置人于难堪的境地。可是现在呢，她并不是太清楚他到底想说什么。对于她而言，她想说的是，她一直觉得他的父亲与母亲很不相配。不过，如此断然绝情的话，她适合当着他的面，口无遮拦地说出来吗？

她看着他。他或许有些明白了。虽然不说话，但在微微点头。他并不难过，反而有点宽慰。她就有些好奇了。这时候，他突然说，他其实知道父母的底细。母亲活着时，曾经用了很多年的时间，像挤牙膏那样，用一种悲伤耗尽的平静语言，慢慢告诉了他全部事情的前因后果，慢慢和盘托出事情的真相。

她听到这些话，才意识到自己的过错。她有些吃惊了。原来，他什么都知道。如此说来，反而是她一直被蒙在鼓里了？唉，一直以来，她暗地里同情他，替他难受，为他伤心。她一直在想，一直在纠结：没有什么比一个人不清楚自己的身世更值得怜悯的了。你立于泥沼中，却不清楚泥沼正在吞噬你。那么长的时间，她一直在眼睁睁地看着他立于危难，行将被吞噬，却恼恨自己无法施以援手。

当时，偶然偷听来的秘闻让她深怀歉意，辗转难寐。她痛苦地意识到，她不道德地掌握了一个人的污点和秘密。于是，她害怕自己变成另外一种不道德的东西：那导致他可怜命运大白于天下的导火索。

现在，情况骤然发生了改变。她发现，他比她想象的还要强大。他的眼神是冷静的，语调也是平静的。她看着他，而他也在看着她。他们都在正视着对方。这是坐在对面的好处。四目相对，她听见他在说。他说，他知道更多的内幕与隐情。譬如，他的母亲为什么会与那个木讷的男人结婚，后来回上海前又为何要与那个男人离婚。他告诉她，这事件背后的操刀手，其实另有其人。那个人，便是那个公社书记。为什么是那个人？他顿了顿才说，因为那人，才是他真正的父亲。她不胜讶异。他说得那么平静，仿佛与己无关。

他依旧那么冷静。他说，就是那个人强奸了我的母亲。而我，就是强奸的产物。不，也许不能算是强奸，但比强奸更卑鄙、更无耻。那是专横的权势与自由生命的交换，是侮辱与尊严的交换。那个书记以答应帮母亲回上海为由，诱逼母亲不止一次与他发生性关系。母亲后来怀孕了，年轻的身体露出了肚尖，惊慌不已，为了掩人耳目，公社书记逼迫母亲找了个老实的男人结婚，这样他自己便可以推脱得一干二净。虽然，事后他的确利用手中的权力帮助母亲回到上海。可是，这事给母亲带来极大的刺激和伤害，而且带来了诸多的麻烦与困难……为了回上海，她又不得不跟那个大她许多的老实男人离婚。母亲知道自己付出了什么代价。他说，母亲后来的一生都没有走出这件事带来的伤害和阴影。

有时候，语言是无力的，真相也很冷漠。她听着那些寡淡的话，感受到了一种泣血般的触目惊心。而他说，从那以后，他便变得木讷、寡言。那时母亲总是半夜哭泣。当年的母亲既疯狂又残忍，每次伤心了、绝望了，便会诅咒他是个孽种，是个没有父亲的孩子。他不懂母亲为何总是这般咬牙切齿地咒骂他，为何总是这般怨天尤人地责怪天命的不公。那时的他年幼、胆小、乖巧，唯母亲之命是从。一个活泼的少年，长成了一个沉默孤僻的青年。后来母亲说，你不能这样子，你要活出你自己来。所幸，他从小学习成绩都好，每次考试，在班级甚至全校都名列前茅。或许正是这一点，才安慰了可怜的母亲。看到他学习成绩优秀，穷途末路的母亲仿佛幡然醒悟。那以后没有再诅咒他，也没有再责备他，但是她依然在深夜饮泣。

芦一叶想说，你真的没有父亲吗？她的意思是，他当然是有父亲的。可是，她突然又感到自己很残忍。不，她想，他当然不会承认他有父亲。那个禽兽不如的公社书记，怎么配做他的父亲？她看见他低着头，神情忧伤。唉，她在猜想，在他的心里，一定时常在抵触、拒绝和愤怒中度过吧？或许还有纠结……年幼的孩子，谁不渴望父亲的存在呢？当他长大以后，能够分辨是非以后，他必然依然会受到那桩让母亲备受凌辱的事件的持续影响。他会憎恨他的生父吗？试想一下，他该是多么艰难啊。一方面，他不得不在心里承认自己是一个畜生的后代；另一方面，他又拒绝承认他身上流淌着一个畜生的血液。他不能接受自己本身便是一种奇耻大辱的产物。

她感觉到眼睛热了起来，一股温热模糊了她的双眼。她睁着盈满泪水的眼睛，问，你妈妈为什么一定要假结婚？她在想，他的母亲竟然愿意答应假结婚，这不是把一切全搞乱了吗？他告诉她，母亲不得不假结婚，因为肚子里有了孩子。她摇了摇头，叹了一口气，不以为意地说，不就是未婚先孕吗？是的，这种事情，在她这个年纪的女生看来，不过如此。可是，当年不是现在这个时代，当年也没有现代人的通达和宽容。在当时的历史背景下，一个少女未婚先孕是大逆不道的行为。更何况，她肚子里所怀的孩子，是不能指认的那个人所致。所有的黑锅，必须由她一个人来背。当年，知识青年的返城政策颁布以后，他的母亲非常着急，不顾一切地就去办理了离婚手续。因为只有离婚，她才能离开香樟村。当时，她一刻也不想滞留在那个不断带给她厄运的香樟村。

离开香樟村，是母亲的第一次逃离。后来在上海的日子也很艰难，母亲忍辱负重回到上海生下了他。她没有工作，没法养活自己和孩子。幸亏街坊有好人。在街道的帮助下，她在小工厂找了一份粗活干，由于收入过于微薄，最后她绝望了，觉得必须离开她热爱的上海。正好有个机会，她有亲戚在国外……后来，她就带着儿子来到了美国。

第二十三章　皮条客

次日是周末。她终于等来了这样的机会，沈世泽终于放下手里的工作，与她一起在曼哈顿周围玩了一整天。他们逛商店，逛珠宝店，进出购物中心，还去参观了著名的大都会艺术博物馆。

在游逛的途中，或许是因为身心俱闲，沈世泽突然告诉她，他想起了当时在公司第一次遇见她的情景。他们一边走着，一边聊天儿。他微笑着，承认当时是他私下嘱咐集团公司人力资源部的汪总去面试她。当然，汪总急中生智临时想到了一个好试题。他夸奖说，你的回答很精彩。

哦，你在说那件事？

这样，她也想起来了。她当然记得。她说，汪总出的题，其实她是知道的，那是微软公司早期的面试题。她有些得意扬扬地说。她故意问沈先生，真的精彩吗？他回答说，当然精彩。记得我当时就称赞你了。她故意不去看他，害怕他批评自己，仍然只是偷笑。后来，她说，你还不明白吗？这么简单的问题，我聪明呗。说罢，又笑了起来。

当晚，她跟随沈世泽参加华尔街的晚宴。有时候，她不得不感叹，唉，有钱人的活动真是乏味。

永远就是聚会、聚会，没完没了的聚会。

夜幕来临，她穿了那件在上海穿过的华美旗袍，闪亮登场。佛要金装，人要衣装。好的衣服能够让人显得器宇轩昂、不同凡响。这是她对沈先生的观感。她跟着沈世泽去了一家豪华的私人会所。那是一场小规模的私人酒会。会所位于高楼内，电梯升到不知道多少层。走出电梯后，有两位衣着整齐的黑衣侍者在优雅地迎接客人。

大厅里，沈世泽在跟熟人点头致意，或停下说话。途中，他已经告诉了她，此次邀请他们赴会的，是一位名叫乔伊斯的银行家。沈世泽说，这人是联邦银行的高级董事，一位在爱尔兰出生的美国人。关于这次聚会，后来沈世泽告诉她，他们当时讨论的话题是中国经济的未来。在美国，当然有人也唱衰中国经济，将矛头指向中国的经济监管措施，声称应该清仓所有的中概股。不过，既然有唱衰的人，也就会有看好的人。著名的贝莱德投资研究所就建议国际投资者将在中国的资产配置提高 2—3 倍，而且，该集团首席执行官芬克将中国市场称为“帮助实现中国和国际投资者长期目标的重要机会”。这些说法，芦一叶听得云里雾里，完全不懂。那天她只看见参加酒会的人们，衣香鬓影，眼花缭乱。乍一见，个个彬彬有礼。她只觉得，在这片由深色西服和各款时尚颜色搅动的色浪之间，不时飘荡来一阵阵浓郁而雅致的香氛，这偌大的空间，仿佛成了香波之海。每个人的移步换形，都在推动着某种无形的微波荡漾。异域香浪，若隐若现，暗暗侵袭，而她并不是太适应这种过于浓重的氛围，她有些头晕目眩了。这时，她看见沈世泽提到过的那位乔伊斯先生正在朝这边走过来，再次跟沈世泽握手寒暄。

沈世泽在与乔伊斯亲热地低语。然后借着空隙时间，回过头来有些神秘地告诉她，今晚应该还会有一个惊喜，他们在此地还将会遇到一个特殊的人物。

特殊的人物？怎么可能呢？于她而言，所有的人物，都是特殊的人物。而她，不过是无名小卒。当然，若以置身于这异国他乡的特殊性而言，她才是真正的特殊人物呢。哈哈。这么想着，她不由得笑了。她这样偷换概念，瞒天过海，算是在玩一个人自娱自乐的智力游戏吗？

这样，她忽然又有所领悟：一句话该怎么说，其实大有讲究。当然，她不会以此去找沈世泽争辩。只是无论如何，她都觉得，在这里，特殊性对于她这种人间微尘来说，就是一个普通得不能再普通的词。

沈世泽当然不可能了解她这些幼稚的念头。他告诉她，你的确不认识她。不过，如果提示一下你，你应该就能想起她是谁了。

能够想起来她是谁？这倒是蛮有趣的。好吧，让她拭目以待，看看情形如何。在深圳，她的社交圈子相当狭小，并且，她也从没认识过一个美国人。如果搜索的话，她的大脑储存单上必定空空如也。不过，看到沈世泽颇有深意的微笑，她不得不有所期待。

沈世泽问，还记得顾莲娣吗？

啊，顾莲娣？好熟悉的名字啊。哎，等一下，她想起来了。这个人，应该跟在上海遇见的那位顾老师有关……想起那位老太太，她的心头一热，顿时想起她优雅的模样。

她明白了，是顾老师的女儿。顾老师说过，她有一个女儿早年来到美国，就在纽约生活。

沈世泽说，明白了？

她点了点头。

沈世泽说，顾老师的这个女儿，来到美国后改了名字，是个洋人的名字，叫朱丽叶。

啊？她差一点惊讶地叫起来。因为她突然想到，沈世泽曾经说过，今天这种内部高级酒会，有着严格的身份甄别和人数限制。这么说，顾老师的女儿，在纽约混得很出彩啰？她在精英辈出的纽约，应该也算个人物了？厉害。

她猜测，她若不是在金融界工作，那必定有重要人物提携介绍她进来。不管如何，都是厉害角色。

正在胡思乱想，一位年长的先生微笑走来。沈世泽忙迎上去打招呼。对她说，这是他在斯坦福大学读书时的经济学导师霍夫曼教授。

霍夫曼教授长着满脸络腮胡子，年纪六十多岁，面容亲切，声音低沉。她跟他握手，感觉他的手宽厚柔软。然后，她听见沈世泽跟他的老师用英语交谈。这时，一位侍者引领一位女士来找沈世泽，只见那是一位华裔女人，近四十岁的年纪，微胖，口红鲜艳，神情兴奋，热力四射。这个女人衣着雍容华贵，猛一看气质颇佳。可是仔细看了，倒有一种奇怪的韵味。

沈世泽也看见了她，正转身跟她打招呼。

他说，您就是朱丽叶女士？

那女士说，您是沈世泽先生？

那么，那位女士，应该就是朱丽叶了。有点出乎她的意料，朱丽叶的声音很尖，有些娇滴滴的。她情不自禁地用心观察了那女士一番，不禁有些失望。那女人，不如她的母亲漂亮，而且身上似乎也没有教师子女的特殊气质。

不过，她的性格倒是很开朗，尤其喜欢笑。她似乎跟每一个人都很熟悉。这么看来，她应该早已融入了纽约这个社会。

沈世泽从西服里掏出一封信递给朱丽叶。

不知怎的，芦一叶不想再看下去了，便走开了。

她一个人来到宽大的落地窗前，远眺纽约沉郁的夜景。

等她再次回到沈世泽身边，朱丽叶已经离开。她想象着那个女人，在这样的环境里已如鱼得水。那充满东亚风情的身姿，像旋风一样卷过大厅。她想象着她像那些嘉宾一样，在不同的人物跟前谈笑风生。而这些，她现在是学不来的。

沈世泽后来居然还遇到了一位中学同学。那是一个意大利移民，风度翩翩的加里奥先生。沈世泽说他在高盛集团工作。

加里奥的祖籍是西西里岛。听见这个熟悉的地名，她心中一动。她知道那个名字。有一部意大利电影，叫《西西里的美丽传说》，她喜欢电影里风情万种的女主角莫妮卡·贝鲁奇。沈世泽说，当年，加里奥年幼时也住在布鲁克林，他们俩少年时期就经常在一起玩耍，踢球，有时也打架，还有各种恶作剧。加里奥长着一副英俊的面孔，穿着一身黑色西服。哎，她暗暗喊道，这不是活脱脱一个现实版的意大利黑手党嘛。哈，她对电影里年轻的黑手党，一向抱有好感。他们既冷酷无情，又温情脉脉，关键是都长得超帅。

加里奥先生笑嘻嘻地伸出毛茸茸的大手跟她握手。他居然还拥抱了她一下。那强壮温热的胳膊和体魄，还有浓郁扑鼻的香水，让她心跳不已。

这个意大利男人，看来蛮喜欢自己的。他总想跟自己说话。她敏感地意识到了这一点，她既开心又担心，既退缩又期待。不过，由于她的英语太糟，他的意大利口音又太重，他们没法正常交流。这倒是阻止了他与她亲近的企图。

沈世泽见状，笑着走过来替他们做翻译。

这样，她变得十分不适。她不习惯每说一句话都需由第三者来传递。这是私人之间的聊天儿啊，真是太别扭了。

看着沈世泽略带戏谑、颇有深意的笑容，她心里恼羞不已。她决定不跟那意大利男人聊天儿了。

现在看来，无论到了哪里，置身事外几乎是她唯一可选择的存在方式。她暗暗叫苦，这样的角色太让人难堪了。本来，她是喜欢跟人沟通的，可是现在她遇到的问题，除了阶层上的鸿沟，还有语言上的障碍。她突然想到，其实在这个世界，每个人都有自己特定的位置。如果你不肯正视那个位置，就会让自己难堪，甚至痛苦。这样的位置，是上天在冥冥之中，早已给每一个人都画好了圈圈的。

假使你不服气，那你就必须付出洪荒之力，去挑战这个世界旧有的秩序。为此，你还必须心理足够强大才有可能一试。

太难了。

她突然想到，还不如去找那位朱丽叶聊聊天儿呢。如果她没有忘记怎样讲中国话的话。放眼望去，或许除了沈世泽，只有那位朱丽叶才是唯一可以跟自己正常聊天儿的人。

可是，当她举目四望，移动着脚步，想要寻找朱丽叶的时候，她的身体做出了反应。不知为何，她并不想跟那位朱丽叶说话。真的，她没有想法，也没有欲望去跟一位中年妇人说话。何况，那位华裔中年妇人是否愿意跟自己说话，也未可知呢。

所以，话说回来，还不如远远地看沈世泽跟那些外国人交谈呢。他长相出众，又风度翩翩，一口流利的美式英语有如母语。他可以驾轻就熟地与所有的外国人毫无羁绊，相谈甚欢。

那不应该是一种享受吗？她甚至不需要听懂他在说什么，只需要安静地站在远处，站在某个特别的角度，去感受他，欣赏他，想象他……能够让这个男人走不出自己的视野，就足以让她开心了。她看着他与那些衣香鬓影的外国人自由自在地沟通，看着他闪亮的双眸、英气逼人的脸，那就足够了。

回到寓所，时间很晚了。可是，他们好像都还没有睡意。他们看着对方，不自觉地又在客厅里坐下来喝咖啡。

现在，她已经被眼前的这个男人吸引了，他真是一个有魅力的男人。在自己的领域里，这个男人是多么生龙活虎啊。这是她一向忽视了的情形。没错，热爱工作的男人才最有魅力。她坐在他身边，犹如小猫或者小狗。若在平时，她总是能够感觉到一股巨大的孤独袭来。而今天，她却感到有些温暖，有些冲动，有些热望躁动于心。她在想，是抽身离去，还是继续留下来？正当她满脑子胡思乱想的时候，她发觉，他替她削了一个苹果，然后，递给了她。

她接过苹果，咬了一口。红色的口红沾在苹果白皙的果肉上面，鲜艳无比。她感觉自己的心情，有若那鲜艳的红色，一触即发，又像一幅印象派的绘画，充满感官的刺激。

当她仍旧沉浸在自己内心的烦恼中时，沈世泽突然抬起头来，问她还记得今天见到的朱丽叶吗。

当然记得啊，朱丽叶，就是顾老师的女儿嘛。她的印象是，这个女人貌似在纽约混得还不错。

沈世泽重复了一句话，还不错？他皱起了眉头，然后说，这个朱丽叶很有钱，是广东人经常说的富婆。

她想说，她看起来很体面。不过，话到嘴边她还是没有说出来。

沈世泽说，如果他告诉她，这个人既是富婆又是鸨母，她会怎么想？

她太吃惊了。鸨母？

就是拉皮条的女人。

他竟然这么说。现在，她终于完全听懂了。鸨母，现在很少人会用这种词了。事实上，在她这里，她是经常将“鸨母”跟“保姆”混为一谈的，因为这二者的读音颇为相似。平时，跟丁香开玩笑的时候，她会问失业中的丁香，你愿不愿意去应聘做一个保姆（鸨母）？鸨母的鸨……丁香听懂了，就会笑起来追着她打。

但是现在，她从沈世泽的表情中，似乎读出了一点不妥当来。

她惊讶地问，在高级会所里拉皮条？

他说，拉皮条还分地方吗？

她听了，发呆良久，才自言自语，这么说来，那她应该算是纽约的克劳德夫人了？

沈世泽听了，一愣。

他问，谁？

显然，他没有听懂她在说什么。

她告诉沈先生，说，克劳德夫人，是欧洲的一位名女人。说起来，是过去的一个时代里，法国最著名的应召女郎。你没有听过她吗？这位克劳德夫人可出名了，据称她曾经替美国前总统肯尼迪、利比亚前领导人卡扎菲和美国影星马龙·白兰度拉过皮条。

沈世泽情不自禁地说，哎呀，你连这个也知道啊？

她粲然一笑，然后说，我是在前些年无聊的时候看了一部外国电影。法国拍过关于这个女人的传记电影呢。

沈世泽听了，没有再说话。

而她脑子里却开始乱成一团。她在想，那个女人，那个朱丽叶……怎么说也是顾老师的女儿呀，她不是知识分子的后代吗，怎么也……

后来，沈世泽又告诉她，他的发小，就是那个意大利人加里奥，说他与朱丽叶相熟，所以才很快获悉了关于朱丽叶的很多隐秘的背景情况。

她点了点头，然后，忽然又感到不对劲了。加里奥？这是什么意思？他是在说那位加里奥很早就熟悉朱丽叶吗？

沈世泽就所知道的情况，有详有略地说了一遍。大意是，朱丽叶是纽约夜总会的高级经理。她干这一行已经为时不短了。朱丽叶非常活跃，认识纽约很多高端客户，当然，那些都是有钱人。最近，风闻她对外声称已金盆洗手了。但是暗地里，据说忍不住又招聘了一批年轻漂亮的外国小姐，其中不少是乌克兰女人、俄罗斯女人，还有东欧女人和东南亚的女人，当然也有中国来的女人……她直接替这些女性介绍客户，从中牟取暴利。她服务的客户，一般都是她原先认识的高端人士，其中不乏华尔街的富人和纽约的政界要人。据悉，主要原因是她能够提供安全高效的一对一服务。

这么听下来，对于生性单纯的芦一叶来说，颇有点惊心动魄的感觉。她猜得不错，这个女人的确是纽约的克劳德夫人。她感到自己的脸在发烫。过了很久，她才胆怯地问他，那你回国后，怎么向顾老师开口呢？

沈世泽有些为难。他摇了摇头，告诉她，还能怎么说呢？子女大了，有权选择自己的生活。至少在美国是这样的。而且，他不想也不需要介入顾老师包括她女儿的私人生活。

后来，他们在纽约又逗留了好些天。在此期间，她发现加里奥经常来陪伴沈世泽。那个满面春风的意大利男人，看来是个重感情的男人。他喜欢喋喋不休地说话，还喜欢特意寻她说些笑话，也不管她笑还是不笑。她在想，他可能认为他自己是个幽默的男人呢。可是，他难道不知道，倘若没有适合交流的语言作为媒介，没有双方对语言的微妙深入了解和运用，那么再幽默的故事也没法唤起对方的笑声吗？不过，她仍然被他的热情所感染，对他颇有好感。而且，这个男人，对女孩子们有着天生的热情、不竭的好奇心和无尽的殷勤，他不知疲倦，天南海北地向她介绍着纽约各个方面的情况。虽然语言不够达意，但是他可以手脚并用，惹人发笑。他是率直的，甚至直言喜欢她，喜欢看着她那想笑又克制的害羞模样。他说，你的，这模样……最具东方的美……

她便忍俊不禁，笑得更厉害。有句话怎么说来着？花枝乱颤。东方文化中，像“梨花一枝春带雨”这样的句子，如果翻译给他听，恐怕他永远也无法想象在古代的中国语境中贵族女性寂寞哭泣的真实情形。不过，在芦一叶看来，这个意大利人对中国仍然了解颇多。他夸奖她，说她的祖国（哈，自然是中国了），在欧美人的眼里非常高大上。怎么回事？这个老外，他竟然也会说“高大上”？他甚至还知道中国是基建狂魔。高效率的修路建桥，兴建一夜城，风驰电掣的高铁，中国游客涌入美国、欧洲及世界各地……最重要的是，在遥远的东方，中国人还致力于消灭社会贫困，改善人民的生存和生活条件，并且，这一切都取得显著的成就，令整个西方世界为之瞩目。

当然，这些话都是沈世泽转述给她的。他还故意在英语中夹杂着些陌生的意大利语。她听了嫣然一笑。是啊，她喜欢他的开朗和热情，可是，她不喜欢他的过分奔放与随意。呃，他不是告诉过沈世泽吗？他既然认识朱丽叶，那么她就会去想，这个男人，他自己肯定也是朱丽叶的客户中的一个啊。为此，她闷闷不乐……她在替他惋惜。这个世界，真是不存在没有缺点的男人啊。

当然，沈世泽或许是一个例外。可是，谁知道呢？即使跟他在一起这么长的时间，她似乎仍然不了解他，至少不完全了解他的私生活。而仅仅从眼前的现实去了解他是不够的，每个人的背后，都有一个叫作“历史”的名词，那代表了那个人的过去。至于会不会影响到那个人的现在和未来，她一点把握也没有。

有那么几次，她看见沈世泽离开现场去了她不知道的地方（或许是去洗手间，或者在接电话），加里奥便会抓住这稍纵即逝的机会，刻意地挑逗一下她。唉，她能看不懂这些情景吗？但是，她会以自己的外语很烂为理由，有意躲避他。她喜欢意大利男人的热烈和温柔，又讨厌意大利男人的滥情和放肆。除了文化和种族方面的差异，在其他的许多方面，毋庸讳言，她与他之间确实存在着巨大的鸿沟。

后来的时间里，沈世泽去华尔街处理了一些证券方面的私人事务。芦一叶呢，则特意去看了几个重要的艺术馆和博物馆。她查过资料，纽约有多达七八十个著名的艺术博物馆。因为时间关系，她挑了大都会艺术博物馆和现代艺术博物馆。她还想去美国自然历史博物馆，可惜没有时间了。准备离开纽约的那天早上，纽约传来飓风来临的消息。他们正在房间里查询飞往欧洲的航班。原本，沈世泽还想去欧洲一趟，他原计划去巴黎。他看到天气不好，便对她说，现在最重要的，是要赶在台风来临之前离开北美。

对于去欧洲，她有些意外，沈世泽来美国，不是此次出行的唯一目的地吗？况且，他已基本办好了他的事情，怎么会又想去欧洲呢？

当然，他的选择也没有错。他永远有临时改变主意去任何一个地方的权力。而她，只需跟随着他就好了。

不过，跟他打交道这么长时间，如今她已知道，沈世泽的日常生活就是如此，他是一个典型的空中飞人。她在他身边的时候，他在飞行；她不在他身边的时候，他仍然还在飞行。一年之中，他有多半的时间，都是在空中飞来飞去，在全球几大洲之间、在欧美等各大都会之间来来往往。现在，她相信了，这个世界确实存在一些匪夷所思的人。以前看美剧，还不完全相信。现在她听沈世泽说，他想趁这个机会，飞到法、英等国处理若干业务。话说，他的业务为什么总是那么多？当然，有一些是已知的。他告诉过她，三年前他在法国波尔多地区收购了一家著名酒庄，那期间他只去察看过一次。另外，他还想去巴黎看看他购置的住所，希望那里不会变成耗子窝。如果时间允许，他还想去伦敦，还有东京、罗马、雅典……他说过，就个人喜好程度而言，他更喜欢罗马，罗马的惬意与众多古迹，像那座古色古香的城市一样令人陶醉，流连忘返。

此外，他还有一项隐秘的爱好，他喜欢替他那些异域的“巢穴”起名。其中有的诗情画意，有的却直白无华，还有的，显然文不对题。譬如，日本京都郊区的老木屋他叫它“珊瑚海岸”，唉，那个地方有珊瑚吗？而巴黎的住宅他居然叫“故宫”，真是令人摸不着头脑。伦敦的公寓，他竟然叫它“早稻田”……而澳大利亚的房子却叫“布鲁克林”……只有在美国，他的情绪似乎稳定些，或许是因为当时母亲仍然健在。总之，这些名称，她听了不免瞠目结舌，无法苟同。后来，她在想，若不是他的头脑产生了混乱，那就应该是想有意搞乱这个世界。而这种行为，与他平时的彬彬有礼、严谨优雅，又形成了极大的反差。

就这样，她逐渐知道了他更多的隐秘。她知道了他喜欢在世界上不同的地方购买不同的住宅，简直像一个房产收购商。当然，她知道，或许他是投资。可是，当一个人手里的房产积累到一定程度后会不会变成另一种状况？那些钢筋水泥或木质结构的建筑，究其本质是房子，不是人，甚至也不是机器人。它们不会进行自我管理，那就需要投入精力和时间去打理修缮吧？更多时候，它们是不是容易慢慢变成一种累赘？不小心也会成为一件烦心事……到了那时，他还是房子傲慢的主人吗？哈哈，她可不可以称他为顾此失彼的房屋管理员呢？他每年飞来飞去，只不过是匆匆忙忙赶去处理各种杂事而已……哈哈，想到这些，她就忍不住发笑。

当然，这只是她一厢情愿的臆想而已。同样一件事，在女人那里与在男人那里，意义不会完全一样。

接下来发生的事，应了一句俗话，天有不测风云。他们准备启程赴欧，深圳那边却突然来了一个急电，催促沈世泽立即回国。她亲眼见他接的电话，不温不火，以为只是寻常电话。等放下电话，他才告诉她，他在深圳的家被盗了。

怎么可能呢？装满防盗监控装置的独立别墅，怎么可能被盗？当然，虽然他不着急，她还是急了。她在替他着急。在她的想象里，屋子的内外，此时应该挤满了疲惫的社区警察、茫然的保安，还有好奇的小区物业管理人员。

这次意外事件，让他们的欧洲之行夭折了。

他们选择回国。不管他多么善于自我控制，不管他能否做到泰山崩于前而色不改，她一直催促他回深圳。对啊，她是他的私人行政助理，她愿意陪他立即飞回深圳。

第二十四章　折返中国

回到家里，一切正常。那天正好是周末。然而颇为诡异的是，到了周一上班的时候，没有任何先兆，沈世泽被警方带走了。

警察带走沈世泽？他出什么事了？难道家里失窃只是幌子？或许只是为了诱骗他回国的招数？这是安排好了陷阱要逮捕他吗？芦一叶胡思乱想，惊出一身冷汗。

他们为什么要抓他？莫非沈世泽犯了什么罪？金融犯罪？间谍罪？或者是……她的脑子，霎时闪过许多念头。这些猜测，短时间内是无法一一求证的。但是，她明白一件事，被警察带走，可不是什么好事。

从人缝里，她瞅见沈世泽正在听那身着便服的官员说话。咦？说好的警方呢？那些人人披挂上阵、如临大敌的警察呢？怎么连一个人影都没看到？她环顾四周，确实，目力所及，并没有任何身着制服的工作人员。连她的身后也没有。她疑惑地看着那些人。沈世泽在轻轻地点着头，像是在跟那些人说话。然后，他还回过头来，似乎是在寻找她。

她急忙从人群中间挤过去。

沈、沈董……我在这里。

他说，小芦，你回家去吧。放心！我没事的，只是配合调查，例行公事。沈世泽朝她挥了挥手。

她从未见过这等场面，慌张得说不出话来。眼睁睁地，看见若干便衣人员将沈世泽团团围住，簇拥而去。他们将他带到一辆大商务车里。这时，沈世泽再次回过头来，他脖子上那条枣红色的丝绸围巾在晚风中飘荡起来。他似乎还想跟她说什么，可是已经没有时间了。

那辆并没有任何警察标识的小汽车很快就开走了。

那个回首张望的情景，让她百感交集。

她陷入了一种幻觉中。她觉得他的突然离去，像是电影里的一个情节。一切都是早已安排好的情节吗？她觉得自己似乎正在上演一个告别的场景。她的心头被一片迷惘所弥漫。那一刻，她在想，或许沈世泽也很无助吧？他是否需要她？是啊，就在那一刻，她甚至看见了他清澈的眼睛里仿佛藏着一种热切和温柔……那个时刻，她遽然明白过来，在这个世界上，唯有他跟自己才是相像的。她是一个人。他也早已孑然一身。是的，他已经没有任何亲人了。

想到这些，她突然想哭泣。可是，却又哭不出来。她怔怔地看着商务车消失的方向。过了许久，她的眼睛才湿润起来。

后来，她满脸愁容地回到了自己的住宅。

她到了沈世泽的公司之后，才移居于这处名为蓝天星语的时尚居所。私下里，她喜欢这里。如今回到这稍显陌生的房间，她不禁为刚才遇到的事而暗自伤怀。

她也差不多忘记这里曾经被她戏称为“天鹅之翼”了。是哦，自那之后小天鹅从未前来造访。那传说中的小天鹅，仿佛振翅飞去了其他星球。而她，甚至也逐渐忘记了那个美好的称谓，以及曾经激起的浮想联翩。现在，在她的心里，残存着零星的期待。有些东西像云彩掠过，只剩下一片阴影。

这个夜晚，她的手机整夜开着。

不过，她没有收到沈世泽的任何信息。有好几次，她甚至出神地去倾听楼道里的脚步声、电梯开门和关门的声音。她忘了，沈世泽从未单独来过这里。

撑到半夜，她疲惫不堪，昏昏沉沉地睡了。

后半夜的城市，像被神话中巨大无比的黑色巨翅遮盖住了，喧闹的城市，这才渐次安静下来，满世界陷入一片寂然。偶尔飞驰而过的汽车，短暂地打破刚刚形成的宁静。

在这样的后半夜里，她饥肠辘辘，饥饿而醒。她才发觉，她一直没有吃东西。

可是，醒了又能怎样呢？她只能一声不吭，独自趴在床上，昏昏沉沉，海阔天空地胡乱想着。

窗外仍是一片黑暗。那些繁华的色彩之梦已然褪尽。良久，她才悄然起身，去到厨房，烧了锅水，煮了几根面条吃。吃过面，忽又想起尚未洗澡，便脱光了衣服，发怔地走进盥洗间。又发觉忘了拿干净的衣裳备用。只好擦干水，光着身子，在幽暗的空间里摸索，寻找干净的内衣。这个夜晚，她就这样颠三倒四、丢三落四地度过了。

这样折腾的结果就是，她终于病了。起初，她喉咙有些紧，心跳也有些不正常，心慌。后来，她感觉自己好像有点发烧。可是，家里没有体温计，她没法知道自己的身体状况。想了想，赶紧去烧了一壶开水，然后又去盥洗间擦了一把脸，接着换了身干净衣裳。她感觉自己太疲劳了，就回到房间躺了下来。是呀！她不能让病情加重，她要让自己尽快恢复过来。

次日清晨，静谧的世界被喧哗的动静打破，那种平素时常在睡梦中遽然一现的电话铃声，直至此刻依然毫无声响。她忍不住伸手去枕边捞过手机来看，标准长方形的屏幕，是一片沉静的优美泛亮的纯黑色。

时间嘀嘀答答地走着。渐近中午时分，她终于忍不住了，从手机里调出沈世泽的电话号码，想给他打电话。这次，她才感到吃惊，他的电话居然打不通了！

她的心一沉，老天！难道他真的出事了？她知道他很少关机，一个很少关机的人，如果关掉了手机，那意味着什么呢？

一个人一旦精神过于紧张，思维就容易出问题。这种担忧从白昼到黑夜，又从黑夜到白昼，如此混杂交替的滚动像沉重的石磙缓慢地碾过，尤让她痛苦不堪。到了中午，那一颗悬着的心，始终不能平静。到后来，她甚至产生了绝望之感。这时，那只长时间沉默的手机忽地响了起来。

不过，铃声是陌生的声音。因为她事先预置了个性化的声音，从铃声分辨，来电肯定不是沈世泽。

那是一个陌生的电话号码。

会是谁？

在犹豫和猜测中，她不安地站了起来。她甚至害怕去拿电话。当然，她又不得不去接通电话。这个时候，外界传来的任何信息，都是她所需要的。来电者一开口说话，她就听出是谁了，她的心头一热，差一点热泪盈眶。

老天啊！原来是商姬大姐打来的。她怎么换了一个电话号码呢？

在电话里，商姬大姐关切地询问她，昨晚休息得好不好。然后，告诉了她一些关于沈董的最新消息。商姬告诉她，这是沈董特意嘱咐让她转告的电话，别担心。沈董说他没事。商姬还是头一遭这么亲切而且没有隔阂地对她说话。商姬说，要相信沈董，他是本市著名企业家，不会有什么事的。虽然公司里议论纷纷，大家都不知道沈董发生了什么事，但是，并没有什么值得特别担心的。当然，与此相一致，整个公司都关心沈董的安危，这是人之常情。商姬说，不存在违法或者犯罪。公司高层正在找关系了解具体情况。商姬又说，沈董说这次有关部门配合调查，主要是涉及别人的贪腐案件，需要他出面配合调查而已。

所以，他并不是被捕了，而是配合调查。正确区分清楚这个界线很重要。请他去的据说是纪委监察部门。

怪不得，她一直没有看到警察出现。

她有些意外。一方面可以放心了，可是另一方面，她突然意识到了自己的重要性。为什么商姬专程来电跟她解释情况呢？显而易见，只有一个理由：沈世泽心里有她。

她在电话里感谢商姬，然后说她病了。过两天等病好些了，她一定会去上班。

放下电话，她就想，以她一个小姑娘，哪里知道沈世泽会与什么人有牵涉呢？对于她来说，总体上，她认为沈世泽是个好人。她从未见他与什么单位或个人发生过生意上的纠纷与冲突。而且，与常见的情形不同，这个男人与外界少有接触，基本上独来独往。说他跟政界打交道？反正她从未见过。并且，平时也没听他提及任何有关政界的话题。再说，她知道他从事的都是关于金融、证券投资等领域的工作，且大多数都是国际化业务。那些业务，应该不需要有什么官商联系。

对于沈世泽，她还有一种信任，是基于这么长一段时间的接触和了解。她相信他不会违法犯罪。他敬业，重视专业，埋头干事。平时他全部的注意力都放在关注国际金融与证券市场的动态，关注全球股市、债市、大宗商品交易市场等方面的信息。他的作息时间，通常与西方金融市场的开盘时间是一致的。这从他经常晨昏颠倒的工作和休息安排中可看出。当然，他还有别的工作。虽然目前她尚未有更深入的接触，但是她相信他是有理想、有追求的人。她相信他的品格和为人。在现实生活中，像他那样好的人不一定多，她钦佩他那样的人。

幸好，他的公司机构庞大，能人众多。他的公司想必也不会袖手旁观。只是对于她来说，她太弱小了，弱小到不值一提。在这件事上，她完全帮不了忙。无论从体力，还是脑力，她都使不上劲。

很多时候，她都处在一种无力的状态。她知道自己在担心什么。尽管商姬安慰过她，可是她依然容易陷入某种恍惚或沉思中。很多时候，她的大脑会闪过一些念头。她经常会想起沈世泽的过去。这次陪他前往美国，她似乎对这个男人有了更多更深入的了解。将他的一生做一个简单的回顾，她甚至觉得他的人生过于简单和无聊了。他的人生，也有一些阳光照射不到的阴暗地带。譬如，她永远不曾想过，像他这样出色的男人，竟然会有一个不祥的被侮辱的出身。她隐约发现那特别充满羞耻的婴儿诞生，挣扎着强行来到这个丑陋的世界，这或许是令他蒙羞，令他经常沉默不语的深层原因。如此看来，他的确是不幸的。他的母亲想要返回上海，想要逃离不幸，这或许可以视为她对悲惨命运的一次反抗。从这点看，他应该感谢母亲的倔强。上帝在关上一扇门时，给她打开了另一扇窗。他是聪明的孩子，遗传了母系家族的出色基因，在资本主义经济的深水池里学会了游泳。他用很短的时间就泅游到了成功的彼岸。他很孝顺。虽然来到了美国，但是母亲的意愿常常是他抉择方向的风向标。从苦难中走出来，他才能够成为自由的人。当然，也可以说，他遭逢了一个好时代。在他的成长时期，命运女神罕见地对他展露出了笑靥。

想到这里，她突然意识到，应该把这些零星闪光的念头记下来，像过去那样。她找来笔记本和笔，摊开在小桌上。她按照自己习惯的方式，写下一些关键词。

这些稍纵即逝的思绪，必须尽快用简要的文字逮住。否则，它们也许会像那只遁去的小天鹅一样，不肯再回来。

她写下“沈世泽”，想了想，又觉得不妥，就涂掉了。唉，写什么好呢？思绪纷纭，她的心情也是杂乱无章的。不过，从对他往昔生活的简单梳理中，她似乎又看到了一线曙光。

关键词一：“被侮辱的出身”。

是的，她写了这么几个字。这是在几番思索后，才犹犹豫豫写下来的。这是一段孤零零的文句，并不与他的名字有关。不，她不能写他的名字。她似乎觉得，如果直接写他的名字，便会伤害到他。她不想这么做。

唉，父辈以交换得来的充满耻辱的交媾，会对无辜孩子的未来命运产生怎样的不良影响呢？如今，她已经知道那是一个在权力的阴影下相互伤害的年代。所以，他必然是一枚酸涩的果子。

看着这些陌生的文字，她有些吃惊。噢，老天……这是她写的字吗？她犹豫起来。

好吧。想归想，写归写。

关键词二：“返回上海。不甘心过着艰难的生活才想出国”。

是啊，那也是当时的社会巨变使然。知青回城，国门渐次打开。《贝多芬传》中的话——“打开窗子吧！让自由的空气重新进来！”——成为时尚的流行语。很多人把走出去视为对新生活的追求。她继续这样写着。她相信，他的母亲一定是坚强的女人，虽有受伤的内心，但更有强大的求生本能和欲望，而且急于挣脱现实泥潭的束缚。他依照年轻母亲的憧憬和激励，去读书、工作、奋斗。结果，他成功了。母亲的影响还不止于此。即使到了后来，他仍然遵循母亲所愿回到中国，来到南方。在这些方面，他与许多去了国外的人的确很不一样。

只有两条吗？她怔怔地看着笔记本，扔下了笔。

对了，“回来，回来”。她隐约听见了他的心声。哦，这是关键词三吗？她似乎听见他在对她说话。是啊，回来。由于爱母亲，所以他才需要实现母亲的遗愿。他回来了。

她突然想到自己。与他相比，她的人生才刚刚开始。她从未这么认真地想自己的事情。无论是过去，还是现在，她都顺其自然。不过，她有一种感觉，一种愈来愈鲜明的感觉，那就是，一个人只有顺应时代的大势，才有可能获得残酷命运的偶然奖赏。她为自己的这个发现而窃喜。真的！过去她一直不懂得怎样去找到生活的抓手。在单纯和幼稚之外，她还缺乏热忱和勇气。遇到沈世泽时，她正被生活的浪头打晕，当她挣扎着从水里伸出脑袋喘气时，就看见了他……

这便是她所遭遇的生活，也是她想要竭力理解的生活。

第二十五章 银湖秀技

她从迷迷糊糊的沉睡中醒了过来，感觉自己的身体稍微轻松了些。她挣扎着想要爬起来。还好，现在似乎不再发烧了。年轻的身体又一次占了上风。这一回，她不再在反复的思绪中为难自己了。她换了一件鲜艳的橙色小薄棉袄，就下了楼。换上这身衣裳，她的心情也稍微开朗起来。是啊，现在，她尤其需要开导自己，尤其需要提振自己的情绪。

冬日的阳光，洒满街巷，她的心里却一直都充满了忧伤和遐想。真的，不知从何时起，沈世泽竟然成了她惦记的人，成了她大脑里挥之不去的人，这是她始料未及的。

她站在马路口，沉浸在迷惘的遐思中。一辆红色的士飞驰过来，她赶紧伸手招呼，的士司机非常灵巧，及时停住了车。她茫然地钻进的士。司机说话操着湖南口音，有些胖，约莫 40 岁。她对那个司机随口说了个地名，任由的士汇入滔滔车流。

百无聊赖之际，她掏出手机，想玩一会儿游戏。但不知怎的，却下意识按出一个电话号码，且来不及细想，电话就被接通了。电话那端，有个清脆的声音响了起来。

她一怔，那不是丁香吗？怎么会打给她了？她只好硬着头皮跟她说话。喂。她对着电话说。大约是很长的时间没有接到她的电话了，电话那头，丁香显然有些激动。她似乎只惊喜了一个短暂的瞬间，便开始骂骂咧咧地数落起她来。死一叶！到现在才想起给我打电话？你这死妹儿，又去哪里鬼混了？她一口气说了许多话。这时，她倒是情不自禁地愣住了。啊，这久违的清脆嗓音，这熟悉的声音……几乎像春天的鸟儿那样婉转地传了过来，何其美妙。她怔怔地幻想着。好几秒钟之后她才对丁香说，你这是在唱歌吗？丁香一愣，说，哪有啊？怎么一直都没有你的消息？哼，跟我玩失踪呀？听了丁香的话，她这才清醒过来，吃了一惊。

什么？失踪？……唉，丁香这个人呀，她怎么就能如此准确地预感到人世间的这些倒霉的事情呢？她正在日思夜想的——可不能用那种无情的词汇来表达啊。

她想说，真的有人失踪了。话到嘴边，她忍住了。这成了她最近以来的一个进步。她长大了，变成熟了。她叹息着。她很想说，当然，你不说失踪也可以的呀。她想对丁香说，你不要说出这个词来。

因为，有一个无辜的人，不就是从她的眼前消失了吗？

她突然鼓起勇气对丁香说，哪里有失踪？我不是在这里，正在跟你打电话吗？丁香说，幸亏你打了这个电话，否则，哼，你看我怎么找你算账。她的声音像在咬牙切齿，却把她惹笑了。她喜欢丁香的这份真性情。的确，丁香不太会装，或者说不愿意装。她喜欢丁香的真诚和直接。

她问丁香，你在哪里？

丁香倒是一愣。怎么了，发生什么事了？

她望着窗外飞逝的街景。红红绿绿的店面，醒目别致的招牌，擦肩而过的汽车，还有路边的小广场，阳光下撑遮阳伞娉婷走过的女人。

她告诉丁香，没有，什么也没发生。连的士司机都转过头来瞄了她一眼。他也在猜疑自己吗？但是不要紧，他只是一个陌生人。

丁香告诉她，要她去银湖。丁香说她在银湖的山上，正在眺望整个深圳市区呢。

银湖山上？她不记得自己有没有去过银湖。丁香今天怎么会有这等雅兴？

丁香说，耍一耍呗。你来不来？

她当然去。

银湖是一个地名，在罗湖区，与龙岗区交界。早年据说那地方很神秘。市里官方的一些重要活动经常在那里举行。里面有山有湖，有酒店。近些年来，因为偏僻，基本没人去那里玩耍了。从交通上来说，银湖也属于一个死角，缺乏惊喜。不过，它的北边是崇山峻岭。山那边，就是龙岗。由于山势险峻、树林茂密，若隐若现的羊肠小道常常被树林和草丛淹没。山虽然不是很高，却难翻过去。因此，银湖最后成了一个断头路的地方，从这里进，还得从这里出来。

的士很快就到了目的地。她低头钻出车来，便看见一个盛装女子站在山上挥舞手臂。那不是丁香是谁。丁香穿了一件花色长裙，全身花花绿绿的，惹人注目。那娇小玲珑的身材，脖子前还神气地挂了一架望远镜。

芦一叶拾级而上，抬头看见丁香举着望远镜正在窥视自己。她扬起手臂，挡住了自己的半张脸。丁香哈哈大笑的声音隐约传来。她喘着气爬上石阶，走近了才说，有什么好笑的？你一个人在这荒郊野外，鬼鬼祟祟地干什么呢？

丁香手里握着望远镜，说，我哪里鬼鬼祟祟了？

她说，你还到处偷窥。

丁香不说话，凑近来，只仔细瞧了瞧她。

她躲闪着说，哎，你干什么？

丁香一直盯着她的脸，说，过去天天在一起，怎么没有发现你——你居然变得香喷喷的了？喷香水了？……不不，你居然，还如此美丽？怎么以前没有发现啊？

她笑着骂道，呸，我又不是男人，惹得你身上的荷尔蒙激情喷发啊？你这么色眯眯的干什么啊？太恶心了……

这是深圳的冬天，天气不算太冷。但是，或许是因为站在山腰，冷风吹来，芦一叶还是感到了一丝寒意。

丁香提议往上爬的时候，她并没有接丁香的茬。她刚上来就比赛，肯定吃亏。丁香说，看谁先跑到山顶。丁香休息的时间长，肯定先到。所以，就一直撺掇她。

芦一叶喘了几口气，也不跟她争辩，便径直埋头往上跑。丁香赶紧跟上，嘴里骂骂咧咧地说你不讲规则。还好没过多久，两个人差不多同时到达。

山上有一块平地。看那模样，可以停汽车。两个女人很高兴，等会儿下山，可以沿着公路下去。那路好走多了。

正在开心地东张西望，丁香却意外地抱了一下自己。她吓了一跳。

这个丁香！

她突然感到，拥抱的时候，丁香好像变胖了？

丁香撇嘴说，我哪里胖了？一直就是这个体重好不好？

她也不跟丁香争执。两人站在风景如画的山顶，极目远眺。山下，半个深圳城尽收眼底。城区的建筑错落有致，街巷阡陌交错，绿植遍布全城……更远的地方，是苍茫的天际。白云如油画般浮动，给这座滨海之城平添一种轻盈和质感。

喘息既定，她好奇地问丁香，为什么带望远镜来呀？镜头里面能看到什么？这荒郊野外，能有你心仪的帅哥吗？

丁香说，怎么就一定要看帅哥呢？人家是专门来看美景的。

她让丁香给她看看，丁香就摘下望远镜递给她。她调了一下焦距，举着望远镜一阵乱扫……镜头里，开始是一片空蒙。她慢慢转身移动着镜头，一片幻绿扑入眼帘。再接着，她看到远处山上青绿的树枝，一只鸟儿站立在枝头，不时跳跃……然后，是斑驳的巨石……接着，她忽然眼前一阵晕眩……一片红晕闯了进来……

她不禁失声喊道，哎呀，火！

丁香呸的一声，骂道，你鬼叫什么？哪里有火？

她说，起火了呀！好大一片……

说罢，移开了望远镜，吃惊地看着丁香。

丁香骂道，你的望远镜对着我，怎么可能看到有火？

她这才发现，原来她的望远镜刚才正对着的，是丁香。确切地说，是丁香肥硕的胸脯。丁香穿了件抹红亵衣，刚才因为爬山太热，解开胸扣露了出来……这会儿，她看到丁香正用双手遮掩着巨乳。

原来望远镜里跳动的火焰，竟是丁香的胸脯啊……她不禁笑晕在地。

丁香骂骂咧咧地说，死样！今天才知道，某人原来这么下流。

她笑着说，哈，我这是老眼昏花了。

这个冬日的下午，由于望远镜的出现，她才真正开心起来。现在，她感到身心俱佳。紧绷的神经，终于开始松弛下来。唉！这些天来，她一直在压抑着自己。这从她愁闷的面容就可以看得出来。

好在今日遇见了丁香。好在丁香大人有大量。好在丁香开得起玩笑。

叫丁香姐姐，一点也没错。

丁香瞥了她一眼，问，你开心什么？

她捂嘴说，看见了你呀！

丁香鼻子里又哼了一声，说，我才不信。你把自己的开心建立在别人的痛苦之上……

她笑嘻嘻地说，至于吗？我只不过是偷看到了我们丁香姐的一个幸福的秘密而已。你可以让男人看，就不能让妹妹我偶尔也沾上那么一点点的福利呀？

丁香鄙夷地说，你算什么妹妹？说搬走，就连人影都看不到了，也不打个招呼。

听见丁香说这种话，她愣了一下，赶紧解释说，哪里啊？今天，不是我打电话给你的吗？否则，我也不可能知道姐姐你在这银湖之上玩耍啊。

事实是，今天她是不小心，无意中错按到了丁香的电话。不过，这个误按，千万不能让丁香知道。

她们叽叽喳喳地聊着天儿。然后，她看见丁香忽然做出黛玉皱眉状，撑着自己的香腮，一言不发地眺望着远方。

她好奇地问，你怎么了？

哪知不问还好，问了，丁香竟然伤感起来，流露出一片酸楚和伤悲，说，唉！你知道吗？我来深圳究竟有多久了？

她好奇地问，多久了？

丁香说，起码也有十几年了。你看看，这银湖的山山水水，都还是美景依旧。——不，银湖好像越发葱郁茂盛了。可是我却愈来愈老。唉，女人是经不起衰老的。你看我才多大，连白头发都有了。

她笑了，劝道，丁香姐，你刚说自己才多大呀，却又说，你现在连白头发都有了——这不是典型的自相矛盾吗？丁香姐，你不老！你还年轻着呢。

丁香仍然沉浸在自己的情绪里，说，想我丁香当年初到深圳，还是一个黄花闺女。现在却人老珠黄，人比黄花瘦。

听了丁香添油加醋的自怨自艾，她不由得又笑了。这个丁香姐，还人比黄花瘦？哈哈，人看自己都是美的。她去审视丁香的脸，呃，用得上丰满来形容，身上的皮下脂肪也不薄……暗合了饱暖思淫欲的标准。她怎么好意思说自己人比黄花瘦呢？

丁香却认真起来，说，我难过的是，时间这个老滑头，真是太无情无义了！

谁？丁香在骂谁呢？

什么时候，时间成了老滑头了？

丁香悲愤地说，我就想问问，这世上，谁对我们才真狠？不是压榨我们的公司老板……

她再一次愣住了。那么会是谁？

她突然明白过来。

于是，她接过话茬儿，说，不是老板，那一定就是那些恶贯满盈的渣男……

丁香眨着眼睛，说，渣男怎么就恶贯满盈了？

她连忙解释说，你嫌他们还不够坏吗？……那、那就暂时不用这么狠的词。

丁香可怜兮兮地说，活得越久，你就越容易发现：对我们女人最狠的，竟然是那看不见、摸不着、嗅不到、闻不见、赶不走、甩不掉、踢不动、驱不散、你任何时候都摆脱不了、像小屁孩的浓鼻涕那样黏人的——“时间”呀！

这位丁香姐！一口气说了这么一长串的词，只是为了骂时间那个“老滑头”吗？哈，这演戏的功夫和水平呀！把她听得一愣一愣的。

当丁香念念有词说着台词时，她的第一反应是，关汉卿！她想起元代的戏曲作家关汉卿，有一首散曲叫《一枝花·不伏老》，与此神似。当然，如果单说曲牌，恐怕没人知道。可是提起铜豌豆，应该连小学生都知道。

她想起那些著名的句子：我是个蒸不烂、煮不熟、捶不扁、炒不爆、响珰珰一粒铜豌豆……

她不由得笑了，赞道，论排比句，你比关汉卿用得还多！佩服！

但见丁香姐，高视阔步，自信心爆棚。

必须承认，时间这个“老滑头”，的确像丁香所说的那样（像鼻涕），如影随形，穷追不舍。你永远无法摆脱。

只是，亏丁香姐想得出来。

笑够了，她与丁香才在山坡边的草地坐了下来。青草柔软、芳馥，散发着迷人的气息。现在好了，她的身边有了丁香。

跟丁香在一起，不知怎的，她莫名其妙地就开心起来。有时候，丁香是个活宝，一如刚才那个模样。她能够顷刻间化作女疯子，给你演上一出好戏，让你一次笑个够。

开心够了，她俩瘫倒在草地上。她想更舒服些，于是就势踢掉皮鞋，露出光脚来。她要好好感受青草和泥土的味道。大地是憨厚的，泥土是温存的，而青草是迷人的。

丁香忽然看见了什么，惊讶地问，一叶，这是什么？说罢，从她的皮鞋里搜出一张崭新的 100 元美钞。

哇！这么有钱了？

她瞬间脸就红了。还给我。

丁香一闪说，嘻嘻，谁见归谁了。

然后又从另一只皮鞋里也找到了一张百元美钞。

哇！我发达啦！丁香喊道。开心之余，丁香竟然拿起她的那双皮鞋，凑到鼻前使劲嗅了一下。

她吓了一跳，问，怎么了？

丁香满不在乎地说，都说钱——是铜臭嘛！闻闻是什么味道？不过，你的美元不臭，是你的脚好臭。

她笑了。嘿嘿，谁让你去闻的？

丁香说，我好奇呗。我以为你的这双皮鞋，像咱们大东北肥沃的黑土地那样，能够长出美元来。

好你个丁香……这也想得出来……

笑毕，她承认说，我刚从美国回来。

丁香说，刚从美国回来？你去美国干什么了？去美国做小偷啦？偷也不好好偷，两百美元就这么藏着掖着，放在鞋里带回来？丢人不？

当然不是。

那是怎么回事？还把人家美元踩在脚下？

她笑着说，丁香姐，你算是说对了——我就是想把美元踩在脚下。从美国回来发生了一些事，一直忘了取出来。

丁香当然不信她，说，骗子！

她说，你不要不信。我跟你说，想当初我们一起住在黄贝岭的时候，那时我太穷了。我吃够了没钱的苦。好几次交房租时，我都暗自想着你能够宽限我几天呢。听说美元值钱，有一天我就想，什么时候有钱了，我就把它踩在脚下，一泄我缺钱的心头之恨。

丁香叹道，你不是缺钱，你是缺心眼儿。

你才缺心眼儿。

丁香说，要我说，你真是太有才了。

丁香说她也穷过，也穷怕过。可是她为什么从未想过这个问题呢？什么意思嘛，踩在脚下，你就能够从此翻身？

她说，我希望能够翻身。我想要翻身农奴把歌唱。

好吧。丁香陷入了沉思。然后才说，想当初刚来深圳，那时港币比人民币值钱。那时的香港，在内地人心目中，约等于富裕两个字。至于美国，想都不敢想……可是你看现在，世界变化得太快了。现在人民币跟港币谁更值钱？

她笑着说，现在你值钱。

丁香说，别打岔。我早就跌破发行价了。我很纳闷儿，这个世界是轮回的吗？有人说，三十年河东，三十年河西……深圳与香港，现在整体对调过来了。现在是，香港人天天来深圳买菜、叹茶、吃饭、购物。真的，一切都变了。

她很久没看到丁香伤感了。以前某个时候，她想过，丁香与很多人是不同的。譬如，夜晚丁香通常容易情绪化。丁香说所谓的情绪化，是她身上的艺术家气质在作怪。而白日的丁香却是清醒的。丁香说白日的她是十足的现实主义者，比谁都理性。

那么现在的丁香，到底是处在夜晚呢，还是白昼呢？

不过今天丁香的打扮和行为，不同寻常。一身亮丽的服饰，活跃于青山白云之间，显得那么超然，还英姿飒爽。

她夸奖说，丁香姐，你今天像只蝴蝶……

蝴蝶？

丁香姐现在，愈来愈漂亮了。

丁香鄙夷地说，不要这么口不对心好不好？你才漂亮！天生的美人坯子……

她不好意思起来。本想夸丁香，帮着驱除丁香的感伤，却被她抢白了一顿，反讽了一顿。

不过，丁香之所以为丁香，是因为她身上有股关汉卿的铜豌豆精神。她像铜豌豆那样，蒸不烂，煮不熟。她爬起来，又高兴地说，哦，一叶！你看你，我说了漂亮吧……来，我们一起拍个照留念！不要辜负了大好的年华。

太阳落山，她们才兴尽而返。下山途中，她问丁香，你和那位男朋友现在相处得怎样了？

丁香说，谁？

就是那位上市公司的副总裁啊，巨富，还有个读高中的女儿，总是认为你觊觎他们家财富的那个老板……

丁香暗淡地说，他呀……别提了，我们结束了。

她沉默了一会儿，就说，那也好。这个世界，反正是要变了。让暴风雨来得更猛烈些吧。

她们天南地北地聊着。告别的时候，丁香说她很快也要搬家了，黄贝岭的房子要拆了。

找好房子了吗?

还没呢。

她搂住丁香，衷心地说，丁香姐……搬家的时候千万记得告诉我。一叶我，愿效犬马之劳。

第二十六章　不速之客

街边的店铺，都已灯火通明。天空，也已灰暗。

她朝小区的转角方向走去，途中发现一个熟悉的人影在晃动。她有些迟疑，小心地站住了。

那人此刻正背对着她。

他在与路旁的老乞丐说话。那个盘腿坐着的老乞丐，不知道从什么时候开始，已经在这里坐了好几天了。她估计待不了多久的，很快城管就会来赶走他，或将他带走。

那个老乞丐，她有些印象。那是一个满脸憔悴的老头，胡须花白，衣衫褴褛，仿佛永远佝偻着身子。那个地盘像是他独占的领地。周围的地段，他不许其他的乞丐过来。

老乞丐在拱手作揖。从背影看，她已经猜到那个对乞丐施舍的人是谁了。她想要躲避的人，正是他。只是这会儿，已经来不及了。

这只能怪她自己。她一直在心不在焉地走路，猛抬头却已抵近对方。迟缓的动作，犹如电影里的慢动作，想让他不注意到都难。

她转身的那个瞬间，听见了他兴奋的声音。

芦一叶！

她停住了，回身，瞥见他正在走来。她也看清楚了，真的是陈望财。

本来她早忘了这个男人，可偏偏却在此时又遇到了他。

这算什么呢？她讨厌纠缠不休的男生。现在没法子了，她只好装作微微有点吃惊地说，你怎么会在这里？

他在她的跟前站住。看出来了，他有点畏惧她。而且，他脸上的笑容有些尴尬。然后，他嘟囔着说，刚才遇见一个乞丐。那老乞丐一直盯着他看，他心里直发毛。

她问，他为什么盯着你看？

他说，你猜？

她疑惑地看着他。

他说，那老乞丐长了一对斗鸡眼。斗鸡眼，你知道的，视线是没法集中在一起的。

她忍不住笑了起来。呸，这算是他的幽默感吗？

他害羞似的也笑了，然后说，吓了我一跳，然后我就看到了你。

她没有说话。

他说，我……我其实是特意来找你的。

为什么？

她讨厌被人跟踪。她也不想跟他有任何关系。虽然她并不想朝他发火，可问题在于，她无法容忍像他这样纠缠不休的男人。

他嗫嚅地说，其实，其实也不是的……

环顾四周，她发现，她所居住的那个小区，那个包裹着蓝天星语的偌大的小区，建设其实是相当完善的，而且植被丰富。长条的树枝，伸出了铁栅栏的围墙。小区的大门就在不远处。小区里，到处都布置了方便住户休憩的长椅。那是一个体恤小区居民的小区。

她犹豫着。不，她并不想领他进去。

这么想着，她转过身去，然后朝着相反的方向走去。那儿，有一个街心花园。她记得，街心花园里也有郁郁葱葱的树木，好像还有假山，只是不知道假山下面的水池是不是干涸了。

她下意识地走过斑马线，红灯恰好亮了，仿佛专程替她拦住了过往的汽车，开辟了一条专用道。

她走进街心花园，沿着小路找了一个僻静处。这里绿树环绕，长椅也干净，因是傍晚时分，人也少。

她有一个疑问。出国刚回来，他怎么就来找她了呢？起码，她没有告诉任何人。虽然，这个男人也可能是随机的。可是，她想到在这世上，竟然会有一个人一直在试图闯入她的生活，来扰乱她的生活，她就头疼不已。

是的，她必须与他做出一个明确的了断。她要毫不留情地将他驱逐出自己的世界。

所以，她皱着眉头说，你怎么知道我回……回来了？

陈望财愣了一下，说，我不知道啊。有一天，我在这里看到你，喊你来不及了……

她迟疑地说，碰巧？

他尴尬地抓了抓头皮，说，真是碰巧……哦，对了，你原来不是跟丁香住在一起吗？

她想起来了，这个男人是去丁香那里找过她，就问道，怎么回事？你认识丁香？

他没有回答这个问题。然后，她又问道，你来这里干什么？

他正想说什么来着，听见她这么说，便突然停住了。他看了看四周，起了疑心，问她，你不会恰好就住在这里吧？

她看见他朝蓝天星语那边张望，就说，我有一个朋友住在这边。她用手指的，却是另一个方向。

他咧嘴一笑，说，那今天遇到你，真是太幸运了。

现在她有些后悔了，后悔带他来这个街心花园，她想速战速决，就说，我要回家了。

他说，等一等，我有话跟你说。

她沉默着。

他说，上次在香樟镇……遇见了你……还记得吗？

她有点不耐烦了，催促说，你到底想说什么？

他惊讶地看着她发火，有些战战兢兢。可是，他又是个倔强的人。他缠着她，到底出于什么心思，她不知道。她只知道，强扭的瓜不甜。她不会给这个男人任何机会。

当然，他也许一直想说点什么。可是，他犹豫又胆怯。他说那次回香樟镇后，后来他又回去了一次。因为他听说他的哥哥回去了，才专程赶回去。不过到了家里后，才发现家里人骗了他，哥哥并没有回去。

现在，哥哥回家了，好像变成了一个寓言故事。总是诱惑着人去做点什么。

她仍旧安静，只看着他。

他解释说，族人们一直在埋怨他、怪罪他，说他没出息。

接着，他又有点尴尬地解释，说他有一个哥哥，这些情况他本人是不太清楚的。家乡的人，一直坚信，说他是有一个哥哥的。

她听糊涂了。到底是有，还是没有？

他说，怎么会没有呢？他絮絮叨叨地说，不过，他的哥哥改名字了，现在不叫原来的姓名了。

她闻言不禁冷笑起来。这简直太奇怪了。这个男人，如今说话怎么颠三倒四，翻来覆去的？他是不是精神有什么问题？

他沮丧地说，我哥哥，现在姓沈，不跟我们一个姓了。他现在名叫沈世泽。

她听罢，这才大吃一惊。老天，他哥哥竟然……会是沈世泽？

她盯着他的脸庞。不知为何，他的脸变得苍白、无神，连声音都有些颤抖，并且愈来愈小。

现在，她突然就明白了。她终于明白，为什么会在香樟镇遇上他了。原来，这笨蛋跟沈世泽，还真有那么一点点关系！

可事实是，关于沈世泽的情况，现在的她，比眼前这个自称弟弟的人要清楚得多吧！是的，她比很多人都清楚。她甚至比所有的人都清楚。事实上，她知道，那个村或者那个镇，到底会有多少人，想要跟沈世泽攀亲道故。他们每一个人，都想跟沈世泽拉上一点关系。

金钱，把这个世界完全败坏了。

她还知道，沈世泽根本不是在香樟村出生的。而那些人，根本无视这个事实。整个香樟村根本无人见过幼年的沈世泽。他们故意编造谎言，然后以讹传讹，硬说沈世泽是陈家的后代。最后，还振振有词地说一个人不应该对不起祖宗，谴责沈世泽应该姓回陈姓。

他们那些家伙，完全是在胡说八道。

现在，她看到了，这个想认兄长的陈望财，就站在她跟前。他想干什么？当然，从陈望财的角度，她也可以明白的，他肯定是愿意认沈世泽为兄长啊。谁跟钱财有仇啊？

可是，从她的角度看呢？不，她不愿意。沈世泽好端端一个人，凭什么一定要成为你的兄长？撇开过往历史上的爱恨情仇不说，撇开那些痛苦的经历不说，沈世泽也不去追究，他完全有权利保持现状。各安天命，才是最好的相处方式。

当然，这些事情，还得等沈世泽自己来定。

那么，现在该说什么才好？恭喜他找到了哥哥？这怎么可能？不，他这是痴心妄想。她顿时感到心中涌起一股闷气。

陈望财忽然问，对了，你知道丁香那个人吧？

她很意外，说，丁香怎么了？

陈望财告诉她，其实好些年前，他就认识丁香了。她听了悚然一惊。怎么可能？好些年前？好些年前——那是多少年前？好些年前，连她自己都还不认识丁香呢。他说这种话，又是什么意思？

陈望财告诉她，好些年前，他参加了本城一个单身青年的婚恋微信群。群里经常定期举办聚会，还有各种游玩和聚餐，有时还会组织野营活动。总之，有很多单身男女参与的活动。而在那个微信群里，有一个女人就是丁香。哼，你认为丁香是个好女人吗？她不过是个女骗子。陈望财愤愤不平地说。她讨厌他骂人，尤其是骂丁香。她对他说，不许骂人。他替自己辩解说，真的，她真是骗子！我没有诬陷她。而且，所谓的“丁香”，也不是她的真名，她真名叫香莲，丁香莲。丁香是她来深圳后改的名字，其实就是个假名字。

她听罢，大吃一惊。

怎么？丁香是假名？她来深圳的时间的确不长，也知道，在深圳的有些年轻人如果遇到不顺的时候，就会去算命，起心动念改个名字。有时候，是嫌自己的名字土气；有时候，是想寄希望于改变自己倒霉的命运。在深圳，这都是寻常的事。至于丁香为何改名，她不知道。陈望财生气地说，还能为啥？为了结婚呗。她骗所有的男人，说她未婚，完全丧失了一个正派女人应有的品行。来深圳前她在老家就生了两个孩子，然后离婚，她的女儿七岁，儿子也有四岁了，都留在重庆农村的父母家。对了，她也不是成都人。既然征婚，她又为什么隐瞒不报？想瞒天过海吗？哼，这个女人，一点道德底线都没有。

听他这么说，她真的吓了一跳。怎么可能呢？她认识的丁香，娇小的模样，凹凸有致的身材，不像生过孩子的少妇那样丰满肥厚。况且，丁香那么渴望结婚。这样的女人，怎么可能会是单亲妈妈呢？

她看着他。这个陈望财，一向颇有心计。不能理解的是，他为何要冤枉丁香？他与丁香有什么深仇大恨？

她突然问，你是不是追过丁香，而丁香拒绝了你？

之所以这么问，是因为她认为，只有一种可能会让他愤怒而不惜栽赃于人，那就是丁香拒绝过他。哪知陈望财撇了撇嘴，说他才不稀罕丁香那样的女人。

街道上晚风四起，人来车往。天色既黑，四周高楼的窗口，开始三三两两地亮起了灯光。

路灯将他的身影拖得很长。他神情孤独，说道，最近这些年在香樟……好像人人都知道他有个哥哥了。他的声音变得有些凄凉。起初，他真不敢相信，怎么可能会有一个哥哥？一个从天上掉下来的哥哥？唉，只能怪那个哥哥太有钱了。真的，在香樟人人都惊叹于他的富有，羡慕甚至眼红他那么富有……唉，一个富人……而他自己，本来也不想去认这个哥哥的……是的，他的确是没有想过。他是有自尊的男人。可是你想，一个人，怎么奈何得了生他养他的家人，怎么奈何得了看着他长大的族人和街坊邻居呢？一个人，又怎么奈何得了金钱？金钱的力量太大了……在香樟，所有人都劝他看在钱的分儿上，不要放弃这大好的机会。认一个哥哥，特别是有钱的哥哥有什么不好？在香樟，人人都责怪、嘲笑他……人人都骂他，恨铁不成钢。他们撺掇他，再也不能错失机会了。这个世上，会有什么人放着一个天上掉下来的巨富哥哥不要？是不是太傻了？谁愿意一辈子贫穷下去呢？

可是事实是，他是不好意思的。他不想乞求别人。他也知道，嗟来之食不好吃。况且，他完全不知道自己有一个这般富有的哥哥。他一直在挣扎。他一直在跟自己深重的怀疑之心做斗争。

现在，她愈来愈嫌弃他了。沈世泽怎么可能会认可这么一个愚蠢、羸弱又无能的弟弟呢？有时候，烂泥巴的确是糊不上墙的。

他的神情流露出万般无奈，又沮丧又可怜。

当然，到了现在，她也不想太刻薄。她不想嘲弄他，可也不打算同情他。

考虑到他的家庭状况，年迈的老父亲早已撒手人寰，高龄偏瘫的老母亲面对不是已出的男人，必定羞愧无语。在她单纯的想象中，他的母亲——那个年迈的女人早年肯定疯狂地咆哮过，做过恶人。她肯定愤怒地憎恨并且诅咒过那个横空出世的小男孩。可是现在，陈望财提到的陈家，是的，那是他们的家族，他们的陈家，却都想撺掇他去认这个大哥。整个家族的某种邪乎劲，这会儿便显现出来了。

只可惜，他的老父亲早已过世了。否则，还不知道会发生什么呢。这么混乱的亲情关系，还怎么相认？

黑暗中，空气中有许多肉眼看不见的小虫子在飞。她一边挥臂驱赶着脸旁的飞虫，一边替他惋惜。其实，人世间的有些事情，像久埋在地下的古董，最好不要重新翻掘出来。否则人人都舍了命来争抢，还有什么意思？

她默默地起身往外走去。

他跟着她，走在后面。小街的两旁此刻停满了小汽车。路边的小吃店和小餐馆也坐得满满的。

见此情景，她才惊觉肚子饿了。但她不想请陈望财吃饭。她也不愿意跟他一起吃饭。

她站住了，说，你可以打个车回去。或者，坐地铁也行。往前走二十米，再往右拐过去，就有个地铁口。

他犹豫着，好半天才嗫嚅地回答说，好吧，谢谢你。

她说，祝你好运。

然后，朝他挥了挥手，接着，她转身朝着街道的另一个方向走去。她不想让他知道她住在这里。她害怕这个男人纠缠自己。

大约过了五六分钟，她停下了脚步。回头去看，陈望财已经消失在灯火闪烁的街上了。

她这才轻轻松了口气，往家走去。

第二十七章　柳暗花明

能够在蓝天星语住下来，她是满足的。能在这么美的高楼之上拥有一席卧榻之地，她非常开心。不过，这样的日子非常短暂。而且，她也不知道，最近，自己为何会经常陷于烦躁与不安之中。

当然，这或许跟一个人有关。那个人自然不是陈望财，也不会是丁香。不管他们俩的嘴里怎么把对方说得如何不堪，都不是她所关心的。能让她关心并且让她焦虑的只有一件事，或者说，只有一个人，那就是沈世泽。她觉得事到如今，连她自己也变得好生奇怪了，唉，她为什么要替他着急呢？

她经常想起与沈世泽的对话。不，在沉默的怀想中，她经常莫名其妙地就昏睡过去了。然后，不知过了多久，才黯然醒来。每一个白昼和黑夜，她都想要听见他的声音。每一个白昼和黑夜，她醒来却只看见孤零零的自己。有时候，在黢黑的有流星划过的神秘子夜，她依稀能够回想起沈世泽的声音。沈世泽说，你喜欢美国吗？她心中称奇，暗自想道，咦，这不是我想问的问题吗？她问沈世泽，你喜欢美国吗？沈世泽笑吟吟地说，我在美国长大呢。是吗？那你为什么要离开美国，要回到中国？她问。她看见沈世泽不说话。于是，她生气了。怎么？你不肯说话？她问。沈世泽说，怎么会？这种事情，不是一两句话能够说得清楚的。她说，那你慢慢说吧。沈世泽望着她，他身后的窗外是纽约迷人的星空和湿润的空气。她记得，纽约那个城市，跟深圳一样，也是在海边。沈世泽沉思着说，我的母亲希望我回来。她点了点头，说我知道。沈世泽说，而我自己，愈来愈发现我对中国文化有了一种好奇心，我有了一种探知和深入了解的渴望。她很高兴地说，是吗？你真的这么想吗？沈世泽说，来美国留学的人和那些留在美国的中国人，他们经常会说一句话：来了美国发现自己更爱国了。我现在好像能够理解他们的意思了。她笑了，问，你不是美国人吗？你真的这么想吗？沈世泽说，你知道的，美国是一个移民国家——我们的深圳，也是一个移民城市。作为移民国家，美国没有主体民族，你知道的，美国全由移民组成。我在深圳的一个体会是，深圳非常有凝聚力。这令我惊叹不已。你知道吗？美国社会就不那么有凝聚力。尤其是现在。所以，这又让我困惑。她好奇地问道，你喜欢深圳吗？沈世泽笑了，说，我已经在深圳住了很长时间了，深圳也是我的家，我当然喜欢深圳。她问，那么，这就是你回来的原因吗？沈世泽说，最近我一直在读中国的古代经典著作。那些充满智慧和历史感的文字常常令我深思。我觉得，我从那里发现了一个新的世界。她还想问什么，结果呢，沈世泽说我们要走了。国内来电话，让我们回去……

她点了点头。她知道要回去的。欧洲去不成了，他们改变了航线。然后，她对他说，你回中国太好了。有一句话，她害羞不敢说出来，她喜欢他。她希望他回来。

那些情景，曾经反复出现在她的脑海里。那些语言、对话，那些笑容和好意，那些她所热切想要知道的想法，那些曲折袒露的心迹，那些他曾经以思考之名想要传递的判断和愿望……是啊，现在，他愈加显示出在她生活中的重要性。有时候，她会平白无故地想，没有了他，她该怎么办？没有了他，那是不是就意味着这样的幸福日子也就结束了？当然，她也知道，一直知道，在这里面，其实一直暗藏着一条隐秘的草蛇灰线，一种看不见，却可以感知得到的逻辑脉络。这条逻辑线索，有时是乐观的，有时又让人担心和害怕。当然她不愿去深究这些。她喜欢简单的直觉。以她的单纯和任性，她更相信车到山前必有路。她还年轻，还有很多时间。她知道自己的前面还有很长的路要走。而从另一个角度思考，她的青春也给她带来自信的底气。一切悖逆不利的东西，暂时走开吧。她这么想着。她知道，如果，即使（她不想说出来）……她也可以从头再来。是啊，她知道对一个女生来说，年轻就是希望。

即使这样鼓励自己，她仍旧有点闷闷不乐。在这明媚的房间里，本不该如此郁郁寡欢的。醒来的她，经常抬起头来发呆。这时，她的眼睛就会触及墙上的那幅画。那是她父亲的署名画作。

画面上，正是她拥有绝世美貌的年轻母亲。她的心融化了，眼睛只想流泪。

她低头，想去找纸巾。不，她想去找画笔。自幼在父母的影响下，她也学会了画画。只是，平时她很少去画。因为每次拿起画笔，她都会忍不住哭泣。而现在，父亲和母亲都不在身边了。

她仍然找了画笔出来，还有纸张。她懂西画，也爱国画。她有父亲留下来的曹素功墨及一方古砚，平时舍不得用。当然，她还有其他的颜料盒与画毡。调色板是干净的，原来就洗好收拾好的。她默默地磨着墨，一圈又一圈，却没有决定自己要做什么。她停下来，然后握笔思考。可是，一时间她竟然也不知画什么才好。

她的脑子里，浮现出了他的身影。画他？当然不是，她不会去画他。现在的他，只会让她焦虑。况且，她也不好意思画一个男人。

要不，像丁香所撺掇的那样，画一座城市？画深圳？

唉，深圳太大了。现在的它，与人们口头传说的南海边上的一个小渔村相差太远了。她画不了这个巨兽一般的大城市。

良久之后，她放下了画笔。

忘记是周四还是周五了，她去公司上班。她的头脑有点乱。而公司里的人，和往常一样没有什么明显的不同。她去找商姬。商大姐不在办公室里。她退了出来，然后回到自己的办公室。不过，在办公室里她也干不成什么，因为她一直心神不定，无法集中精神。她想过跟丁香联系，可是，跟她联系后，说些什么好呢？她想问一下，丁香搬家了吗？还有，这个女人，她打算搬到哪里去呀？要不要她帮忙？此外，还有陈望财横插一竿子的事情。当然，她下不了决心告诉丁香关于陈望财说的那些事。她也忧虑和担心陈望财说的都是真的。若是真的，那可怎么办呀？要不，跟丁香说说沈世泽的事情？可是沈世泽的事，她不是不愿意说给丁香听，而是连她自己也说不清楚沈世泽到底发生了什么事。唉，与其让人陡生疑窦，还不如暂且避开为上。所以，她暂时也就放弃了跟丁香联系的念头。

一个人的日子，太无聊了。

到了下午，商姬终于来办公室了。她听见商姬的声音很高兴，赶忙起身，朝她的办公室走去。商姬见是她来了，脸上露出了笑容，让她坐下来。商姬的助理，一个名叫小鱼的干练姑娘闻讯过来，一阵忙碌，替商姬冲了一杯墨西哥咖啡，也端了一杯咖啡给她。商姬问她，要不要吃几块西点？她摇了摇头，说不用了。在迷恋了一阵西方的点心后，她最近又有了新的兴趣。如今的她，喝下午茶时，觉得还是家乡的茶点更合胃口。尤其是江浙一带的茶点（与她家乡衢州不一样），本身就具有非常独特的风味和吸引力。为什么偏偏要抛却家乡上好的佳品，而去追逐外国人的东西？西方的甜品不是不好吃，平时跟朋友出去逛街、吃东西，随时都可以吃到。好在深圳有几家杭菜馆。尤其是杭州的茶点，譬如荷花酥、小鸡酥、桂花栗子糕，还有千岛湖的金丝琥珀蜜枣，等等，都有供应。她喜欢这些茶点，连名字都那么好听，写出来，连文字也都那么美，充满诗情画意，让人眼前一亮。还有，再怎么说，她也只是一个年轻的姑娘，即使想要朝三暮四，或者朝四暮三，也没有愚蠢的猴子可供哄骗，她只能哄哄自己。卸去了西方的光环，她似乎找回了足以安慰自己味蕾的心仪之物。不过，商姬仍然叫人送来了几小碟瑞士曲奇，还有比利时的巧克力以及澳大利亚的红心柚，虽是引人垂涎的美味之物，可是她却仍然兴趣全无。

陪着吃了一块巧克力后，商姬才对她说，沈董早就没事了。她顿时眼睛都放光了。唉，这个大姐，可真沉得住气啊。商姬说，前天沈董已回公司了。因为有急事要办，当天就直接飞去北京了。啊，他去了北京？芦一叶听罢，有些呆住了。这是她没有想到的结果。不过，没事就好。她对商姬这样嘀咕着。商姬笑眯眯地对她说，申报给北京的大项目，据说中央部委已经批下来了。沈董特意赶去北京就是为了这事。商姬又说，目前她手头上正在开展的工作，也是沈董交代的，是最近至为重要的事。她很好奇，就问商姬，可是五省援建计划？商姬笑着点头说，是的，你也知道这个计划啊？她就说，她曾听过沈董说了些皮毛。商姬说，所谓“五省计划”，早期的确这么提过。其实，早就不止五个省份了。按照这项规划，应该有更多省份和更多的地区会参与进来。这几天，商姬刚从四川回来。在四川，有一群年轻人创办了一家实验性质的新型养老院，全部由年轻人来经营和管理，年轻群体有着无可比拟的热情和干劲，同时又具有蓬勃旺盛的生命活力，能给老年群体带来活力满满而充满朝气的新鲜生活。商姬盛赞这真是一个独特的思路与创举。她听了这话，就在想，过去听说公司曾为此专门组建了一个强大的管理运作团队，果然是真的，遂从心底对商姬表示深深的敬意。在她眼里，商姬的确是一个既有眼光又有格局的女人，尤其具有强大的执行力。这一点，让她不得不由衷地佩服。商姬在慢慢呷着咖啡，解释着沈董的宏伟规划。不，事情已不只是规划了，早已铺开实施了。商姬现在所描述的，只不过是那个宏大规划的延伸部分。这一点，她渐渐听懂了。她突然意识到，这或许正是沈世泽“退休”后的一个理想。商姬一直认同并且非常推崇沈董，是沈董这项事业的主要推手之一。商姬说沈董的梦想常常让人非常感动。商姬认为，沈董自从母亲去世后，就经常深陷于“子欲养而亲不待”的痛苦中，他以疯狂的执着与热情从古代典籍文献资料中寻找和汲取精神的养分。商姬说，沈董这个人，他的内心依稀拥有一份独特的执念，他想要达成母亲曾经有过的朴素心愿。商姬告诉她，沈董的母亲，生前一直念念不忘当年自香樟村返沪后那些热心的街坊邻居施以的援手和温暖。所以呢，总想着能在老迈之年回到故乡报以拳拳之心，惜乎未能如愿。

这个时候，她却突然想起一件事。她想起商姬在香樟村跟她说到过那些无奈的老人被扔进深山的悲惨命运。当然，那是过去荒芜年代的罪恶传说。是啊，时代在发展，可是在现实中仍然不可避免地存在各种伤害与悲剧。她听到商姬提到古代典籍，意思是，沈董正是从中国古代那些目光如炬的思想家那里找到了人类生生不息的生命之门。这时候，她也想到了一个她喜欢的哲学家。她读书不多，可是孟子还是知道的。中国古代的孟子，号称“亚圣”。她记得孟子说过一句很有意思的话：老吾老以及人之老，幼吾幼以及人之幼。年幼时，她是因为好奇那些句子如此拗口才特别去背诵的。文言的质朴与别致韵味令她着迷。等她长大明白孟子的意思后，她才深感那些句子形式上的萦绕之美和内容上的深厚内涵，一唱三叹，感慨更深。不错，孟子的理想，曾经照耀过古代人的精神和社会生活。现在，她似乎明白了沈世泽的所作所为包含的万千气象。

过去，她曾一直困惑，她也曾因此而去猜疑某些事情。而现在呢，她仿佛突然间就恍然大悟了——或许沈世泽的那些美好构想与规划，均与此有关？这么想着，她的眼前忽然浮现出了一个古代人的形象。那是一个质朴的古代部族领导者的形象。那位天生的领导人带领着一群又一群人，包括一代又一代人，前赴后继地朝着自己所心仪的高远目标奋勇前行。他们一心要去成事，去成就心中那至高无上的大事。

现在，这个沉默的不倔形象是如此地打动她，并且在她的胸中唤起了某种激荡的崇高之情。现在，甚至连她平静的内心也禁不住喧哗和骚动起来。

第二十八章 尾声（春梦了无痕）

下班后，芦一叶没去超市买菜。最近这两天，她一直在楼下附近的小餐馆里吃晚餐。其实，最近她的肚子也不是太饿。或许一个人精神恍惚时，就不容易察觉到饥饿了。反正这几天，她也只是吃些简餐。早上是牛奶面包，最多还有一个鸡蛋，要不然就是油条和豆浆。中午是几块饼干，然后加一杯咖啡。她向沈世泽学会了喝咖啡。当然，有时候担心营养不够，她会选择喝牛奶。到了天黑下来，她才会磨磨蹭蹭地下楼，去外面混一餐，聊以果腹。她知道的，一个大活人不能不吃饭。况且，她对自己也有一个告诫：她要像完成自己的承诺那样，给自己的胃一个交代。

这天傍晚，天色尚未全黑，她心情莫名其妙地有些激动。对啊，沈堇回来了。不，沈堇去北京了。这真是好消息。她很开心。她本来不太想吃饭，可是今天不知怎的，居然有一种饥饿的感觉。她想吃饭了。哈，不仅要吃饭，还要好好吃上一顿。她要犒劳一下自己。这些天来，她对自己莫名其妙的折磨该结束啦。哈，她受够了。所以呢，今天她一定要把这些天的损失全都补回来。

她按照通常的习惯，下楼来到外面的餐馆。那是一家她熟悉的广东餐馆。她刚在靠窗的位置坐下来，突然一个温和而高大、戴着宽大口罩的身影倏忽就出现在了她的跟前。不，那人不可能跳在跟前的，因为她的跟前，隔阻着巨大且透明的玻璃。

呵，那个人！站在玻璃外，正笑盈盈地注视着自己。

她吓了一跳。

啊，是你？她也咧嘴笑了。她结结巴巴，看着站在玻璃外面满脸笑容的沈世泽。啊，他回来了。她的胸中透着不胜娇羞的喜悦，然后霍地站了起来，就想往外跑。

可是，沈世泽已经转过门廊走进来了。他依旧春风满面，神采奕奕。我刚刚到的。他比画着，这么说。

她自然听得见他的声音。她一直都喜欢他柔和且具磁性的声音。不仅如此，她还看懂了他很少出现的手势。在那一霎间，她仿佛感知到了他急切之中想要表达的心思。喔，心心相印的人，心意果能暗自相通吗？

他仿佛自天而降，带来温馨，也带来浪漫的氛围。他的突然出现，让她又惊又喜。说实在的，这些天来，她的一颗心一直悬着。自从那天他被那些衣冠楚楚的人带走后，她才明白，她也可以为他担心和憔悴。现在，看到他果然如商姬所说的安然无恙了，她高兴极了，几乎要喊出来了：老天爷！你没事啦？

其实，昨天从商姬那里得知沈世泽的消息后，她完全没有料到，他去北京能这么快就回来。她很想问他去北京干什么。沈世泽的神情是惬意的，状态是轻松的，仿佛从未遭遇过困厄与阻碍。

从商姬嘴里，她早已获悉他的近况。

只是，她一直认为，这个时间，他应该尚在京城。

他走过来，摘下口罩，立刻就露出整个脸庞。正如她所料的，他的脸上荡漾着灿烂的笑容。今天他没打领带，只在脖子上挂了条浅灰色的丝绸围巾。她知道，他很喜欢丝绸。而那些笑容给她的感觉是，他有满满的好消息要告诉她。而且，他的胡子也刮得干干净净。真是一个又细心又体面的男人啊。

他从她身边走过时，她闻到了一股清爽的幽香。

她站起身来，让他坐在桌子的对面。这一方小桌，这么坐着才正好。这样的话，她就可以正面对着他了，就可以好好地端详他了。她仍然记得，这也是他喜欢的位置。

她将菜谱递给沈世泽，问他，你是不是还没吃饭？我们是不是先吃饭呢？他笑嘻嘻地说，好啊，你点菜就好了。我饿坏了。而这时，她却一时间不知道应该怎样点菜了。因为这是一家小餐馆，菜品本来就不是很多。而且，看见他回来，她太高兴啦。她转着眼睛，脑子里却不知在盘算着什么。总之，她很高兴，就说，既然这么巧，我们是不是要好好庆祝一下？

他吃惊地看着她，庆祝什么呢？她笑了，说，当然要庆祝啊，我以为你该坐……她差一点就说出这样的话来。她想打自己的嘴巴。她以为他该坐班房了——呸呸，这算什么话？连她自己都在责怪自己。于是赶快改口说，幸亏没事了……啊哈，真是幸运啊。他听了，脸上的表情有点怪异。她不知道他到底听懂了多少，没敢与他周旋，赶紧专心看菜谱。

这个时候，她随口说道，商姬秘书告诉我，说你去北京了。

他笑了起来，夸她消息灵通。然后，告诉她说他的确是去了北京。他去教育部、民政部和国家发改委等几个机构办了些重要的事情。听他这么说，她立即就想到，应该是关于他那个宏伟计划的沟通和推进，或者还有审批什么的。

既然一切都如此顺利，那她还有什么可担心的呢？既然不用担心，何不快活一下？她突发奇想，对沈世泽说，哎，你先坐着等我一下，待我回去拿一瓶好酒来，可好？沈世泽问，怎么想到喝酒了？她回答说，不是啊，是今天必须喝酒！哈哈，有一个词是怎么说的？我是在《西游记》中读到的：逢凶化吉，遇难呈祥。哈！虽然有些牵强附会了……可是，我觉得我们真的好幸运啊！真的，运气好比什么都重要。哈哈，你一定要笑话我了。不管怎样，我们今天必须好好庆祝一下。

说罢，她忽地一下站了起来，像是仍在想着什么。然后，却忽然又改变了主意。

她对他说，要不，我们在这里点一些特色菜肴，让店主送到家里？我们回家去吃饭喝酒，是不是更方便、更自由、更随意？她忽闪着大眼睛看着他，等待他的回答。

他一言不发，笑嘻嘻地站了起来。显然，这是认同了她的想法。

她开心地去找店主，很快便点好了菜肴。这家店的店主，是个好脾气的广东中年胖男人，平时很关照她。店主说，请放心，不会耽搁多久，他会尽快替她安排好送餐的。

他们一起出了餐馆。进小区时，她一直在笑。乘坐电梯时，她也一直在笑。回到蓝天星语，她当然开心啊，他从未来过她这里。她有一种奇异的感觉，仿佛她现在的生活正在迎来一种新的气象。

她想告诉他，这里曾经叫过“天鹅之翼”。她想讲给他听，曾经有过一个美丽至极的故事，证明一只传说中的美丽小天鹅来过这里。可是，她没有说出来。因为她没有见过那只小天鹅。她无法自圆其说。

虽然是斗室，可是也足够容纳他们。她请他就座。呃，房间的确是小了点。可是一个人能有这样的地方居住，她可喜欢了。她喜爱小巧精致的东西。她去家私城千挑万选，买了一张楮木小桌，比餐馆里的桌子更小，也更精致，而且结实稳固。她喜欢稳固的东西。

她替沈世泽泡了一杯热茶。最近，她已改喝家乡的绿茶了，就是杭州的龙井茶。喝龙井，隐含着对父亲的思念，因为父亲喜欢杭州。她愈来愈意识到了这一点。这茶叶碧绿，茶水清冽，亦是她喜欢的样子。泡好茶，她也坐了下来，一起等待着楼下的餐馆老板送菜品过来。

沈世泽神情轻松，一直很好奇地朝小小客厅的四周打量着。小厨房、小阳台，不知怎的，感受着这女生温馨的闺房气息，倒让他产生了些许的不安。他问她为什么要住这么高。30 层楼高啊，没有人会不觉得高。即使处在高楼林立的深圳，它也显得那样标新立异、卓尔不群。听了他的问话，她嫣然一笑，领着他来到窗前，外面天已经黑了下来，整个世界灯火辉煌，他们只需俯视，整个城市就能一览无遗。他有些愕然，登时就笑了。他明白了她的用意。

她又说，你知道吗？过去在大学念书的时候，我读过一本好看的书，我知道了埃及的金字塔很高。据说，在巴黎的埃菲尔铁塔出现之前的四千多年时间里，它一直是世界上最高的建筑之一。我很好奇，人若居住在这么高的楼层上面，会是怎样奇妙的感觉呢？这就是我后来一直想搬来这里居住的原因。这个地方，打破了它们的高度。

沈世泽听罢，笑了起来。他只觉得这个女生那些神奇的念头让人吃惊。他笑着说，你真是很特别的人。她说，我特别吗？其实，每个女人都很好奇的。在每个女人的心里，多多少少都住着一个不安分的小女孩。

现在，连她自己也笑了起来。

她说，真的，我很满意能够住在这样的地方。

沈世泽微微颔首，道，是啊，你看，我竟然也被你说得有些心动了。这样的想法，这样的高度，的确会给人带来不一样的视野。良好的习惯能改变人生。我猜想，在这里看世界，白天应该更辽阔吧。

她答道，白昼和黑夜总是给人惊喜。真的，变化的世界，总是给人足够的惊喜。她爱这个世界。

在这期间，正好有空，他们有足够的时间。沈世泽就告诉她那天发生的事情的缘由。其实，原本是没什么的。那些人将他带到市里政府管辖的一家内部酒店。后来，他才知道，那些人是政府的监察人员。他们的态度友善、和蔼、严谨，开门见山地询问了一些事情。几番谈话之后，他才终于明白，原来是跟上海他家那幢老宅有关。不管怎么说，那也是上海滩著名的小洋楼。他们不知怎么顺藤摸瓜地查到了他想购买那幢老宅。她好奇地问，那不是你们家祖上遗留下来的家产吗？怎么还要买？他笑了笑说，解放后政府收回去了，最后不知什么原因又重新投放市场，所以他就产生了回购老宅的想法。

既然是市场购买行为，那跟政府的监察系统又有什么瓜葛呢？这就是这件事的起因。曾经有身份特殊的大人物，私下先于他购得了那幢老宅，可是，很长时间他也不敢去装修或修缮。恰逢近年来全国反腐运动正在势头上，那人不敢将这烫手的东西捏在手里，于是就想转让出去，这样就与他产生了关联。幸好，他只是付了少量订金，尚未来得及履行后续程序，也就没有与那身份特殊的人产生更多勾连。否则，他是否会牵连更深，也未可知。

她有些意外。这么说，他是想买回原本属于自己家的祖宅了？这样也有问题吗？她无法理解，事实上连他本人也无法理解。当然，这事与他确实也没多少干系。更重要的是，他与那位售卖老宅的神秘人物根本没有什么接触。调查完毕，他就被送了回来。

楼下的店主，是个诚信的男人。外卖很快就送来了。温热的菜品被包裹得严严实实。他们一起摊开，取出来，放在桌面上。一盘冬笋炒腊肉、一盘清蒸笋壳鱼、一盘辣椒炒花甲、一盘清炒红菜薹，还有一盒白米饭。蕞尔小店，能有这么丰富的菜品就很不错了。她说要去拿酒来，可是一个女孩能有什么好酒呢？上次搬家带过来一瓶法国红酒，打开后试了一下，味道有点酸。她突然想起，还有一瓶好酒，是有一次跟丁香逛山姆会员店用积分买的贵州茅台酒。平时她从不喝白酒，差点儿忘了那瓶酒的存在。

现在，茅台放在小桌上，沈世泽看着她，他不能理解她怎会有热情去买自己本不喝的白酒。当然，他也不清楚在中国的商场里，怎么总能遇到那么多千奇百怪的优惠活动。女孩们喜欢收集积分用以购买心仪的商品。这些举动，在他看来，是新鲜的、有趣的。

可是现在，去哪里找两只小酒杯呢？正在发愣，却见沈世泽打开茅台酒的包装盒。哈，里面正好躺着一对可爱的小酒杯。他当然是知道茅台酒配备了这些小东西的。商家的体贴总是走心的。

好了，一切都齐全了。

她对他说，你把外衣脱了吧，吃饭也不用这么正襟危坐。

他笑了，说，好吧。

她说，要先敬他一杯酒。可喝一杯酒的速度太快了，只需要一秒钟，就一饮而尽了。她歪着头，看着手里的空酒杯，就提议，不如连敬三杯好了？其实，这个时候，沈世泽尚未反应过来。哈，就这样，她刚开始，便一口气向他敬了三杯白酒。

这劈头盖脸的三杯酒，差点儿把他喝懵了。她也有些兴奋，酒劲正在往上涌，眼睛开始蒙眬起来，看他像雾里看花。他在用手把玩着小酒杯，酒杯在他手里翻滚，一滴不剩……她傻笑起来。忽然想起，以他的习惯，过去应该没喝过这么烈的白酒吧？在香樟村他酒喝得有点多，可是没醉。现在呢，她看见他有些晕了。她感到有些抱歉。在国外，他们喝的应该是葡萄酒，即便洋酒，也只是小口品尝吧。当然，她不清楚他的饮酒习惯。

这会儿，她忽然想起陈望财。她看了沈世泽一眼，有那么几次，她想告诉他关于陈望财的事，可一直没有找到恰当的机会。后来她又想，其实说不说也没什么关系。因为，他认或不认那个同父异母的弟弟（如果确有血缘关系的话）又有什么关系呢。在她看来，那些事情太复杂了。她不想让自己纠缠其中，深陷其间。

与沈世泽在一起，她有一种奇怪的感觉。他不像国内的那些老板，总是通过各种方式让你感到他是你的老板。不，沈世泽不会这样。他首先是一个干事的人，他疯狂地热爱工作。他还是一个专注的人，他总能迅速沉醉在自己的思维和工作中。即使形单影只时，他也总是相当投入与忘我。

现在，他在用心与她对饮。他对待喝酒也是那么认真。她笑了。白酒在他的小酒杯中荡漾。他似乎也兴奋起来。她看见他在专注地看自己，语调缓慢而认真。他说本想去巴黎、伦敦……可惜坏天气影响了行程。哈，他还一直惦记着他的欧洲之行呢。她想提醒说，其实是国内的电话影响了您。他没有听见她的提醒——因为她没有发出声。他说起过去每次去巴黎或伦敦的情形。虽然在巴黎、伦敦，还有佛罗伦萨、柏林，他都有住宅，可即使是住在那些地方，他也感觉不到家的温暖。

她好奇地问道，那是为什么？

他一脸迷茫地看着她，说，为什么呢？

她问他，在美国，你有回家的感觉吗？

她知道他在美国生活的时间最长，尤其是母亲健在时，美国是他的家。如果放到现在看，过去回美国他自然是回家。可现在，还是回家吗？在中国，有一句话叫：母亲在哪里，家就在哪里。母亲在，人生尚有来处；母亲不在，人生只剩归途。这样的话，总是让人伤心。没错，纽约是他的家。但是母亲去世后，他说他再也找不到家的感觉了。因此，她才想问他，是不是由于这些原因，他才想要不远万里回到中国来？他专程去香樟村，去上海，是否也是为了找到家的感觉？

不过，她有一种感觉，恕她直言，她认为在那些地方，他好像都没有找到家的感觉。

既然提到家，他突然停下来，贸然问了她一个问题。他说，你、你父亲有消息了吗？不，你有你父亲的消息了吗？说完，他莞尔一笑。

我父亲的消息？她被他这句没头没脑的话问懵了。当然，她很快就明白了他的意思。她忧伤地说，没有呢，去哪里找啊？中国太大了，我不知道他去了哪里。

或许是酒精的作用，又或许是情绪的影响，她将这句话说得轻飘飘的，却又有些刻意。这样，听上去似乎就有了一些逃避的意思。或许，在主观上，她是想让一切变得轻松、洒脱，甚至诗意的。可是不行啊，她的眼睛出卖了她。是的，她的眼睛湿润起来，仿佛一汪清泉。他将这些都看在眼里，沉思了片刻，才说，没关系的，只要你的父亲还活着，就会回来的。你要相信他爱你。

她点头，说，我相信的。

之后，她又替他倒了一杯酒，听见他说，他会派人到各地去探访。一旦有你父亲的消息，就会告诉你。她点了点头，想说“嗯”，却没有说出来，她把这个“嗯”字咽到肚子里去了。

这时，她又听见他在说话。或许是喝多了酒的缘故，他说话的语气有些含糊，她似乎听到他在问自己，钱够花吗？她自己情不自禁地重复了一句，钱够花吗？不，她的声音太小了，他一定听不到。当然，她是故意的，她故意用最轻微的声音重复，她也不想让他听见。

并且，她的小声跟他的小声是不同的。他声音小，或许是需要照顾她的自尊心。而她呢，尽管有感激在内，可是仍然羞于让他听见。

钱当然够花了。她很想这么爽快地说出来。是啊，她做梦都没有想到，现在的她能够这样肆意花钱。没错！她很开心。她终于可以不再背负沉重的压力活着了。虽然钱不是很多，但是她有足够的感恩之心，她愿意这样说，这是她一生中最有钱的时期了。其实她并不太看重钱，她只是更加懂得，没有钱花的日子可真难熬。所以，她特别感激一个人。而这个人，此刻就坐在她的跟前。

她也有一些醉意了，小酒杯在手里快要握不住了。刚才，她真是太疯狂了。哈，年轻就是莽撞。她突然冲动起来，对他嚷嚷道，别去巴黎了，别去伦敦、佛罗伦萨……深圳就是你的家。你看，总惦记着外国……家里都招贼了，你赶紧回来吧……

沈世泽听了她的话，笑了起来。他当然回了家，家里并没有什么损失。小偷进到家中尚未来得及下手，便到处警铃大作。小区的警民联防行动相当迅速，警察和保安几分钟就赶到现场围住了作案者。

她像听故事一样，听他把这些事讲述了一遍。生活变成了口头文学，才产生了一种举重若轻的效果。她举起了小玻璃杯，里面盛满了酒。她伸过去对着他，又碰了碰说干杯。她的手还没来得及靠近嘴唇，他就一仰头又喝了一杯。他是个爽快的人。现在，她已经记不清她与他两个人到底喝了多少杯酒了。她一边喝酒，一边说她同意他的说法，而且，她很高兴他终于认为深圳是他的家了。其实，在心里她喜欢他认同深圳这个家。她希望他有一个真正的家。这时，她听见他口齿不清地说，一个人总该找对一个地方，把它变成家。

这才对嘛。她很高兴。即使是她，虽然租住在这里，房产是别人的，可是她一直把这里当成自己的家。不知怎的，对于拥有一个自己的家，她非常有感触。在过去，她从未有这么强烈的愿望。或许，每个女人骨子里都想要一个属于自己的家。现在，她看他，发现他在傻笑。哈，他到底清醒呢，还是喝醉了？

在心里，有一种冲动正在升腾。她意识到，事情正在变得简单：有房子，就可能拥有属于自己的家。这是今天唯一能认清的现实。安居才能乐业。这么想着，眼睛不觉有些潮湿起来。她将脸转向窗外。那里，是深邃的黑色夜空。不，不全是黑，还有些蓝。天幕是由黑与蓝构成的。真是奇妙的背景。遥远的天际，星光闪烁。在那下面，是浩瀚的城市灯火、绿荫。她情不自禁地想，哦，深圳好大。

他同意，说，你住的这个地方，有点高。

她笑着说，30层啊。

她看见他又笑了。她觉得这个男人其实蛮有孩子气的。你看他，好像他刚刚才知道这里有这么高。进来时，他们已经讨论过为什么住这么高了。最初乘电梯上来时，他看着闪亮的楼层数字，甚至还吃惊地叫了一声。当时，她只是嗯了一声。这些过程，他难道忘记了？

她跟着他的目光，又一次投向了窗外。天的一角，满是繁星。一架夜行飞机飞过，飞机的两翼，像星星眨眼那样，红光一闪一闪的。

后来，不知怎的，他突然谈到了商姬的四川之行。她告诉他，她已经听商大姐说起过四川了，商姬对四川那些年轻人创办养老院很感兴趣。他听了就笑了起来，告诉她，那是他让商姬去操办的重点工作之一。他感慨说，如今的年轻人真是敢想敢干啊。他喜欢那些年轻人。她目瞪口呆地看着他，才说，其实你也仍然很年轻呀！他摇了摇头，说他已经不年轻了，他从四川那些年轻人的身上才看到了年轻人的影子。知道吗？他对她说，四川那些年轻人，他们是在怎样困难的情况下创办养老院的呢？他们自己动手，多方采用筹集资金、合作创办养老院的方式，完全依靠自己的力量，也依靠社会的支持，用心投入。这才是年轻人创业打开人生的方式啊！他笑着说，干就对了！他喜欢这句话。他感叹说，与他们相比，自己老了。现在，他要重新变回年轻人。他要用年轻人的劲头，去安抚自己的内心，去寻找自己的精神家园，去追求可期待的未来与幸福。

她吃惊极了，看着他仿佛变了一个人一样。是呀，从他身上洋溢起来的如火热情，也将她的生命点燃了。这会儿，她蓦然冲动起来，站起来，热烈地告白，说她也要加盟他的事业，一起去干。

真的？他看着她，脸上全是温柔的笑容。

她说，当然是真的呀，我觉得蛮有意思的呀！她想对他说孟子，想说说《孟子·梁惠王》，她想说说中国古代的思想家们……她知道他的想法，所以，她也去找了那些书籍来看。到如今，她看的书其实也不少了……不过现在，她已有些醉了。好在，他的话打动了她，他的想法也打动了她。她的情绪变得热烈起来。她说她想跟着他一起去工作。她要跟着商姬一起去工作。她突然说，身为中国人，有一条历史的血脉，自古以来一直是绵延传承的。她能感到自己与古人相通。于是，他笑了。他告诉她，当初招你来，本意就是想让你参与这些工作。他需要那些有异禀的人，需要那些有热情的人，需要那些有梦想的人。她就说，她当然相信他啊。并且，她也知道，他是在从事一项重大的事业，没有更多人来参与就无法完成。可以说，这也是他这一生，另起炉灶从事的一项全新的事业。

这个时候，她得意地笑了起来。

她说，你现在还敢说，你没有骗我吗？

他吃惊地说，我当然没有骗你呀！

她一半微笑一半嗔怪地说，哼，我早就知道了，你一直在欺骗我。你说你退休了，并且还说，你早就退休了。可是，你现在的生活，根本就不是一个退休人员愿意认可的，也不可能是一个退休人员愿意选择的。为什么呢？因为你比上班工作的人还敬业，你比打螺丝的人还卖力气，你比所有觉得你傻的人还要傻。

他听了，满脸迷惑。那表情似乎在说，那我到底是怎样的人？

好花不常开，好景不常在。这个夜晚，她与一个依然有些生疏却又亲切的男人在一起，尽情地喝酒。她听见沈世泽说，不喝了。他的动作像是在制止她再去端酒杯，可是他的眼神，却像是在渴望着酒杯。他想再喝一杯吗？她微笑起来，淘气地递给他小酒杯。他咧嘴一笑，左右打量着。然后，将酒杯放在嘴边。她叫他吃菜。他喝完了手里的酒，重重地将手臂搁在桌上，几只菜盘跳了起来。哈，他的衣袖上沾着菜汤了。没人替他擦拭，因为她也有些恍惚了。

她再次将酒杯倒满想去喝，可是手却不听使唤，不小心把酒倒在了胸口。她悚然一惊，刚要抬起手臂去找纸巾擦，可是，没想到，整个人软了。她像布袋一样跌倒在地上。

不知过了多久，她才醒过来。她全身发冷，发现自己半个身体贴在沈世泽的身上。她害羞起来，赶紧从他身边挣扎着移开。唉，这是怎么了？她去推了一把沈世泽，发现他睡得真沉，像丧失了知觉。哎呀，她笑了起来。原来他这么个男人也不胜酒力啊。在不远处的地上，有个东西在闪闪发光。啊？不会是动物的眼睛吧？她好奇地走过去，发现原来是她平时放在小包里的小圆镜，不知什么时候掉在地上了。她捡起来瞧了瞧，里面映现出一张油画般的脸庞，美而生动，热切的红晕，脸颊贴着几缕湿发……妈呀，那是她的脸？

她关掉灯，世界瞬间黑暗下来。在漆黑的幽静里，她打量着沈世泽，想跟他说话。她张了张嘴，发现自己发不出声。而他昏睡依旧。正在迷糊间，她却似乎听见了一点异响。啊，是他在说梦话吗？她屏住呼吸，想要听清他在说什么。可是哪里听得清楚？她的内心燥热起来，情不自禁地将手伸向他的脸。她没有想到，他的呼吸温暖了她的手。

啊！她吃惊般缩回了手。

她羞怯，然后想逃开。可是内心有一种渴望，让她继续前行。她的手滑过他的脸、下巴，滑过他敞开衣裳的胸膛……她的眼睛转向了他的下身……那儿，似乎有些异样了？

她感觉内心变得淫荡起来，心旌摇曳。她的身体内部像有一股力量在升腾、捣乱。她的呼吸也急促起来。

手机突然嘀地响了一声。

她不耐烦地想，是谁？会在这样的深更半夜，发来骚扰的微信？她歪着身子去拿手机，原来是丁香发的微信。

丁香在微信里问，一叶，你睡了吗？

她愣了一下。回复丁香吗？不，不。她不想让丁香来打扰自己。然后，手机又闪了一下。丁香说，她准备搬家了，想请一叶这两天过去帮一下忙。不，不是这两天，就定在明天吧，明天你过来黄贝岭，帮我收拾东西……她正想问丁香打算搬到哪里住，丁香仿佛听见了她的心声一样，在微信里说目前已经找好了新居，就在公司附近。丁香问她，你知道有一座名叫“蓝天星语”的新公寓吗？网上有人说这里是单身者的天堂。她打算搬到这个地方去住。

啊？蓝天星语？她太吃惊了。丁香是怎么想到这个地方的？她记得，她们俩以前到处看房子的时候，丁香并没有对此表示感兴趣的。可现在，丁香若过来，两个女人岂不又成了邻居？

丁香继续说，她其实中意蓝天星语。她终于想明白了，住得好，才能活得好啊。她说这辈子吃够了目光短浅的亏，而且这辈子也住够逼仄的城中村了，自己也应该享受享受人生的美好。人生苦短，女人不要错过属于自己的春天。丁香说，那个上市公司高管，那个什么破副总裁……她已经与他拜拜了。古——德——拜。她要在心里跟他说一万遍拜拜。为什么呢？因为这就是她的情魔，就是她的情障。明白吗？丁香说她最近读到一段颇为心仪的话，“女人以为，男人最在乎的是性。男人以为，女人最在乎的是钱。事实恰好相反：女人最在乎的才是性，男人最在乎的才是钱”。丁香狂笑说，这他妈的说得太好了，那些男人哪里知道，我们这些女人的心里，一直住着一个“流盲”：流里流气的“流”，睁眼瞎子的“盲”。

我们白生了一双好看的眼睛，却看不清每一个男人。

过了一阵，又有丁香的消息，她发了一张照片来。

那是在银湖，丁香替她拍摄的照片，是一张肖像。正如丁香所说，手机的像素很高，拍得相当清晰。她的俊俏美照引来丁香垂涎三尺的艳羡，丁香说，允许你自恋！美人儿……

老天！真的美呢。她看着照片，暗暗心惊，连她都没想到自己原来这么美。她脑子里冒出一个词来：国色天香。哈，连她自己都害羞了。

丁香很奇怪，发了一张照片，就没有了下文。许久，才发了句话来：算了，今晚喝多了。撑不住啦。我要去睡觉了。

然后就没了信息。

她坐在黑暗里，默想着丁香的话。丁香这家伙每到深夜，总是辗转反侧，夜不能寐。丁香倘若夜不能寐，就喜欢发牢骚。不，用丁香自己的话来说，她喜欢“发骚”。哈，丁香什么都敢说。丁香说，女人不骚，男人不爱。她曾经很不以为然，反驳说，哼，这算什么话？即使骚，你骚这么久了，为何也不见男人来爱呢？

当然，这话说得有点过头，明显刺耳。那次丁香听了很生气，恼怒地说，怎么没有男人爱我？得看我爱不爱他！她见闯了祸，赶紧安抚说，对，对，主要是你不愿意嘛。我们丁香姐，怎么可能没有男人爱呢？

不过，今晚丁香看起来又有点想“发骚”了。她忽然想到，莫非这一次，丁香真的与那个上市公司高管彻底掰了？

可怜的丁香，从来不肯承认现实……

子夜醒来。她偷偷近前去端详那个人熟睡的姿态。他不能说烂醉如泥，也可以说是毫无反抗之力了。而现在的她，也渐渐平息下来。她头脑里堆积了太多东西。是的，她没有去理会丁香的激愤。女人与男人一样，在生气的时候总是口不择言。她不知道明天丁香会是怎样的态度。以她来看，丁香这次有所不同，大概率会选择“我挥一挥手，作别西天的云彩”。若如此，她不禁叹了一口气。看着沈世泽可爱的睡姿，她想，起码像沈世泽这样的男人在乎的肯定不会是钱。因为他太有钱了。通常来说，一个人拥有什么，便不会过分在乎什么。对了，若果然如此，那眼前这个男人，这个名叫沈世泽的男人，他会在乎什么呢？如果不在意钱，他会在意什么？

她就这么漫无头绪地胡思乱想着，蹑手蹑脚地来到了客厅。

她的光脚不小心踢到了凳子。凳子是实木的，沉而且重，像踢在石头上。她疼得直咧嘴。她一屁股跌坐下来，却坐在一只手机上面。妈呀！那部手机被她坐“开”了屏幕，映出一片光亮来。她吃了一惊。原来，那是沈世泽的手机啊。他的手机镀金，与她的手机相比，昂贵的程度根本不在一个档次。

她刚想去拿，却看到宽屏跳出一张照片：照片上面的人，原来是她？

她不由得害羞起来。哎！他的手机里怎么会有我的照片？

她好奇地往下翻看……不止一张哦……刚才看到的是在上海拍的，光头的她在酣睡。老天！她轻叫一声，这是趁人家睡着了偷拍的吗？

手机相机的质量相当出色，头皮的青色拍得一清二楚，还有那密密实实的青丝发根。女人光秃秃的脑袋。哦，她还从未看过自己的光头相片呢。

那该是在上海的最后一天吧？她回忆着。那天她刚从医院出来。她暗暗皱眉，这么丑的照片，他竟收着。接下来，是在香樟村楚书记家的一张合影。她记得，在纽约，她也拍了一张街头的全身照。最后，出现了一张黑白旧照。那是一幅人物肖像，朴素、真实。照片上的女人年纪很小，眼睛干净，脉脉含情，可谓极其美丽……这也会是自己吗？她不由得一乐，哈，怎么可能呢？像她这样的女人，怎么会变成这种黑白的灰色模样？

她擦了擦眼睛，才看到下方有行字：摄于上海照相馆·春。上海照相馆？还特意标有一个"春"字？摄于春天吗？那肯定就不是她了。既然不是自己，那会是谁？

会是谁？莫非是他的妈妈？这灵光一闪的念头，把她惊得呆了。

她把他的妈妈，错认成了自己？

他母亲的照片，她在纽约看过。一张是丰满的成年美妇，还有一张是与那个粗糙木讷的老农的合影。那会儿他母亲虽然年轻，却已饱受生活的磨难与挫折。

刹那间，她的心仿佛被照亮了。对，她顿时清醒过来，这张照片存于他的手机里，每天都可以观看——应该是有什么重要的秘密藏于其中。

她本人不喜欢拍照，也很少照镜子，偶尔才会带那只小圆镜在身边，更多的时候是忘在家里。她凝视着那张“摄于上海照相馆·春”的照片，凝视着那里面的少女，不由得倒吸了一口凉气。

一定是她。是他的母亲。而她自己呢，与照片里面这个女人，是不是很相像？

她找来丁香所拍的照片。该死的丁香，真是太有才了。她看着自己姣好的面容，那令丁香都“垂涎三尺”的容貌……对比了“摄于上海照相馆·春”的老照片。老天！不是一般的像啊。

现在，她终于知道，在自己未出生前，这个世上有一个女人长成“我”的模样。而那个“她”也不会想到数十年后，有一个女人，长得跟她一模一样。

她完全惊呆了。

她似乎明白沈世泽为何要招自己做他的私人行政助理了。一个人的疯狂和一意孤行，有时可以达到罔顾一切的地步……

她的胸脯在急剧起伏。她头脑混乱，走近窗台，窗外是无边的黑暗。借着微光，她又看到了手机里的自己。喔，国色天香……现在她全明白了，正是这张脸，让她一路绿灯走到现在。有谁能想到，这个世上有那么一张脸，仿佛钤了皇上的玺印，从而成为畅行无阻的通行证和获益者。

这个世上最迟钝的人，原来是自己。

一夜酣睡，直到红日盈窗。起床四顾，沈世泽不见了。他那么一个活生生的男人，居然不见了。难道这个男人，就这么凭空消失了吗？

她睁开眼睛，看到的只有自己。

昨晚，留在她印象里的那部黑金手机呢？那只收藏着许多惊人秘密的手机也不见了。她好生惊讶。昨晚，他们分明坐在这里一起吃饭喝酒、谈笑风生。那是她第一次看到他如此开心，敞开心扉，高谈阔论。到后来他喝醉了，和衣而卧，她记得他卧倒在客厅的沙发上。可是现在，她所看到的一切，仿佛都被一只神奇的手抹平了。

一切仿佛从未发生过。

她爬起身来，四处走动。一边吃惊地看着，一边感到害怕。

此时此刻，目力所及，全都恢复了原状。譬如她们吃饭的小桌，小桌上面已没有杂物，桌面干净，一如平时。

昨晚到处乱放的碗碟呢？酒瓶和酒杯呢？还有那些外卖送来的一次性饭盒和菜盒呢？此刻，全然不见了。

餐后的垃圾？那是必然会有的东西。没错。昨晚产生了大量的垃圾。可现在，全都找不到了。这个家里，没有垃圾。她的眼睛，去搜寻那个垃圾桶。垃圾桶现在套着干净的垃圾袋。里面空空的，甚至是干净的，仿佛从来没有用过。

唯有她睡过的床铺是乱的，她睡过的被子是乱的。

还有，她的头发是凌乱的。

那么，昨晚发生了什么？难道什么都没有发生过吗？那一片狼藉的客厅，居然一如往常？

她经历了什么？是一场梦境吗？

她无法让自己信服。她不能相信，也无法想象这一切。昨晚的一切，都不存在了。她的昨晚，完全消失了。

她不由得疑惑和惊慌起来。一个人，再怎么健忘，也不可能无视自己曾经有过的存在啊。她真的不能记得自己昨晚遭逢的一切吗？这不可能。

她仍然记得他。她记得他来过这里。她记得他喝酒的模样。她还记得他喝醉的模样。她甚至还偷看过他的手机啊。她获悉了他更多的秘密。

他当然来过她的家里。

而现在，一切的痕迹都消失了。

碗碟是干净的，也是摆放整齐的。唯一可以质疑的是，跟她平时放置的位置有所不同。因为这一点细微的差别，她确信他来过。

好吧。

如果一定要判断发生了什么变化，那么，她的大脑已经发生了变化。因为，只有她还能清晰地意识到自己的变化。现在，她已清醒过来，连记忆都很清晰。

她知道他来过。

直到现在，她才开始看懂自己，也开始看懂别人。不用说，她说的别人是沈世泽。

可是，你不能责怪他。经历过与他的相处，她饶有感触。有的人生下来便失去了一些最珍贵的不可复制的东西。有的人穷其一生，都在寻找他所渴望却无法企及的东西。虽然她认为，沈世泽应该拥有更真实的生活，应该拥有可以触摸到的动人心扉的温柔。

这么想着，她开始心疼他了。她无法诉说，无法解释，甚至也无法去重构。她只有默默地、傻傻地面对这尴尬的情形。

事实上，有些事情她是想不明白的。为什么像她这么一个女生，一个笨拙的女生，却能够独自占有他那么多的隐私和秘密呢？她想，一个女人，是不是不肯收藏一点别人隐秘的痛苦往事，就不能真正成长？只是她还小，她的心智还不够成熟，她还很容易被那种孤独的悲伤和痛苦所打动，乃至被吞噬。不过作为一个人，作为一个负责任的女人，她完全可以为了另一个人（为了他），做出庄重的承诺，她愿意用一生来呵护其秘密。

她这么想着，心中有一种炽烈而温柔的东西油然而生。她冲动莫名，热泪盈眶。老天！她是多么突兀而又满足呀，一种美好温暖的新生活正悄然而至……

巨大的窗外，白云浮动，莽莽苍苍。

她低头擦拭着眼睛，转身去穿衣找鞋。她要高高兴兴地披挂出门。是的，她想起来了，今天有一件重要的事情在等着她。

这是周末。她要去黄贝岭帮丁香姐姐搬家。

（全书完）